Boandl Kramer

und andere Kriminalgeschichten aus dem Bayerischen Wald

Herausgegeben von

Alexander Frimberger
&
Lothar Wandtner

Personen und Handlung sind frei erfunden.
Ähnlichkeiten mit lebenden oder toten Personen
sind rein zufällig und nicht beabsichtigt.

Edition Golbet
Kirchplatz 8 / 94513 Schönberg
Telefon: 08554/944461
info@edition-golbet.de

Oktober 2015
Layout: Alexander Frimberger, Lothar Wandtner
Cover – Foto und Gestaltung: Lothar Wandtner
Illustration Seite 278: Rachelsee von Markus Muckenschnabl
Gedruckt in Deutschland / Printed in Germany
ISBN: 978-3-943926101

www.golbet.de

INHALT

VORWORT

Wer möchte behaupten, der Bayerische Wald sei ein ruhiges, fast langweiliges Fleckchen Erde? Wer sagt ernsthaft, hier würden sich Fuchs und Has' eine Gute Nacht wünschen, die von keinerlei krimineller Energie unterbrochen werde? Spätestens nach der Lektüre dieser Anthologie dürfte mit derartigen Vorurteilen Schluss sein. Denn der Bayerische Wald ist böse, voller Verbrecher und eine Krimiregion par excellence. Oder anders gesagt: Der Bayerwald thrillt.

Rund 90 Einsendungen für den Ralf-Bender-Preis 2015 beweisen dies eindrücklich. Dabei sind in diesem Buch nur die 23 besten Geschichten zu finden – viele der restlichen Beiträge hätten es verdient, ebenfalls in einem Buch veröffentlicht zu werden.

Nebel in Passau, Schwimmer im Rachelsee, dunkle Erinnerungen an die Nazizeit und eiskalte Morde – sie scheinen Alltag zu sein, mag man den Autorinnen und Autoren Glauben schenken. Spätestens aber, wenn frische Leichen beginnen, mit Gevater Tod zu streiten, wird die Sache abstrus – und die Kehrseite des stillen Eingeborenen, des Waidlers, drängt sich in den Vordergrund: Seine Renitenz.

Noch ein Vorurteil gilt es, mit diesem Buch auszuräumen: Es heißt, Kurzkrimis seien gar keine richtigen Kriminalgeschichten. Weit gefehlt. Die 23 Autorinnen und Autoren des „BoandlKramer" beweisen sehr facettenreich das Gegenteil.

Als Herausgeber bleibt uns also nur noch eines: Wir wünschen Ihnen eine spannende und unterhaltsame Lektüre.

Alexander Frimberger Lothar Wandtner

RUTH GEIGER

Gewinnerin des Ralf-Bender-Krimipreises 2015
Hauptpreis

aus Passau
* 1964 in Grafenau
Naturpädagogin

Der Stammbaum mütterlicherseits reicht in die Stadtgründungszeit Grafenaus, sie ist somit eine „Native" Waidlerin, sehr naturverbunden. Mit ihren Eltern und Geschwistern war sie in der Kinder- und Jugendzeit jedes Wochenende auf Entdeckungsreise in den Wäldern des Bayerischen Waldes.
Nach erfolgreich abgelegtem Abitur am Gymnasium Grafenau tauschte sie den Schweiß der Kopfarbeit gegen echten „Handwerkerschweiß" und lernte den Beruf der Gärtnerin.
Momentan lebt sie zusammen mit ihrer zweiten Tochter in der Passauer Innstadt, bietet Kräuterwanderungen, Naturseminare und Erfahrungswanderungen als selbstständige Naturpädagogin an. Nebenbei leistet sie Beistand in der Nachmittagsbetreuung des Gymnasiums Leopoldinum und motiviert Schüler im Lernort der Montessori Schule Passau.
Abends, wenn Pflanzen und Schüler schlafen, setzt sie sich an die Tastatur und entdeckt Geschichten in ihrem Kopf, die in ihrer Heimat geschehen sein können... könnten... geschehen sind...

HEIMGEHN

Der Junge musterte sie nachdenklich. Langsam, aber stetig bewegte sie sich von ihm weg, was freilich kein Problem darstellte, da er binnen weniger schneller Schritte wieder auf gleicher Höhe mit ihr sein würde. Voller Zuneigung maß er den Umriss ihrer gebeugten Silhouette ab, die sich im Gegenlicht der nahen Lichtung abzeichnete. Zu seinen gewohnten Gefühlen für die entschlossen dahin schreitende 86-jährige gesellte sich jetzt doch etwas Ärger über ihren Starrsinn. Trotz ihrer vielen altersbedingten Zipperlein, trotz des Flugs mit Jetlag-Garantie wollte sie um nichts auf diese Reise verzichten, nicht auf den anschließenden Besuch bei den letzten noch lebenden Bekannten in ihrem Heimatdorf und schon gar nicht auf diese nervige Wanderung.

Den dritten Sommerurlaub in Folge opferte er nun, nur um diese alte Lady auf ihrem Weg zu einer Stätte zu begleiten, die Tausende von Meilen entfernt lag und die ihn bei jedem Schritt schmerzlich seinen alten Dodge und sein Mobile Phone, das hier im Nirgendwo keinen Empfang hatte, vermissen ließ. Seine Großmutter hatte es sich damals, als sie kaum volljährig ins ferne Amerika ausgewandert war, von ihrem zukünftigen amerikanischen Ehemann ausbedungen, so oft sie wollte diesen Heimatflug antreten zu dürfen, um in erster Linie einem bestimmten Erlebnis Tribut zu zollen, einem Erlebnis, das ihrem Leben einen einschneidenden Wendepunkt verliehen hatte. In den 50er und 60er Jahren flog sie noch allein über den Großen Ozean. Später, als die ersten Altersgebrechen auftraten, wurde sie von ihrer Tochter, seiner Mutter, begleitet. Vor drei Jahren hatte nun seine Ma diese Aufgabe an ihn übergeben mit der Begründung, dass Granny bei jener strapaziösen Wallfahrt einen stärkeren Arm an ihrer Seite brauche, als ihre selbst schon betagte Tochter ihn bieten könne.

Die letzten Yards wollte sie wieder ohne seinen stützenden Halt zurücklegen. Und auch in diesem Jahr, als sich die angestrebte Lichtung vor ihnen auftat, hatte er das Gefühl, dass seine Großmutter mit ihrer Power den Wald zerteilen würde, um der Sonne zu dem Recht zu verhelfen, ihre hutzelige Silhouette mit einem Lichtkranz umrahmen zu können. Das Ziel lag vor ihnen. Der Steinschachten war eine von mehreren Dutzend Waldwiesen, wilde und nahezu baumfreie Breschen, die nicht in den letzten Jahrzehnten vom Borkenkäfer sondern von Bauern und Viehhaltern früherer Jahrhunderte in die dunkelgrüne Decke des Bayerischen Waldes geschlagen wurden.

Gemächlich schritt Granny an den nördlichen Rand der Lichtung zu einer uralten bemoosten Rotbuche. Dort stand eine von Flechten überzogene Eichentafel, die von den Einheimischen, deren Sprache er nicht verstand, Marterl genannt wurde. Der auch für Muttersprachler kaum lesbaren Inschrift konnte er immerhin den Namen seines Großvaters entnehmen, dem die Tafel gewidmet war.

Granny verweilte nicht lange an dieser Stelle. Sie legte die mitgebrachten Lilien vor die Tafel, senkte still den Kopf, schloss die Augen und murmelte ein paar Worte. Mit einem letzten traurigen Blick auf die Inschrift wandte sie sich um und marschierte mit vorsichtigen Schritten ihrem zweiten, ein paar hundert Yards entfernten Ziel entgegen. Für den kleinen moosbedeckten Fels, der dort am gegenüberliegenden Waldrand zum Sitzen einlud, waren die mitgebrachten roten Rosen bestimmt. Sie drapierte die Blumen sorgsam um den Stein, setzte sich auf das sonnengewärmte Moos und schloss wieder die Augen.

Er kauerte in der Mitte des Schachtens und beobachtete seine Großmutter. Die Mundwinkel in ihrem faltigen Gesicht formten eines ihrer seltenen Lächeln, die Augen blieben geschlossen. Er kannte die Geschichte. Allerdings nur so, wie sie im Familienrund weiter gegeben wurde. Nie hatte seine Großmutter selber den Tag geschildert, an dem das Unglück geschehen war. Ihm nicht und soviel er wusste auch anderen nicht. Ob es sich wirklich so zugetragen hatte, wie es erzählt wurde – wer weiß.

Sie, die es als einzige wusste, schwieg dazu. Und mehr als einmal fragte er sich, ob und wie die damaligen Geschehnisse seine Oma zu dieser ernsthaften, melancholischen Frau werden ließ, die soviel Verständnis für die vielen kleinen Alltagsvergehen der Familienmitglieder aufbrachte und sich selbst die kleinsten Sünden kaum verzeihen konnte.

Ihr Lächeln verwandelte sich langsam in eine Miene der Trauer. Dachte sie über seinen Großvater nach? Man erzählte, dass Alfred Kleinschmied ihr damals zu Hilfe geeilt sei und dort niedergestochen wurde, wo später das an ihn gedenkende Marterl aufgestellt wurde. Doch wenn die Bluttat dort geschah, wieso verfiel Granny dann immer erst auf dem Fels in ihre seltsame Trance? Wieso dort die Lilien, hier die Rosen?

Ihre Augen öffneten sich. Sie sah ihn an mit dem verklärten Blick, den er an ihr mochte, ein Blick, der wenig Fröhlichkeit kannte, und dennoch so viel Liebe ausstrahlte.

Mit diesem Blick erhob sie sich und ging auf ihn zu, langsam, stetig und erhobenen Hauptes.

Sie ging auf Filip zu, langsam, stetig und erhobenen Hauptes. Wie Schwert und Schild hielt sie in der Linken den Heidelbeerkamm und in der Rechten den Blecheimer, der schon fast bis zum Rand mit Beeren gefüllt war. Die Vorfreude auf das Rendezvous mit Filip hatte ihre Pflückarbeit beflügelt.

Mit ihren 17 Jahren und den Alternativen, die sich hier in der tiefsten Dorfprovinz während der besonders schlimmen letzten Kriegsjahre boten, blieb Karolina oder Lina, wie sie von allen genannt wurde, nur eine große Freude, und das waren die heimlichen Treffen mit ihrem Liebsten.

Sie hatte weder Lust auf die seltsamen Sportchoreografien

beim Bund Deutscher Mädels, die regelmäßig auf dem Buchenauer Dorfanger veranstaltet wurden, noch auf das Gekeife ihrer Stiefmutter, die die hübsche Pubertierende kaum im Haus ertragen konnte. Als ob Lina was dafür könnte, dass sie ihrer lieben Mutter, die die Geburt des letzten Kindes nicht überlebte, so ähnlich sah. Ihr Vater kam als früher Witwer dem alles verschlingenden Krieg aus. Dennoch hatte er es mehr als schwer mit vier Kindern am Hals. So war er froh, alsbald eine zupackende Kriegswitwe zu finden. Diese brachte selber drei Kinder in die neue Ehe ein und konnte sich damit abfinden, die seinen auch mit groß zu ziehen. Da hinterfragte er nicht lange, dass mit der neuen Herrin im Hause für Lina, seine Erstgeborene, eine schlimme Zeit hereinbrach. Linas großmütige Freundin, die alte Maria vom benachbarten Fuhrmannhof, bemühte sich, dem dunkelhaarigen Mädel zu jeder Tages- und Jahreszeit ein Refugium in ihrer großen Stube zu bieten. Sie wusste um Linas harten Stand.

Und sie war es auch, die Filip ausgewählt hatte aus einem Dutzend Kriegsgefangener, die die SA vor ihr aufmarschieren ließ. Die Zuteilung eines Arbeiters erhielt Maria als Bäuerin ganz regulär, denn nach ihren Söhnen hatte zuletzt auch noch ihr Mann die Kartoffelfelder gegen die Schlachtfelder eintauschen müssen. Sie sah bei der Wahl des zukünftigen Helfers auf die Hände.

In denen von Filip erkannte sie trotz der Kriegsnarben noch die harte Feldarbeit, die diese vor dem großen Weltenbrand geübt zu verrichten verstanden.

Aber Lina, die sie begleitet hatte, sah in sein Gesicht.

Das erste Mal küsste sie ihn, als sie sich zum Weinen in Marias Kammer mit den Reisigbesen verkrochen hatte. Dass Filip in freien Minuten dann und wann zu Bindearbeiten die Kammer betrat – vorhersehbar? Ihre Tränen waren jedenfalls echt und auch die von den Ohrfeigen der Stiefmutter geröteten

Wangenknochen. Er fand sie da sitzen, gedemütigt und verweint, legte seine Handflächen kühlend auf ihre Wangen, die Daumen sanft an ihre Schläfen, die Finger an Hals und Ohren.

„Nicht weinen. Nicht schlimm. Alles gut."

Sie sah ihn an, streichelte über seinen Kopf und legte ihre Lippen auf die seinen.

Ihre Treffen waren meist von bedauerlicher Kürze, denn beide wussten, welch tödliches Risiko sie eingingen. Eine besondere Schwierigkeit lag darin, ihre Liaison vor der alten Maria zu verbergen, nicht weil sie etwas verraten hätte, Gott bewahre, sondern um sie nicht auch noch in Gefahr zu bringen. Und bei aller Angst bereitete es ihnen doch wieder Spaß, mit ihrem Geheimnis zu kokettieren. Sahen sie sich von Weitem, legte Filip beide Handflächen an seine Wangen, seine hübschen Ohren zwischen den Fingern und wiegte den Kopf. Das rote Halstuch, das sie ihm schenkte und das er als das letzte verbliebene Besitzstück aus Vorkriegszeiten ausgeben konnte, trug er Tag und Nacht.

Und dieses Halstuch schmückte auch jetzt seinen Hals, als er hier hoch oben weit über den Dörfern aus dem Schatten des Hochwaldes trat und ihr entgegen ging, die Hände grinsend an seinen Wangen.

Heute würde das erste Treffen sein, bei dem sie nicht gehetzt Türen, Fenster, Ecken und die Zeit im Auge behalten müssten. Der Steinschachten war im Gegensatz zu anderen Flecken kaum mit Heidelbeeren gesegnet. Die wenigen anderen Sammler, die in diesen wirren Zeiten den weiten Weg nicht scheuten, ließen sich am Rindel- oder am Lindberger Schachten nieder, wo sich wesentlich lohnendere Ernte erhoffen ließ. Filip hatte alle Bewegungsfreiheit und sollte in Marias Auftrag in ihrem nahen Waldbestand nach ein paar größeren Bäumen sehen. Und Lina wusste aus sicherer Quelle, dass die

Dorfjungen, die ansonsten mit ihren verschämten und gierigen Blicken viel zu viele Schritte von ihr beobachteten, auf einem von der Passauer HJ organisierten Orientierungsmarsch zum weit entfernten Schachtenhaus unterwegs waren.

Heute sollte es also so weit sein. Heute. Sie umfasste seinen Nacken, küsste seinen Mund, er hob sie ohne Anstrengung hoch, ihre Beine, barfuß und sonnengebräunt, umschlossen ihn. Er ging die wenigen Schritte zu dem weichen moosigen Fels zurück, bei dem sie auf ihn gewartet hatte, drehte sich mit ihr um und ließ sich sanft auf den Stein nieder. Ihr Kuss dauerte an. Sie saß sicher und er konnte seine Hände von ihren Hüften lösen, die nackten Schenkel unter dem hochgerutschten Rock streicheln. Für einen kurzen Augenblick errötete sie. Der Kuss schien endlos und die Zeit schien still zu stehen. Wiegende Bewegungen, nur leicht, kaum stärker als die Äste um sie herum im leichten Sommerwind.

Sie hielten sich lange umschlungen, beide in dem Gefühl, als ob das Schicksal dies so für sie vorbestimmt hätte.

Sie immer noch haltend musterte Filip liebevoll ihr Gesicht. Überrascht sah er an ihr vorbei, auf die alte Rotbuche am gegenüberliegenden Waldrand. Sie folgte seinem Blick und drehte den Kopf. Wieso schenkte denn Filip dem alten knorrigen Baum in diesem Glücksmoment seine Aufmerksamkeit? Sie betrachtete die unteren Astreihen, die bis zum Boden hingen, und – die Panik traf sie wie ein Fausthieb. Neben den Ästen trat jemand aus dem Schatten und kam auf sie zu.

Je länger Alfred auf die Karte zwischen seinen schwitzigen Händen blickte, desto mehr schienen sich die vielen Linien ineinander zu verschlingen. Er sah hoch, ließ seinen Blick über die Wälder vor ihm schweifen, versuchte dabei, besonders wissend zu wirken. Betrachtete wieder bemüht nachdenklich die Karte, drehte sie um 90°, dann in die andere Richtung, die

Linien entwirrten sich nicht, im Gegenteil, sie schienen sich zu grinsenden Mündern zu verziehen und den angehenden Hochlandführer freiweg in Gegenwart seiner müden Truppe auszulachen. Er spürte wohl, dass die Burschen ihn hinterrücks imitierten, die zusammengekniffenen Augen, die sein Nachdenken unterstreichen sollten. Auch den stechschrittartigen Gang, den er sich angewöhnt hatte, um Autorität ausstrahlen zu können, äfften sie bei jeder Gelegenheit nach. Aber da würde er ihnen schon reinhelfen in die Nagelstiefel, wenn er nur erst zum Führer der sich grade formierenden Ortsgruppe Buchenau ernannt werden würde. Dumm nur, dass er erst 17 war und sich die Prüfungen, die er deshalb abzulegen hatte, so schwierig gestalteten. Als ob er was dafür könnte, dass er all die Jahre auf den Feldern helfen musste, anstatt in der Schulbank diese unselige Frakturschrift korrekt entziffern zu lernen. Seine uneinsichtigen Eltern waren schuld. Wie sollte er Munition rationieren können, wie die Entfernung zum Feind berechnen? Nicht einmal mit einem Kompass konnte er sicher umgehen.

Und nun irrte er mit dieser undankbaren Bande von einem sumpfigen Filz in das nächste und sollte sie sicher zum Sammelplatz bringen, den die Passauer HJ hier irgendwo eingerichtet hatte.

Eine knappe halbe Stunde später brach offener Widerstand aus. Unvermeidbar. Unausweichlich. Als das murrende Grüppchen auf dem Kiesruck angekommen war und er unsicher nach Süden deutete, zischte der sommersprossige Biller Fritz, dass er von seinem großen Bruder genau wüsste, wo das Ziellager aufgebaut sei, nämlich in entgegengesetzter Richtung beim Schachtenhaus. Ohne zu zögern schloss sich der komplette Tross mit Ausnahme des verwirrten Alfred dem neuen Führer an. Alle wussten, dass Fritz von seinem großen Bruder protegiert wurde, so brauchten die kleinen Meuterer nicht mal Angst vor Sanktionen zu haben.

Alfred rang um Fassung. „Dann hauts doch ab, ihr Deppen! Werdts scho sehng, wo ihr ohne mi aussa kemmts!"

„Ja, nämlich da, wo mia hi miassn!" – „Da, wo alle andern aaf uns warten!" – „Al-fred, Al-fred – findt s'Bipperl in da Hosn ned!"

Diese unverschämte Saubande! Wütend trottete er in die Richtung, in die er gezeigt hatte, direkt hinein in die ihn schnell umfangende Düsternis des hohen Fichtenwaldes. Schlimmer als der Spott schmerzte ihn die Befürchtung, dass sie recht behalten könnten. Aber wenn es noch ein bisschen Gerechtigkeit in diesem schwer geprüften Land geben sollte, dann doch wohl hier und jetzt und für ihn, Alfred Kleinschmied, den treuen zukünftigen Soldaten, der für Führer und Vaterland alles opfern würde, für ihn, den Held des letzten Aufgebots in diesem sich zu Ende neigenden Krieg der Gerechten. Nein, es konnte nicht anders sein, auf der nächsten Lichtung würde er die Zielflagge entdecken. Er würde den wartenden Jungen von der Passauer HJ erklären, dass er die Vorhut sei und nun seine Schützlinge aus dem von ihm ausgekundschafteten, gut versteckten Lager holen ginge. Er würde seiner frechen Truppe dann hinterher laufen und dem Biller Fritz erst mal eine Saubere schmieren. Dann würde er... das wilde Gehölz tat sich vor ihm auf, gab den Blick frei auf sonnenüberflutete Gräser. Doch seine Aufmerksamkeit galt anderem als banalen Naturreizen. Er umrundete die weiten Äste der Rotbuche unmittelbar vor ihm, trat aus der Dunkelheit und blinzelte ins Licht, hin und hergerissen zwischen Furcht und Hoffnung, am rechten Platz zu sein. Und tatsächlich! Saßen da unten nicht zwei Menschen? Warteten die nicht auf ihn? Sein Herz machte ein paar freudige Hüpfer. Er ging, ja rannte fast näher.

Und hielt abrupt inne. Von der Passauer HJ kannte er niemanden. Diese beiden kannte er jedoch, den Mann mit dem scharfkantigen Gesicht und den dunklen Augenbrauen, auf seinem Schoß die junge Frau mit dem halbnackten Rücken und dem braunen Zopf.

Nein, diese beiden warteten mit Sicherheit auf niemanden.

Lina zögerte nicht einen Augenblick. Sie sprang auf, schob Filip mit der Linken von sich, mehr eine Geste denn eine Maßnahme, und knöpfte mit der Rechten ihre helle Leinenbluse notdürftig zu. Filip beobachtete all das reglos und nahm seine Hände von Linas Schenkeln. Lina hatte ihm, ohne dies abzuwarten den Rücken zugewandt und rannte, ihren Rock glättend, auf Alfred zu. Der erwachte aus seiner Starre und machte auf dem Absatz kehrt. Ohne sich noch mal umzublicken bewegte er sich auf das Dickicht am Waldrand zu. Mit schnellen, fast fliegenden Schritten war Lina bei ihm. Seinen linken Arm, den sie im Lauf ergriff, riss er ohne Mühe frei. Dieser brüske Ruck verstärkte ihre Angst. Ihre Wangen glühten. Vor Schrecken, Scham und Anstrengung.

„Alfred, bleib hoid steh. Alfred, woat hoid, da war nix, du hast nix gsehng! Bitte, bleib steh, i bitt di recht sche!"

Unbeirrt schritt Alfred weiter, bloß weg von dieser unseligen Lichtung, zurück in das Dunkel des Waldes, Lina ganz nah hinter sich. Ihre flehenden Worte prasselten auf ihn ein. Da, unvermittelt blieb er stehen, so überraschend, dass sie erschrocken gegen ihn stieß.

„ Do war nix – das i ned loch! Du moanst eiso aa, i bin bled. Und desweng gehst mir aa ausm Weg. Genau wia de andern. I hans so satt. Aber oans sog i dir: Des werd i melden. Und dann iss nämlich aus und vorbei mit dir und deinem Polacken!"

Meinte er das wirklich so, wie er es sagte? Lina erinnerte sich, dass Alfred auch mit bei den Gaffern stand, als die hiesige Gestapo im Frühjahr hinterm Zwieselberg die zwei polnischen Zwangsarbeiter aufgehängt hatte. Und die beiden Mädchen, mit denen sie angeblich eine Liebschaft eingegangen waren, für die sie mit dem Leben bezahlten, hatte man durch den Ort getrieben. Linas Klasse musste wie alle anderen aus der Schule raus zum Zwiesler Stadtplatz rüber, um den erniedrigenden Spießrutenlauf zu flankieren. Die Schilder würde sie nie vergessen. Ich bin im Ort das größte Schwein und lass mich mit Polacken ein. Die abgeschnittenen Zöpfe der beiden Unglücklichen waren wie groteske Schmuckgirlanden an die Schilder genagelt. Eins der beiden Mädchen kannte sie sogar flüchtig. Es hat ein paar Wochen später versucht, sich die Pulsadern aufzuschneiden. Man sperrte sie danach weg, Mainkofen oder so, niemand wusste was Genaues.

Dem Alfred war also klar, womit er ihr drohte. Konnte das sein Ernst sein?

„Geh weida jetzt, Alfred, spinn doch ned a so. Es war doch goa nix. Bitte bleib hoid amoi steh!"

Mit rotem Kopf setzte Alfred seinen Stechschritt in den Wald fort. Lina packte ihn noch mal am Arm, fester diesmal, und erreichte, dass er inne hielt. Durch den Ruck kam ihr Gesicht ganz nahe an seines und ihre Augen konnten die seinen sehen. Wut und alles Unglück dieser Welt schien ihr da entgegen und durch sie durch zu blicken. Das Wasser, das sich in seinen Augenwinkeln angesammelt hatte, war kurz davor, sich seinen Weg über die Wangen zu bahnen. In Linas Angstgefühl mischte sich Verblüffung. Und eine seltsame Welle von Mitleid.

„Alfred, bitte sag nix... mia zwoa kannt ma doch Freindt wern. Des waar so schee!"

Sie stand jetzt direkt vor ihm, die Zehen ihrer nackten Füße berührten die seinen in den offenen Sandalen. Ihre freie Hand nahm seinen anderen Arm. Sanft zog sie ihn etwas zu sich runter.

„Dann kannt ma mia zwoa aa wos miteinander unternehma. Des dadst doch gern, oder? Alfred, sog hoid, dadst des gern?"

Die letzten Worte flüsterte sie nur mehr, fast heiser vor Aufregung, ihre Lippen nah an seinem Ohr, ihre glühenden Wangen berührten leicht die seinen. Trotz des Zitterns ihrer eigenen Hände spürte sie das Beben, das an Alfreds Körper rüttelte, während er ihre hitzige Nähe willenlos duldete.

„Ja, des mogst doch, Alfred, oder? Des is doch guad, oder?! Vui schöner als der ewige Krampf mit dera bledn HJ."

Lina merkte ihren Fehler zu spät. Alfred sog die Luft tief ein, spannte sich, richtete sich auf, blickte ihr direkt in die schreckgeweiteten Augen. Wut und Unglück waren abgründigem Hass gewichen.

„Woaßt wos? Wenns dann deinen Filip aufghängt ham, werd i sei Leich no a weng schaukeln. Und dann kimm i zu dir. Und woaßt, wer dir dann höchstpersönlich deinen Zopf abschneidt? Des moch i. Du Polackenhur!"

Er starrte sie an. Die Sekunden krochen. Dann wandte er sich ab und wollte wieder losmarschieren. Doch die Finger von Linas Rechten krallten sich jetzt wie der krampfhafte Griff einer Abstürzenden in seinen Arm. Die Bilder tanzten vor ihren Augen. Die beiden gedemütigten Mädchen in ihren Sackkleidern, ihre schrecklich gestutzten Haare, die Schilder, die Zöpfe, die Gaffer, die beiden Erhängten. Alfred, der Wald, der Himmel, alles begann sich zu drehen.

Mit der freien Hand packte er die ihre, deren Fingernägel sich in sein Fleisch bohrten und versuchte, sie aufzubiegen. Ihre Linke glitt wie von selbst in ihre Schürzentasche, hektisch suchten die Finger, fanden ihr kleines Brotzeitmesser, öffneten es einhändig mit geübtem Griff. Sie riss es, einer Ohnmacht nahe, heraus. Und mit einem ausladenden Wischer und aufstöhnend wie ein wildes Tier zog sie es dem staunenden Alfred schräg über den Hals. Vom linken Ohr bis zum Adamsapfel. Und zurück. Und noch mal. Die drei Wunden öffneten sich fast gleichzeitig, in dunkelroten Fontänen ergoss sich das Blut auf die beiden.

Seine Hand löste sich von ihrer. Ungläubig taumelte er einen kleinen Schritt nach vorn, ihr entgegen. Da holte sie zu einem weiteren Hieb aus, kein Stöhnen mehr, nein, ein verzweifelter Schrei. Sie zog ihm die scharfe, kleine Klinge quer übers Gesicht, schlitzte dabei seine Augenhöhle mitsamt Augapfel, die Hand in der Bogenbewegung nun von sich wegzeigend, drohend über ihrem Opfer schwebend, im Begriff, erneut herabzustürzen und weitere Zerstörung anzurichten. Doch die Hand mit dem Messer ließ sich nicht mehr bewegen. Ihr Handgelenk wurde von hinten umklammert. So fest, dass sie das Messer der fremden Hand überließ, die sich über ihre Finger gelegt hatte.

Filip stand dicht hinter ihr, stoisch, stark, ruhig. Er zog Lina mit einem Ruck beiseite und wandte sich Alfred zu, der wankend vor ihm stand und ihn aus seinem unversehrten, weit aufgerissenen Auge anstarrte. Nur kurz musterte Filip die klaffenden Wunden. So oft hatte er solche und viele andere gesehen, hatte dabeistehen, knien, liegen, zusehen müssen, wie das Leben aus dem Kamerad neben ihm floss. Viel zu oft. Das hätte vorbei sein sollen mit seiner Gefangennahme, mit der Zwangsarbeit auf dem Hof der alten Maria. Ohne den Blick von dem entstellten Jungen zu nehmen, fasste er an den linken Ärmel seines eigenen Hemdes und riss ihn mit einem Ruck ab. Den Stoff drückte er auf den zerschnittenen Hals, aus dem unablässig Fontänen quollen. Während das Leinen sich tiefrot verfärbte, begann sich auf Alfreds unversehrtem Auge ein grauer Schleier auszubreiten. Sein Körper sank langsam zu Boden, geführt von Filips freier Hand, die ihn vorsichtig niedergleiten ließ auf das harte Astwerk zu ihren Füßen. Filip kniete sich neben den Sterbenden. Er nahm mit der Linken dessen suchende Hand und bedeckte mit der Rechten beide Augen, das Zerschnittene und das Gesunde. Langsam, quälend langsam öffnete sich der Mund und sanken beide Arme zu Boden.

Filip wartete unbeweglich. Waren es Stunden? Sekunden?

Tausend Jahre? Vielleicht betete er. Vielleicht bat er um Verzeihung.

Plötzlich richtete er sich auf. Er drehte sich zu Lina um. Die blutverschmierte Faust wie angeekelt von sich streckend stand sie zitternd abseits und blickte ins Leere, ins Nichts, in eine Welt, die binnen weniger Momente eingestürzt war. Er ging zu ihr, legte seine Handflächen auf ihre Wangen, die Daumen sanft an ihren Schläfen, die Finger an ihrem Hals, die Geste, die sie so sehr mochte, bei der sie sich immer so geliebt und beschützt fühlte. Unter allen Händen des Krieges würde sie an dieser Geste die seinen erkennen. Langsam ließ sie ihre eigenen Hände an ihren Rock sinken und blickte in sein Gesicht. Er wartete, wartete, bis sich ihr Körper beruhigt zu haben schien und sich seinem tröstenden, schützenden Griff ergab. Dann legte er ein Wort auf ihren Mund.

„Heimgehn!"

Sie konnte sich später nicht mehr erinnern, wie sie den Weg runter nach Buchenau fand, vorbei an einem versprengten Grüppchen Hitlerbuben, die dem blutbesudelten, taumelnden Mädel erschrocken auswichen. Wie sie sich loslaufend ein letztes Mal nach Filip umsah, der leicht gebeugt, fast wie in Totenwache, neben Alfred stehen blieb und ihr traurig nachblickte.

Erst als sie eine halbe Stunde später weinend in die Bauernstube der alten Maria stürzte, setzte ihre Erinnerung wieder ein. Schluchzend fiel sie der Bäuerin, die grade allein mit einer riesigen Schüssel auf dem Schoß am Tisch saß und Knödelbrot schnitt, um den Hals.

„Maria, Maria, oiss is aus!"

„Ja Deanei, wos is denn los? Wia schaust denn du aus? Wos is dir denn passiert?"

Nur wenige Dinge konnten die lebensweise Frau, die so viel Hässliches im Leben gesehen hatte, so viel Schlimmes erlebt hatte, noch aus der Fassung bringen. Sie stellte die Schüssel mit dem Brot beiseite und ließ sich von ihrem Linerl alles berichten, die Liebe, das Grauen und den Tod.

Lina hatte, fast vor ihr kniend, das Gesicht tief in Marias Schürze vergraben, die Hand der Alten lag streichelnd auf ihrem Hinterkopf. Maria sah den unglücklichen Alfred vor sich, seine braven kriegsmüden Eltern, dann Filip, diesen jungen Zwangsarbeiter, den sie für ihren Hof auserwählt hatte. Ganz allein hatte er in dem großen Januarsturm ihre beiden Rösser unverletzt durch den Windbruch geführt. Dem kleinsten der Biller Buben hat er wahrscheinlich das Leben gerettet, als dieser der offenen Heuklappe entgegen gekrabbelt ist und er hinterher gehechtet ist. Und jetzt gerade in diesem Moment hetzt er durch den Böhmerwald und wird wohl versuchen, sich durchzuschlagen durch besetztes Gebiet, heim nach Nowy Sacz im Südosten Polens, bis zum Bauernhof seiner Eltern. Marias Miene verdüsterte sich. Sie wägte seine Chancen ab, den Fängen des braunen Mobs zu entkommen.

„Deanei, Deanei, i sogs dir. Deinen Filip könn ma mia zwoa ned retten. Aber dich."

Vor der Verleumdung ihres Liebsten, so wie sie ihr von der alten Maria eingetrichtert wurde, graute ihr am meisten. Dem entkam Lina aber beim Verhör durch die Gestapo am nächsten Morgen fast gänzlich. Den beiden Uniformierten, die mit ihrem Feldwagen extra aus Landshut angefahren waren, um die Sache aufzunehmen, reichten im Grunde die wortlosen Kopfbewegungen des verweinten eingeschüchterten Mädchens zur Bestätigung der doch ganz offensichtlichen Wahrheit. Ein Kriegsgegner von minderem Rassewert bedrängt im Wald ein hübsches deutsches Mädel. Der tapfere Hitlerbub, der dazu kommt und seinem Schatz zu Hilfe eilt, läuft dem Zudringling ins offene Messer. Ein völlig klarer Fall. Hier der junge Held, dort der feige Feind und Mörder. Alfreds geplagte

Eltern und einige Leute im Dorf, die sich wunderten, dass sie so gar nichts von einer Liebschaft zwischen Lina und Alfred mitbekommen hatten, betrachteten die Sache mit Skepsis, taten aber gut daran, diese für sich zu behalten.

Trotz der allernorts einbrechenden Kriegsfronten und der Aufregung um die angeblich näher rückenden Alliierten dauerte die Fahndung nach dem polnischen Flüchtling Filip Giniewski aus Nowy Sacz nicht lange. Ein Trupp rauer kriegsgezeichneter Kerle von der Waffen-SS, die speziell für die Suche abgestellt worden waren, spürte ihn auf einem zerschossenen Hof beim Kasparschachten auf. Die Beschreibung passte auf ihn. Selbst das kleine blutige Messer hatte er noch eingesteckt. Ohne Gegenwehr ließ er die Festnahme über sich ergehen. Ein bisschen Abwechslung tat ganz gut und so zerrte man ihn gleich an Ort und Stelle in den nahen Wald, um sich ein paar Stunden mit ihm zu amüsieren. Sein Leichnam, vom Brustkorb abwärts zerfetzt und in eine mannshohe Astgabel gehängt, wurde erst Wochen später von einer böhmischen Brennholzsammlerin gefunden. Seine Ohren hatten sie mitgenommen und dafür gesorgt, dass sie der Lina überbracht wurden. Dass diese bei deren Anblick wortlos zusammensank und erst nach ein paar Watschen wieder zu sich kam, schrieb man ihrem Gemütszustand nach all der Aufregung zu und auch dem Gerücht, dass sie offenbar schwanger war. Schwanger von dem jungen deutschen Held, der im Kampf gegen den Feind gefallen war.

Als Linas Stiefmutter nach ein paar Monaten aufhörte, Rücksicht auf die leidgeprüfte Schwangere zu nehmen, und die üblichen Schikanen begannen, zog Lina zur alten Maria um. Die Geburt ihrer Tochter auf dem Fuhrmannhof fiel nahezu mit dem Kriegsende zusammen. Auf ihren Panzern hockend nahmen die Amerikaner das Dorf mit düsteren Mienen aber ohne große Aufregung ein. Und ein junger Army Private, der sich besonders freute, dass die hübsche frischgebackene Mutter auf dem Hof, wo seine Einheit einquartiert war, den selben Namen trug wie der Bundesstaat, in dem seine Eltern auf ihn warteten, nahm ein halbes Jahr später Lina und ihre süße Tochter mit nach Carolina.

Der Junge sah seine Granny an, die auf ihn zuging, langsam, stetig und erhobenen Hauptes. Was nur in dieser verschlossenen alten Frau vorging? Vergrabene Geschichten, die vielleicht irgendwann, vielleicht auch nie an die Oberfläche geraten. Geschichten, die an die kommenden Generationen nur beschönigt oder aber gar nicht weitergegeben werden. Vielleicht werden sie von ihr mitgenommen in die andere Welt, die auf sie wartete. Wer weiß schon, was besser ist für die Hierbleibenden, die Wahrheit oder die Legende? Ein paar Yards hinter seiner Granny, ganz nah bei dem Felsen mit den Rosen, nahm Phil einen weiteren Wanderer wahr, der dort im Halbdunkel der schattigen Bäume aufgetaucht war. Phil schätzte ihn nur wenig älter als sich trotz der etwas derben, altmodischen Leinenklamotten - wahrscheinlich typisch für diese Gegend. Am auffälligsten schien ihm das rote Halstuch des Fremden. Der Mann legte seine Hände an die Wangenknochen und lächelte ihm zu.

Granny stand nun direkt vor Phil und stutzte über seinen Blick, der abwesend an ihr vorbei glitt. Sie drehte sich um und suchte den Waldrand ab. Nach einer Weile kehrte ihr Blick ergebnislos zu ihm zurück. Außer den alten Baumriesen und den Schatten dahinter gab es dort nichts Sehenswertes. Sie hakte sich bei Phil unter, drehte ihn mit forschem Ruck und setzte ihren Weg fort.

VERONIKA RUSCH

Gewinnerin des Ralf-Bender-Krimipreis 2015
Sonderpreis für die originellste Figur
3. Platz Gesamtwertung

aus Garmisch-Partenkirchen
* 1968
Schriftstellerin

Veronika Rusch studierte Rechtswissenschaften und Italienisch in Passau und Rom und arbeitete als Anwältin in Verona sowie in einer internationalen Anwaltskanzlei in München, bevor sie sich selbstständig machte. Heute lebt sie als Schriftstellerin mit ihrer Familie in ihrem Heimatort in Oberbayern. Ihr Krimidebüt *Das Gesetz der Wölfe*, der den Auftakt der Reihe um die eigenwillige Münchner Anwältin Clara Niklas bildete, wurde von Lesern und Kritikern mit einhelliger Begeisterung aufgenommen. „Ein spektakuläres Debüt" urteilte die Bild am Sonntag und „Ein Glücksfall", meinte Schriftstellerkollegin Anne Chaplet im Focus. Mit ihrer Kurzgeschichte *Hochwasser* erhielt sie 2009 den zweiten Preis im Agatha-Christie-Krimiwettbewerb. Außerdem schreibt sie Theaterstücke für Erwachsene und Kinder und Dinner-Krimis, die sich zum nachhaltigen „Publikumsrenner" (Münchner Merkur) entwickelt haben, sowie unter den Pseudonymen *Fiona Blum* und *Franziska Weidinger* Romane abseits des Krimigenres.

ÜBER DIE GRENZE

Hedi schaltete die Zündung des Traktors aus und blinzelte gegen die tiefstehende Sonne, die die sanft gewellten Getreidefelder wie pures Gold leuchten ließ. Dahinter stand der Wald schwarz im Gegenlicht. Schwarz und endlos in allen Richtungen. Felder, Hügel, Wald. Kein Haus. Nicht einmal der Kirchturm von Bischofsreut war von hier aus zu sehen. Nur das Läuten der Glocken konnte man hören. Manchmal. Wenn der Wind gut stand. Schön war das. Unglaublich friedlich. Sie hatte diesen weiten Blick immer schon geliebt. Er war es auch gewesen, der sie sofort in den Bann gezogen hatte. Vor hundert Jahren, damals, als sie das erste Mal hierhergekommen war. Wie hatte sie auch ahnen können, dass ein Blick lügen konnte? Und, wenn man ehrlich war, dann war es ja gar nicht der Blick gewesen, der gelogen hatte. Sie, sie selbst hatte sich etwas vorgelogen, hatte sich blenden lassen von blauen Augen und schönen Worten und einem vagen Traum von Freiheit, Natur und einem ganz anderen Leben. Keine Ahnung hatte sie gehabt. Keine Ahnung davon, was es tatsächlich bedeutete, hier zu leben. Für jeden noch so kleinen Einkauf zehn Kilometer durch den schwarzen Wald zu fahren und in den klirrend kalten, nicht enden wollenden Wintern dafür erst warten zu müssen, bis die Straße irgendwann geräumt war. Sie hatte sich vor den düsteren Alleen der Baumstämme links und rechts der Straße gefürchtet, durch die die kargen Lichtstrahlen nur ab und und zu hervorblitzten und dabei wie ein Hohn wirkten, Irrlichter, die sie verspotteten, Täuschungen, die bewirkten, dass sich die Bäume zu bewegen schienen, wenn sie vorüberfuhr. Wie hatte sie in jenem sonnendurchfluteten Urlaub mit ihren Eltern damals, vor hundert Jahren, auch ahnen können, wie es war, wenn nachts die Wildschweine vor der Tür keuchten, die Füchse bellten wie Wesen aus einer anderen Welt und man das Gefühl hatte, aus tausend Augen angestarrt zu werden, wenn man aus dem Fenster sah? Wie hätte sie ahnen können, dass die Bewohner der umliegenden Höfe, die in ihrem Urlaub so bodenständig freundlich und liebenswürdig gewesen waren, ihr mit Misstrauen und unverhohlener Abneigung begegneten, in dem Moment, in dem klar war, dass sie bleiben würde? Sie, die blutjunge Frau aus der Stadt, die nicht einmal eine Milchkanne heben konnte, ohne etwas zu verschütten und Angst vor Schweinen hatte. Das wird schon werden, hatte sie sich gedacht. Irgendwann werden sie mich akzeptieren. So naiv und sorglos war sie gewesen. Damals, vor hundert Jahren. Sie hatte keine Ahnung davon gehabt, dass die Zeit an manchen Orten anders vergeht. Langsamer, zäher. Dass sich die Vergangenheit mancherorts an die Gegenwart klammert wie eine Greisin, die nicht sterben will und Meinungen und Ansichten nicht weichen, nur weil anderswo die Dinge sich ändern.

Die Angst vor Schweinen war sie schnell losgeworden und auch Milchkannen bereiteten ihr bald keine Probleme mehr, doch das reichte bei weitem nicht. Zwei Söhne hatte sie bekommen, gleich nacheinander, groß, dunkel und kräftig wie der Vater, mit den gleichen blauen Augen wie er. Doch auch das reichte nicht. Die Söhne blieben ihr fremd. Sie waren wie er. Wie der Wald um sie herum. Hatten nichts von ihr geerbt, nicht ihre zarten Glieder, die hellen, glatten Haare, die im Sonnenlicht leuchteten wie die Getreidefelder, nicht ihre haselnussbraunen Augen. Sie waren schnell erwachsen geworden, hatten die Tage mit ihrem Vater im Holz verbracht, beim Jagen, unten im Dorf beim Kartenspielen. Jetzt waren sie fort, beide hatten Frauen geheiratet, die hier in der Gegend aufgewachsen waren, die kräftige Hände und einen scharfen Blick hatten und nicht viel Aufhebens machten.

Hedi blinzelte erneut. Von hier oben, auf dem Sitz des großen Traktors, war der Blick wirklich besonders schön. Auch wenn ihr bisheriges Leben nichts mit ihrem Traum zu tun gehabt hatte, den sie damals als junges Mädchen geträumt hatte, diesen Blick hatte ihr nichts je vergällen können. Er war ein Versprechen. Das Versprechen eines anderen Lebens. Trotz allem hatte sie immer daran geglaubt, dass dieses Versprechen irgendwann würde eingelöst werden können. Ihre Hände in den derben Arbeitshandschuhen tippten behutsam, leicht wie Federn auf das Lenkrad, das jetzt stillstand, nicht mehr vibrierte und ruckelte, berührten es kaum und ein zartes Lächeln stahl sich auf ihr Gesicht. Es machte sie jünger, ihre harten, verhärmten Züge, die nur noch mit viel Fantasie an das junge Mädchen von damals erinnerten, wurden weicher und die Sonnenstrahlen der tiefliegenden Sonne, die bald hinter dem Philippsreuter Wald versinken würde, ließen ihre Augen leuchten. Wie Harz in der Sonne, hatte er damals ihre Augenfarbe beschrieben. Goldfarben, wie frisches Harz, das aus einem Stamm quillt. Sie war fasziniert gewesen von diesem Vergleich. Förmlich dahingeschmolzen. So dumm.

Sie ließ ihre Hände sinken.

Was, wenn sie heute nicht bei dieser Tiersendung gelandet wäre? Wäre dann alles anders gekommen? Oder aber es war es einfach so, dass die Zeit reif gewesen war? Gab es diesen Punkt im Leben, diesen einen Punkt, an dem man keine Wahl mehr hatte? An dem es nur noch in eine Richtung weiterging?

Einige hundert Meter hinter ihrem Hof, dort, wo der Wald sich hinter den Feldern wieder zu einer finsteren Wand zusammenschloss, gab es einen alten, halb vergessenen Fußweg, der über die Grenze führte, ohne dass man es bemerkte. Früher war das nicht so einfach gegangen, man hätte damit rechnen müssen, von der tschechischen Grenzkontrolle erschossen zu werden, doch jetzt nahm es niemand mehr so genau und ehe man es sich versah, war man in Tschechien. Man musste nur dem schmalen Pfad folgen, immer weiter, sich nicht umsehen und plötzlich war man in einem anderen Land.

Sie war jetzt auch in einem anderen Land. Und das nur deswegen, weil sie bei „Tiere & ihre Geschichten" gelandet war. Sie schaute am Nachmittag eigentlich immer nur Kochsendungen, nichts anderes. Sie hatte damit angefangen, als ihr Mann vor einigen Jahren die Arbeit im Forst angenommen hatte, weil die Landwirtschaft allein nicht mehr trug. Ihre Söhne waren zu diesem Zeitpunkt ohnehin kaum mehr zuhause gewesen und die stillen, einsamen Nachmittagsstunden hatten sie unruhig gemacht. Wie ein Geist war sie durch das leere Haus gewandert, hatte Betten aufgeschüttelt, Bilderrahmen und Kruzifixe abgestaubt und versucht, die beunruhigenden Gedanken zurückzuhalten, die danach drängten, die Leere in ihrem dämlichen Schädel zu füllen. So nannte er ihr widerspenstiges Gehirn immer. Dämlicher Schädel. Was sich der wieder so alles zusammenspinnt. Sie machten ihr Angst, all diese Gedanken, denn womöglich wollten sie irgendwann hinaus, ans Tageslicht und was würde er dann sagen? Was würde er tun, mit ihrem dämlichen Schädel? Eines Tages entdeckte sie dann die Kochsendungen. Immer Nachmittags zwischen zwei und vier. Da kehrte Ruhe in ihren Kopf ein. Mehr noch. Fast so etwas wie Glück. Sie hing an den Lippen der witzigen, gutaussehenden Köche, verfolgte ihre geschickten Handbewegungen, lächelte über ihre Scherze. Nach jeder Sendung druckte sie sich die Rezepte, die ihr am besten gefallen hatten, am Computer aus, lochte sie und ordnete sie säuberlich in einem dicken Ordner ein, der unauffällig hinter dem Vorhang auf dem Fensterbrett stand und so aussah, als gehöre er zu den anderen Ordnern, wo er Rechnungen und Lieferscheine abheftete. Sie hatte lange nach einem guten Platz für den Ordner gesucht und am Ende erschien es ihr am unauffälligsten, wenn sie ihn dort ließ, wo die anderen auch standen. Jedes Mal, wenn sie ein Rezept abheftete, stellte sie sich vor, wie sie all diese Gerichte einmal kochen würde. Irgendwann. Und dann war heute etwas passiert, was sonst nie vorkam: sie hatte ihre Lieblingskochsendung verpasst. Und das nur, weil sie heute zu früh dran gewesen war und noch ein wenig herumgezappt hatte. Bei einem Bericht über demente Haustiere war sie schließlich hängengeblieben. Sie hatte keine Ahnung gehabt, dass auch Haustiere dement werden können. Was sollte man wohl mit einer dementen Katze anstellen? Oder einem Hund mit Alzheimer? Die Lösung ihres Mannes kannte sie natürlich: Er würde die Katze ohne Zögern erschlagen und den Hund erschießen.

Katze erschlagen. Hund erschießen. Hund. Erschießen.

In Hedis Kopf hatte sich etwas bewegt, als sie darüber nachgedacht hatte. Eine Schublade im hintersten Winkel ihres Bewusstseins war aufgegangen und eine sorgsam verstaute Erinnerung herausgefallen. Ihr war übel geworden, sie hatte gewürgt und den Kaffee wegstellen müssen. Mit geschlossenen Augen hatte sie ein paar Mal tief eingeatmet, bis das Gefühl langsam ein wenig verebbte. Sie hatten auch einen Hund gehabt, viele Jahre lang. Ein cognacfarbener Jagdhund. Tassilo. Als er älter wurde, und seine Glieder steifer, wollte er nicht mehr so gerne auf die Jagd gehen wie früher. Er blieb lieber bei Hedi in der Küche. Eines Tages verkroch er sich sogar unter der Eckbank, als er die schweren Jagdstiefel ihres Mannes in der Diele hörte und kam auch nicht heraus, als er nach ihm pfiff. Als sie an jenem Tag vom Einkaufen zurückkam, war Tassilo nicht mehr da. Ihre Fragen nach dem Hund blieben unbeantwortet und sie wagte nicht, zu insistieren. Sie kannte diesen Blick, der ihr gebot, zu schweigen, zu Genüge. Irgendwann, Wochen später, fand sie die Überreste von Tassilo auf dem Misthaufen, nur notdürftig zugedeckt vom Schweinemist. Sie hatte nicht gewagt, ihn darauf anzusprechen, doch als er einige Zeit später mit einem neuen Hundewelpen ankam, hatte sie Nein gesagt. Und überraschenderweise hatte er sich gefügt und den Welpen wieder zurückgebracht. Das war wohl das erste und einzige Mal in ihrer fast dreißigjährigen Ehe gewesen, dass sie sich durchgesetzt hatte. Sie hatte es büßen müssen, später, in der Nacht, als er betrunken aus der Wirtschaft nach Hause gekommen war, aber das war es ihr wert gewesen.

Die Kochsendungen waren ihre Hilfe, den Tag zu überstehen. Inseln der Glückseligkeit am Nachmittag, auf die sie sich schon morgens nach dem Aufstehen freute. Nach dem Mittagessen dann war es langsam soweit. Die Küche aufgeräumt, der Hof gekehrt, die Tiere versorgt. Wenn ihr Mann wieder aufbrach zu seiner Arbeit, schaute sie ihm noch eine Weile aus dem Küchenfenster nach, wie er über den stillen Hof ging und ins Auto stieg, dann kochte sie sich eine Tasse Kaffee und setzte sich damit auf das gute Sofa im Wohnzimmer, wo sie so selten saß, dass sie sich vorkam wie ein Gast. In dem Moment, in dem sie den großen Fernseher einschaltete, der auf der Kommode thronte und die fröhlichen Erkennungsmelodien des jeweiligen Vorspanns hörte, fühlte sie sich sofort leichter, so als ob die Musik ein Gewicht auf ihrer Brust löste und sie wieder atmen ließ. Sie konnte die Musik zu jeder einzelnen Sendung schon beim ersten Ton unterscheiden, da brauchte sie nicht einmal einen Blick hinzuwerfen. Und irgendwann würde sie auch einmal alle diese Gerichte kochen. Eines nach dem anderen. Lachsbällchen mit Avokadodip zum Beispiel. Asiatische Gemüsepfanne. Kreolischen Hühnertopf. Couscous. Tintenfisch.

Heute hätte Mangochicken auf dem Programm gestanden. Doch das hatte sie wegen der Tiersendung ja verpasst. Als ihr das klar wurde, war sie nervös geworden. Sollte sie ausschalten? Oder schauen, ob vielleicht noch auf einem anderen Kanal eine andere Kochshow kam? Sie fand tatsächlich noch eine, doch seltsamerweise konnte sie sich nicht mehr darauf konzentrieren. Ihre Gedanken schweiften immer wieder ab, landeten schließlich wieder bei Tassilo und ihr wurde erneut übel. Der Geruch nach Schweinemist, Blut und verwestem Fleisch war jetzt so stark, dass es ihr vorkam, als hinge er noch an ihr, dabei war es doch nur eine bereits vergessen geglaubte Erinnerung aus irgendeiner Schublade in ihrem dummen Schädel. Sie versuchte, sich abzulenken, wie sie es sonst immer tat, wenn sich sinnlose Gedanken in ihren Kopf stahlen und holte ihren Rezepteordner vom Fensterbrett. Langsam blätterte sie Seite für Seite um und wartete, bis sich das wohlige Gefühl einstellte, dass sie sonst immer dabei hatte, wenn sie sich vorstellte, wie sie die Gerichte irgendwann einmal kochen würde. Sie würde bis nach Passau fahren müssen, um die besonderen Zutaten zu kaufen. Frischen Koriander zum Beispiel gab es in ihrem Supermarkt sicher nicht. Oder Pakchoi. Und dann erst die Gewürze! Piri Piri, Harissa, Ras el Hanout … konzentriert las sie die einzelnen Wörter, doch das Gefühl kam nicht. Stattdessen kam etwas anderes. Eine Seite, ganz hinten bei den Hauptspeisen: Schweinebraten provençale. Sie war gewellt und schmutzig, sah aus, als ob sie nass geworden wäre. Hedi zuckte zurück, als habe sie sich verbrannt. Der Ordner rutschte von ihren Knien und fiel auf den Boden. Eine neue Schublade hatte sich aufgetan und eine weitere Erinnerung war herausgefallen. Eine, von der sie gehofft hatte, dass es sie gar nicht mehr gab, dass sie einfach verschwunden war, sich in Nichts aufgelöst hätte. Doch da war sie, lag vor ihr, die Erinnerung: Schweinebraten provençale.

Es war ein Kirchweihsonntag gewesen. Ein strahlender Sommertag, so wie heute. Die Schwalben hoch am Himmel, die Luft flirrend, leuchtend. Einer dieser Tage, der sie damals noch hatte glauben lassen, es könnte sich vielleicht etwas ändern. Damals hatte sie gerade erst damit begonnen, Kochsendungen zu schauen und da war sie auf die Idee gekommen, den Schweinebraten provençale auszuprobieren. Statt einer Kirchweihgans, die sie zu zweit sowie nicht hätten essen können. Sie hatte sich gesagt, Schweinebraten ist ja was Normales, da macht es keinen großen Unterschied, ob da was aus der Provence dabei ist. Nicht mal für ihn, hat sie sich gedacht. Mit ihrem dummen Schädel. Sie hatte ihn mit frischen Kräutern und Senf gefüllt, mit Rosmarin, Thymian, Knoblauch, und dann mit feinen Streifen Speck umhüllt und mit Weißwein angegossen. Die ganze Küche hatte geduftet und sie war sich vorgekommen wie eine der Gäste im Fernsehen, die als Erinnerung immer eine Kochschürze bekamen, je nach Sender himmelblau, orange oder butterblumengelb. Es war ihre Schuld gewesen. Sie hätte wissen müssen, dass er betrunken sein würde, denn es war Kirchweih. Es war allein ihre Schuld, weil sie genau diesen Tag ausgesucht hatte. Nur weil Schwalben so hoch flogen und die Luft so klar war. Sie hätte besser nachdenken müssen mit ihrem dummen Schädel.

Gleich beim ersten mißtrauischen Bissen hatte er auf einen Rosmarinstängel gebissen. Auch ihre Schuld. Sie hätte die Kräuter kleiner hacken müssen. Rosmarin wird holzig, das muss man wissen. Das muss man beachten. Der Teller war an die Wand geflogen und die Reine mit dem Braten hinterher, so schnell hatte sie gar nicht schauen können. Der Fleck an der Wand war nicht mehr weggegangen, so sehr sie auch gescheuert hatte. Gleich am nächsten Tag hatte sie einen Kalender vom Bauernverband an die Stelle gehängt. War ja nicht schön, so ein Fleck an der Wand.

Was wäre, wenn sie das Rezept damals weggeworfen hätte? Dann hätte sie sich heute nicht erinnert. Weil ihr Blick nicht auf das gewellte Papier gefallen wäre, nicht auf die dunklen, eingetrockneten Flecken, die aussahen wie Rost. Sie hätte die Schmerzen nicht wieder neu gespürt, sich nicht an ihre gebrochene Nase erinnert, die ein bisschen schief geblieben war, weil sie es nicht gewagt hatte, zum Arzt zu gehen, hätte nicht mehr an die angeknacksten Rippen gedacht, die wochenlang bei jedem Atemzug geschmerzt hatten. Hätte es was geändert, wenn sie das schmutzige, zerknitterte Rezept nicht gesehen hätte?

Sie hob das Kinn und starrte in die untergehende Sonne. Die Antwort interessierte sie nicht mehr. Sie war jetzt in einem anderen Land. Irgendwann heute, nach dieser Tiersendung war sie den Pfad auf die andere Seite gegangen und hatte, ohne es zu bemerken, die Grenze überschritten.

Es hatte so viel Kraft gekostet, all die Jahre die Schubladen in ihrem Kopf zuzuhalten. Sie hatte nicht darüber nachgedacht, hatte es einfach getan. Das tränenfeuchte, blutige Rezept abgeheftet, den Kalender an die Wand gehängt, weiter Kochsendungen geschaut. Dass sich irgendwann noch einmal etwas ändern würde, hatte sie da aber schon nicht mehr geglaubt. Als er an diesem Sonntag zuerst Braten und dann sie gegen die Wand geworfen hatte, hatte sogar sie mit ihrem dummen Schädel es endgültig und unwiderruflich begriffen. Sie lernte, auf seine Schritte zu horchen, hörte an der Art, wie zur Haustür hereinkam, wie viel er getrunken hatte, ob er wütend oder verärgert war, oder einfach nur müde. Sie ließ sich ihr Pony lang wachsen, so dass es ihr über Schläfen und Stirn fiel, kaufte sich eine getönte Sonnenbrille und langärmelige Blusen, ging nicht mehr ans Telefon, wenn ihre Mutter anrief und versuchte, unsichtbar zu werden. Und manchmal, wenn gar nichts mehr half, wenn jeder Handgriff sich anfühlte wie unter Wasser, wenn sie Mühe hatte, vom Stuhl aufzustehen und sich nur noch danach sehnte, zu schlafen, zu schlafen und zu schlafen, ging sie nach draußen und setzte sich auf den Traktor, der neben der Scheune stand und von dem aus man den schönsten Blick über das Land hatte.

Felder. Hügel. Wald. Schwarzer Wald, so weit das Augen sah.

Dorthin war sie auch heute gegangen, nachdem sie schwerfällig wie eine alte Frau den Ordner vom Boden aufgehoben und wieder hinter dem Vorhang versteckt hatte. Und heute war der Blick besonders schön gewesen. Besonders friedlich. Sie wusste warum. Es war das Versprechen, das sie damals darin gesehen hatte, vor hundert Jahren. Es war noch da. Es wollte, dass sie sich, jetzt, da sich so viele Schubladen geöffnet hatten, daran erinnerte, dass es etwas gab, von dem sie einmal geträumt hatte.

Freiheit.

Ein anderes Leben.

Es stand ihr wieder vor Augen, genau so wie damals, als sie noch jung gewesen war und ihre Augen geleuchtet hatten wie Fichtenharz in der Sonne. Und da hatte sie die Handschuhe angezogen, derbe steife Dinger, die er immer im Traktor liegen hatte und gewartet. Darauf, dass er kam. Heim vom Stammtisch. Betrunken wahrscheinlich. Hoffentlich.

Und sie hatte nicht lange warten müssen. Die Sonne stand noch wie glühender Ball über dem Wald, als er mit seinem Auto die Straße heraufkam. Als er ausstieg, mit rotem Gesicht, diese unerklärliche, sture Wut in den ehemals blauen Augen, die längst rotgeädert und stumpf geworden waren, startete sie den Traktor. Er kam auf sie zu, schrie etwas, fuchtelte mit Armen und sie fuhr los.

Als die Sonne hinter den Bäumen versank und den Horizont in rotes Abendlicht tauchte, wurde es kühl. Über ihr tanzten die Schwalben am Himmel. Langsam zog sie die Handschuhe aus, dann kletterte sie vom Traktor und sprang zu Boden. Fast wäre sie dabei auf den Arm getreten, der dort lag. Er hatte seine gute Joppe getragen und ein kariertes Hemd, das sie ihm heute morgen noch gebügelt hatte. Der Arm wirkte völlig unversehrt, fast erwartete sie, dass die schwielige Hand sich bewegte, nach ihr griff, und sie machte vorsichtshalber einen

Schritt beiseite. Doch dann fiel ihr ein, dass der Rest von ihm unter dem Traktor lag und sicher nicht mehr so unversehrt aussah wie der Arm. Er würde nie wieder nach ihr greifen. Ihr Blick wanderte zu dem Wald hinter dem Hof, der schon im tiefen Schatten lag. Der alte Pfad über die Grenze war von hier aus nicht zu erkennen, doch sie wusste, dass er da war. Sie war ihn gegangen. Vorsichtig, fast leichtfüßig stieg sie über den leblosen Arm und ging in der einbrechenden Dämmerung zurück ins Haus. Es war still. Nur eine Amsel sang, hoch oben auf dem Dachfirst. Sie sang ein Lied für sie ganz allein. Sie holte ihren Ordner vom Fensterbrett, trug ihn in die Küche und begann zu blättern. Es würde sich etwas finden, das sie kochen konnte, ohne extra einkaufen zu gehen. Warum nicht Schweinebraten Provençale? Schweinefleisch hatten sie ja genug und Rosmarin wuchs im Kräutergarten. Sie holte ein Schneidbrett und schaltete den Herd ein. Morgen früh würde sie jemanden anrufen, am besten einen von der Feuerwehr, und sagen, dass sie ihn so gefunden hatte. Er war oft betrunken Traktor gefahren, sogar spät in der Nacht, jeder wusste das. Es war schon vorgekommen, dass er auf dem Traktor eingeschlafen und im Graben gelandet oder sogar während der Fahrt heruntergefallen war. Ein Wunder, dass noch nie etwas passiert war. Bis jetzt. Keiner würde darauf kommen, dass sie etwas damit zu tun hatte. Sie, die ahnungslose Frau aus der Stadt, die mit dem dummen Schädel, die nicht einmal eine Milchkanne heben konnte und sich vor Schweinen fürchtete. Es spielte keine Rolle, dass seitdem über dreißig Jahre vergangen waren und sie alles gelernt hatte, was man an einem Ort wie diesen zum Überleben brauchte. Die Zeit verging hier trotzdem noch immer anders als anderswo. Die Vergangenheit klammerte sich auch nach dreißig Jahren noch an die Gegenwart wie eine Greisin die nicht sterben wollte und Meinungen und Ansichten wichen nicht einfach, nur weil sich anderswo die Dinge änderten.

Sie holte ein schönes frisches Stück Schweinebraten aus der Speisekammer, duftende Kräuter aus dem Beet, band sich eine butterblumengelbe Schürze um, die fast so aussah wie die Schürze aus dem Fernsehen und begann zu kochen.

GERHARD HUTTERER

Gewinner des Ralf-Bender-Krimipreis 2015
Sonderpreis für die witzigste Idee

aus Ellwangen
* 1961 in Lexanger
Landkreis Regen
Berufsoffizier

Den Kontakt zu seiner Heimat, dem Bayerischen Wald, hat Gerhard Hutterer nie abgebrochen. Er ist seit über 40 Jahren Mitglied im Trachtenverein „Kreuzstrassler" in Patersdorf, Landkreis Regen. Seit acht Jahren setzt er seine literarischen Ambitionen als Krimiautor um, siedelt seine Geschichten im Raum Patersdorf-Viechtach an. Unter dem Pseudonym *Henry Gerhard* sind von ihm bereits mehrere Krimis erschienen:
Schüsse an der Heimatfront (Politthriller, 2008)
Zusatzzahl dreizehn (Krimi, 2009)
Tabula rasa (Krimi, 2010)
Keine Tapas an der Jagst (Ellwangen-Krimi Bd. 1, 2011)
Der Tod im Wald (Bayerwald-Krimi, 2013)
Mord im Hasenlager (Ellwangen-Krimi Bd. 2, 2013)
Ein weiterer Krimi ist derzeit in Arbeit.

CSI BOANDLKRAMER

Beherzt stach Karl Pointinger mit dem Messer zu. Ein scharlachroter Strahl ergoss sich in die weiße Schüssel.

„Riah, Soferl! Riah! Dann griang ma a scheene Bluadwuaschd. Derfst ned zum Riahn aafhern“, feuerte er die elfjährige Sofie Brandner an, die jetzt gleichmäßig mit dem Holzlöffel rührte, damit das Schweineblut in der Emailschüssel nicht gerinnen konnte.

Eine halbe Stunde später hing die tote Sau kopfüber am Stadeltor des Brandnerhofes. Der Hausmetzger Karl hatte sie schon feinsäuberlich ausgenommen und begann nun damit, sie mit einem Beil in zwei Hälften zu zerteilen.

„Pfui Deife, stinkt des!“, beschwerte sich der achtjährige Josef Brandner, der seinem Onkel Matthias beim Auswaschen der Därme zur Hand gehen musste.

„Seppe, do kimmd nochher des Braat eine. Wenn de Darm ganz sauber san, dann stinkt do nix mehr. Des derfst ma glaubm. Des gibt a richtig guade Wuaschd. Da Metzger-Kare is a Hund aaf dem Gebiet. Do mochd eahm so schneij koana wos via.“

Und Polizeiobermeister Matthias Brandner sollte wieder einmal Recht behalten. Gegen Neun Uhr abends schwammen bereits leckere Blut- und Leberwürste in dem Waschkessel, der dampfend auf der Hofgrehd stand.

„Losts es eich schmegga“, wünschte Margarete Brandner und legte ihren Gästen je eine Blutwurst, eine Leberwurst und ein großes Stück Kesselfleisch auf den Teller.

„Des war oba a scheene foasde Sau. Des Kesslfleisch schmeggd wieda richtig guad, Gretl“, stellte Johann Praxl, ihr Nachbar, anerkennend fest und dabei lief ihm der Fleischsaft über seine beiden Mundwinkel hinunter.

„Ongl Hias! Ongl Hias! Du moust kemma. Ongl Hias! Ongl

Hias! Schneij! Du moust kemma!", unterbrach plötzlich eine aufgeregte Jungenstimme das kleine Schlachtfest auf dem Brandnerhof.

„Bene, wos is denn? Wos is denn lous?", nahm Matthias Brandner seinen Neffen Benedikt in Empfang.

„Du moust sofort kemma! Da Fleischmann Franze is doud. Du moust sofort kemma!", japste Benedikt völlig außer Atem, da er anscheinend die drei Kilometer von Patersdorf bis zum Hof seiner Eltern gelaufen war.

„Wos? Da Bräu-Franze is doud?"

„Ja, doud! Aafgspießd vo am Heiheinzn! Obgstiazd beim Fensterln is er."

Abgestürzt beim Fensterln. Polizeiobermeister Matthias Brandner konnte sich ein Schmunzeln nicht verkneifen, trank seine Maß Bier auf Ex aus und suchte nach seiner Uniformjacke, die er irgendwo in der Küche abgelegt hatte.

„Franze! Franze! Franze!", schrie Magdalena Leidl mit immer heiserer werdender Stimme auch noch, als man den Leichnam ihres Liebhabers längst abtransportiert hatte.

Franz Fleischmann war anscheinend rückwärts aus dem Fenster im zweiten Stock des Heindlhofes, wo sie ihre Dienstbotenkammer hatte, geklettert und – statt die angelehnte Leiter wieder zu nutzen – in die Tiefe gestürzt und von einem Heuheinzen aufgespießt worden, der sich in seine Brust gebohrt hatte. Mit eisiger Miene stand Bartholomäus Fleischmann, der Fleischmann-Bräu, dabei wie drei seiner Knechte den Heuheinzen zersägten und den Leichnam seines Sohnes bargen, um ihn zunächst in den Kühlraum seines Gasthauses zu bringen. Die halbe Patersdorfer Nachbarschaft hatte sich auf dem Heindlhof versammelt und im Halbkreis um die gespenstische Szene aufgestellt, die nur durch den leuchtenden Vollmond und einige schwach flackernde Karbidlampen erhellt wurde.

„Bringdsn ins Wirtshaus!", befahl der Bräu seinen Knechten und wie auf ein geheimes Zeichen teilte sich nun die schaulustige Menge, um ein Spalier für den stummen Leichenzug zu bilden. Einige Menschen folgten dem Karren mit dem zugedeckten Wirtssohn darauf sogar bis zum Gasthaus.

„Du Schlampn, du billige! Segsd, wosd ogricht hosd?", brüllte Bartholomäus Fleischmann in der Kammer von Lena Leidl und schlug ihr mit der flachen Hand abwechselnd links und rechts ins Gesicht.

„He Bartl, beruhig de! De Lena kann nix dafia. Do kean owei no zwoa dazou", versuchte der Heindlbauer den vor Wut schnaubenden Eindringling etwas zu besänftigen.

„Meij Franze is doud! Meij oanziga Bou! Und des Mensch is schuid. Mit ihre foischn Augn hods eahm an Kopf vodrahd."

Bartholomäus Fleischmann konnte sich kaum beruhigen.

„Zefix, is des koid!", dachte Franz Fleischmann und zitterte innerlich.

Er lag auf einem Metalltisch im Kühlraum der väterlichen Gastwirtschaft „Zum Bräu" und war nur mit einer dünnen Decke bis zum Kinn zugedeckt. Im Liegen blickte er an die gegenüberliegende Wand und musterte die tote Wildsau, die dort noch ein paar Tage abhängen musste, bevor ihr Fleisch die Speisekarte des „Bräu" um eine beliebte Spezialität bereichern konnte.

„A so a Schmarrn! Di kann doch goaned fruisn."

„Ha! - Wer bistn du?"

Vor Schreck sprang Franz Fleischmann auf und drehte sich in die Richtung, aus der die tiefe Stimme gekommen war. Plötzlich erstarrte er in seiner Bewegung und schwenkte seinen Körper ganz langsam - wie in Zeitlupe - wieder zurück, um auf den Metalltisch und in die Richtung der toten Wildsau schauen zu können.

Im Aufspringen war ihm nämlich aufgefallen, dass sein Körper nicht mit aufgesprungen war. Verwundert betrachtete er seinen Leichnam, der immer noch auf dem Metalltisch lag und zugedeckt war. Franz drehte sich wieder um und blickte in das faltige Gesicht einer hageren Gestalt.

„Wer bistn du?“, wiederholte er seine Frage.

„Is des a Quiz, oda wos? Da Boindlkrama bin I, des segsd doch“, antwortete die hagere Gestalt in der Ecke des Kühlraums und stopfte sich seelenruhig seine Pfeife.

„Da Boindlkrama?“

„Ja, da Boindlkrama. Du bist ja a richtiga Schneijspanner! Wer soij I denn sonst seij? Du bist beim Fensterln vo a Loitern obagfoin und vo an Heiheinzn aafgspießd woan. Da kimmd doch woi nua da Boindlkrama in Frage, oda? Mid da Regentalbahn kimmsd jednfoijs ned ins Jenseits. Do mousd scho mid mia vorlieb nemma, wenn’s recht is.“

„Und wer hand de zwoa do neba dia?“

„Geh Franze, Du kennsd me doch. I bin’s, de Fischer Fannerl“, antwortete die alte Frau links neben dem Tod.

„Du bist doch ned de Fischer Fannerl. De is doch voa zwoa Dog gstorbn.“

„He, moinsd Du vielleicht, I fahr jedn Doudn in ana Extratour. Do mousd scho mid ana Fahrgemeinschaft vorlieb nemma, wenn’s dem Herrn Jungbräu nix ausmacht. Und dea do is da Hastreiter Girgl, dea fohrd ah mid. Und aaf oan Passagier meijssma no woadn, dea is no ned gstorbn. Host jetzd kapiert, Franze?”

Jetzt verstand Franz Fleischmann endlich. Er war tot. Sein Leichnam lag im Kühlhaus. Zusammen mit einer toten Wildsau an der Wand. Und der Tod war gerade im Begriff, seine nächste Fuhre zusammenzustellen. Mit ihm, Franziska Fischer, seiner Nachbarin, die vor zwei Tagen im Alter von 94 Jahren friedlich eingeschlafen war und einem gewissen Georg Hastreiter aus Teisnach, den er nicht näher kannte und von dem er nur gehört hatte, dass er am Vortag von seinem Pferd mit einem Huftritt gegen den Kopf ins Jenseits befördert worden war. Offensichtlich fehlte noch eine weitere Person. Plötzlich öffnete sich die Kühlhaustür.

„Is mia schlecht. Wenn I des gwissd hed, dann war I liaba ganga, ais mid dia aaf deina Kreidler midzfohrn. Oba I hob ja unbedingd mid miassn. I hob sogar a Hoibe hoibad steh lossn wega dia“, beschwerte sich der Landarzt Dr. Xaver Weickl, der mit Matthias Brandner und dessen Gehilfen Polizeiwachtmeister Josef Veit hereinkam.

„Hod ja sei miassn. Da Franze brauchd an Doudnscheij, sinst grobdn der Herr Pfarrer ned eij. So einfach is des. Und wenn's koa Auto ned daleid, dann fohr ma hoid midm Moped zum Dienst“, murmelte Polizeiobermeister Brandner in seinen roten Vollbart.

„I hob natierle gleij in Veijda ogruaffa. Se ham gfrogd, ob ma mia de Griminaler aus Straubing brauchan. I hob gsogd, dass mas ned brauchan, was ja nua a Unfoi war“, machte sich jetzt Josef Veit mit seiner Meldung wichtig.

„Is scho guad, Sepp. Is ja vielleicht nua a Unfoi. Da Dogda sogd uns des gleij ganz genau, wenn er an Franze ohgschaud und den Doudnscheij aasgsteijd hod.“

„Des war bestimmd a Unfoi. Todesursache Unfoi schreib I eine in den Doudnscheij“, stellte der Landarzt fest, nachdem er sich kurz über den Kopf des Leichnams gebeugt und dann die tiefe Fleischwunde in der Brust des Toten in Augenschein genommen hatte.

„Wia hosd jetzt des so schneij gwissd, Xare?“, fragte Josef Veit etwas verdutzt und kratzte sich an seinem kahlen Schädel.

„Des is doch klar. Riach amoi, wos der Franze fia a Fahn hod. Der war bsuffa, woid in seim Rausch fensterln und is obgstiazd, weil er se nimma richtig eihoidn hod kinna“, erklärte Dr. Weikl mit schwerer Zunge.

Wie zum Nachweis beugten sich jetzt Matthias Brandner und Josef Veit über das Gesicht des Toten und rochen an dessen Mund.

„Pfui Deife, hod dea eine Fahn. Mit dem Rausch war I ah obgstiazd", bestätigte nun Josef Veit inbrünstig.

„Guad. Dann hed ma des ah. Sepp, du ruafsd in Veijda oh und sogsd, dass wirklich a Unfoi war und mia koij Griminaler ned aus Straubing brauchan", wies Matthias Brandner seinen Kollegen an.

„Und du, Xare, schreibst eine: Todesursache Unfall", wobei er die letzten beiden Worte betont in Amtsdeutsch aussprach.

„He Xare, des stimmd ned! Des war koa Unfoi ned. I war ned bsuffa. De zwoa Zipfeklatscher spinnand doch", ereiferte sich Franz Fleischmann und fuchtelte mit seinen Händen in Richtung des Landarztes, der jedoch ohne eine Reaktion das Kühlhaus zusammen mit den beiden Patersdorfer Dorfpolizisten wieder verließ.

„De kinnand di ned hearn", stellte der Tod trocken fest und blies Pfeifenrauch in die Richtung des jungen Bräu.

„Des war koa Unfoi ned. I war ned bsuffa", wiederholte Franz Fleischmann aufgebracht.

„Des is doch jetzd wuaschd. Schick di, mia fahrn gleij", antwortete der Tod, der seine Aufregung nicht verstand.

„Des is ned wuaschd! I war ned bsuffa. Der hod sei eigene Fahn grocha, der bsuffane Hamme. Unfoi! Dass I ned lach. Und de andern zwoa Deppn, de fangand ja ned amoi an Hehnadiab", konnte sich Franz kaum beruhigen.

„Endlich kimmd da Pfarrer. Dann hammas gleij. Du griagsd deij letzte Ölung und dann bagg mas", kommentierte der Boandlkramer, als Bartholomäus Fleischmann und Pfarrer Duschner das Kühlhaus betraten.

„Des hod oba lang dauerd, bis Sie do warn, Hochwürdn“, stellte der Bräu in leicht vorwurfsvollem Ton fest.

„Lieber Bartholomäus, alle Schafe des Herrn brauchen Seelsorge. Die Weber Maria von Prünst ist schwer krank. Ich besuche sie regelmäßig, um ihr Trost zu geben und die Krankensalbung zu spenden. Das braucht halt seine Zeit. Als der Geiger Hans mich informiert hat, weil die Weber selbst ja kein Telefon haben, bin ich sofort losmarschiert. Bei der Dunkelheit ging das nicht schneller. Und der Franz war ja schon gleich tot. Er hätte eh nicht mehr beichten können“, antwortete der Geistliche salbungsvoll.

„So schneij stiabd de Weber Mare ah ned. Oda gehsd zum Erbschleicha zu ihr, Hochwürdn?“

„Das verbitte ich mir aber jetzt. Dein Sohn Franz liegt hier tot auf dem Tisch und Du machst mir solche infamen Unterstellungen. Fleischmann! Fleischmann! Versündige Dich nicht. Dein Register ist schon lang genug. Vielleicht war das heutige Unglück auch ein Fingerzeig für Dich?“

„A so a Schmarrn! Jetzd gib mein Franze endlich de letzte Ölung, damid ma eam in d' Stubm bringa kinnand. Dann kimm I ah vielleicht am Sunnda in deij Kiacha.“

Schweigend breitete der Geistliche seine liturgischen Gegenstände auf einem Stuhl neben dem Metalltisch aus und versah den Toten mit den Sterbesakramenten.

„So, jetzd kimma fohrn“, sagte der Tod, nachdem der Pfarrer und der Fleischmann-Bräu wieder gegangen waren.

„Wos soij jetzd des hoissn?“, fragte Franz Fleischmann überrascht.

„Ohne letzte Ölung hed I di ned midnemma kinna. Do hed I an da Pfortn Schwierigkeitn griagd mid dia. Do is da Petrus feij streng. Do drahsd gleij amoij a Ehrenrundn im Fegefeija, wennsd koa letzte Ölung hosd. Do kennt da Petrus feij nix“, erklärte der Tod.

„Mia kimma jetzd ned fohrn. Des war koa Unfoi. Des war Mord. Umbrochd hammans me. I kann do jetzd ned so einfach furt. Des gehd feij ned!“, erregte sich Franz wieder.

„Unfoi oda Mord. Des kann dia doch wuaschd sei. Doud is doud. Mia fahrn jetzd und damid basta!“, entschied der Tod energisch.

„Do mou I oba jetzd an Franze rechtgebn“, mischte sich nun der Hastreiter Georg ein.

„Hoid di du do raus, Girgl. Mia hamma ah ned gwoad, bis des Roß gschlacht woan is, des dia deij Lätschn eighaud hod, oda? Wou kammadn I do hie? Mia fohrn jetzd!“

„A so is des oiso. Aaf oamoij dads Eahm pressiern. De ganze Zeit red Er vo da Ewigkeit und jetzd hed Er ned amoij a weng a Zeit, weij Er fohrn mechd“, meldete sich plötzlich auch Fannerl Fischer zu Wort.

„He! Wos is denn do lous? Mia san ma do ned bei Wer wird Millionär, wou da Jauch des Publikum frogd wias weida gehd. I sog, mia fohrn jetzd!“

„Dann bleib I do!“, schaltete Georg Hastreiter auf stur.

„Und I ah!“, stimmte Fannerl Fischer ihm trotzig zu.

„Is des de Meuterei aufm Boindlkramakarrn, oda wos? Is ja scho guad. Oana feihd uns eh no. Aaf den woartma no und dann wiad oba gfohrn, habds me?“, lenkte der Tod genervt ein und alle Drei nickten zustimmend, als Bartholomäus Fleischmann mit Johann Draxler, dem Totengräber von Patersdorf, dessen Frau Veronika und dem Metzger Karl Pointinger, der eine gehobelte Eichenbohle auf der Schulter trug, hereinkam.

„Richts an Franze schee hea. In a Stund kemmand de Knecht und bringand eam in d’ Wirtsstubn umme“, bestimmte der Bräu kurz und bündig und ging wieder.

Sogleich machte sich der Metzger an sein blutiges Werk und schnitt mit seinem scharfen Schlachtermesser das Hemd des Toten auf und riss dann die von Blut durchtränkten Fetzen von der Leiche. Auf der Brust klaffte ein Loch von etwa fünf Zentimeter Durchmesser. Dort, wo sich die Spitze des Heuheinzen durch das Herz gebohrt hatte und erst an der Wirbelsäule ihr weiteres Eindringen gestoppt wurde, hatte sich bereits eine braunrote Kruste gebildet. Grob stach Karl mit der Nähnadel in die Brusthaut und nähte das Loch mit Küchengarn zu, als ob er einen gefüllten Schweinebauch verschließen würde. Zusammen mit dem Totengräber zog er Franz die Haferlschuhe, die Kniestrümpfe und die lederne Kniebundhose aus. Franz Fleischmann lag nun nackt auf dem Metalltisch.

„Waschzn und zuigds eam des Sunndagwand an, wia da Bräu des gsogd hod. I kimm nochhea wieda, wenn ma eam zum Aafbleibn ummedrongd", teilte sich der Metzger ungewohnt ausführlich mit und verließ das Kühlhaus.

Sofort begannen der Totengräber und seine Frau mit ihrer Arbeit.

„Habds ihr des gsehng? De hod den Zehner einfach eigsteckd. Und meij Uhr!", erregte sich Franz Fleischmann über das, was er gerade tatenlos hatte mit ansehen müssen.

Bevor Veronika Draxler nämlich angefangen hatte, den Leichnam zu waschen, durchsuchte sie routiniert die Kleidung des Toten. In einer Tasche der Lederhose fand sie einen zerknitterten Zehnmarkschein und in der anderen eine Taschenuhr mit silbernem Gehäuse. Beides ließ sie sofort unter ihrer Schürze in einer Tasche ihres Rocks verschwinden. Für Häusler, wie die Eheleute Draxler, bedeuteten solche Funde einen kleinen warmen Regen, der sie ein wenig für die unangenehme Arbeit entschädigte, die sie gerade zu verrichten hatten. Den gesäuberten Leichnam legten sie nun auf die gehobelte Eichenbohle, aus der nach der Beerdigung ein Totenbrett angefertigt werden würde. Sie zogen ihm das weiße Hemd und den schwarzen Sonntagsanzug an und die schwarzen Lackschuhe, die er vor zwei Jahren zur Beerdigung seiner Mutter bekommen hatte. Die Hände falteten sie Franz und umwickelten sie mit einem Rosenkranz so, dass das Kreuz oben auf lag. Bevor die Knechte zum Abtransport der Leiche kamen, waren der Totengräber und seine Frau mit ihrem Teil der Arbeit schon fertig und gingen.

„Wos regsd Di denn so aaf? In da Ewigkeit brauchsd koa Uhr und ah koan Zehnmaggschein“, sprach der Tod, der die Szenerie eher gelangweilt beobachtet hatte.

„I reg mi oba aaf! De Uhr hob I vo meim Daafdod greijgd. De hod oweij de richtige Zeid ozoigd. Oweij.“

„Dann zoigds hoid jetzd da Draxler Vroni de richtige Zeid oh. De is eh oweij zschbäd kemma. Ihr ganz Lebn lang scho oweij zschbäd kemma“, versuchte Fannerl Fischer zu beschwichtigen.

„Jetzd schlogds dreizehne! De Lena“, murmelte Franz.

„Respekt, Franze! Zu dera waar I ah aafs Kammerfensta ganga“, kommentierte Georg Hastreiter das Erscheinen von Magdalena Leidl und Bartholomäus Fleischmann.

Beide bekreuzigten sich und standen zunächst einige Augenblicke schweigend nebeneinander.

„I gib dia a paar Minutn und dann schleichsd di. Nochher beim Aafbleibn mecht I di ned sehng. Host mi vostandn? Wenn du ned gwen warsd, dad da Franze no leben und ned koid do liegn. Oba er hod ja unbedingd zu dia in deij Kammer miassn, du Mensch, du liadalichs.“

„Mia hamm uns hoid gern ghobd.“

„Das I ned lach!“

„Ja, gern ghobd hamma uns, obsdas glaubsd oda ned.“

„Gern ghobd. Bräuwirtin woidsd wern, sonsd nix. Und jetzd is da Franze doud. Oiso, a paar Minutn und dann schleichsd di!“

„Und wos wiad dann aus unserm Kind?“

„Wos fiaram Kind? Du und da Franze?“

„Ja, I und da Franze. Er woid mi heiradn. Des hod er mia vosprocha“, verkündete Lena in trotzigem Unterton.

„Dia moine hamm scho mehra des Heiradn vosprocha, damits drieba derft hammand iba di. Do hedsd scho längsd zwanzg Manna, wenn di olle gheirat hedn. Dass I ned lach.“

„Gwieß, Bräu, gwieß. Da Franze woid mi heiradn, dass des Kind sein Nam griagd.“

„Nix gibds! A paar Minutn und dann gehsd! Und dann weij I di nimma do sehng. Host mi vostandn?“

„Franze, Franze! Wos wiad denn bloß aus unserm Kind?“, fing Lena Leidl plötzlich zu schluchzen an und hielt sich am Anzugärmel des aufgebahrten Toten fest.

„Nix gibds!“, blieb der Bräu hart und verließ den Raum.

Sofort hörte Lena auf und rieb sich trotzig die Augen.

„Eha! Wer is nochad Er?“, interessierte sich plötzlich der Tod für den nächsten Gast im Kühlraum.

„Des is da Steiner Berti, oana vo unsre Knecht“, stellte Franz ihn vor.

„De andern wern a gleij kemma und mi zum Aafbleibn ummedrong in unsa Gaststubn.“

„Do kannd ma se ah leicht deischn“, antwortete der Tod mit einem süffisanten Grinsen im Gesicht und zog wieder genüsslich an seiner Pfeife.

„Wos moansd denn do damid?“, wollte Franz wissen.

„Des werst gleij sehng, Franze.“

„I hoid des nimma aus. I hed des nia doa derfa“, begann Berthold Steiner mit fast weinerlicher Stimme.

„Jetzd reiß di zamm!“, ermahnte ihn Lena Leidl.

„I hob dia gleij gsogd, dass des ned guad geh kann. I hoid des nimma aus.“

„Jetzd reiß di zamm!“, wiederholte Lena.

„Und wos hod da Bräu gsogd?“

„Der ziert se no. Oba den kriage no so weid, dass er mi mit dem Kind im Wirtshaus aafnimmd. Der braucht no aweng."

„Wos soi des hoißn? Hod er dia ned glaubd?"

„Dou di ned obe. Den griag I scho no soweid. Wenn olle mein dickn Bauch sehng und I olle sog, dass des Kind vom Franze is, dann kann er goa nimma anders, ois mi im Wirtshaus aafznemma."

„Und wenn ois assakimmd?"

„Wos soi denn do assakemma. Da Franze is vo da Loitern gfoin und is doud. Des wissnd olle Leid."

„Oba I hobn doch vo dera Loitern obagschiedld wia er an deim Fenster war."

„Vegln woid er mi, der dumme Deife. Oba I hobn goa ned einaloussn durch mei Fensta. Er hod nedamoi gschrian, wia er einegfoin is in den Heinzn."

„Mochd dia des goanix aus, Lena?"

„Wos soi mia des ausmocha? I will unbedingd Wirtin vom Bräu werdn. Und Du wiasd dann da Wirt, wenn da oide Bräu ah ausm Weg grammd is."

„Lena, wos sogsd du do? Den Oidn ausm Weg ramma? Spinnsd du jetzd komplett?"

„Berti, es gibd koa zruck mea. Du bist do mittn drin."

„I hoid des nimma aus! Lus! Jetzd kemmand de andern Knecht."

„Habds Ihr des gherd? Der Berti wars! Da Berti hod me umbrochd. Der hod mi vo dera Loitern gschiedld wia an Opfe vom Bahm, dass I in den Heinzn einegflong bin. Und de Matz hodn ohgstifd."

„Jetzd is ja ois klar. Dann kimma ja endlich fahrn", sagte der Tod trocken und klopfte seine Pfeife aus.

Niedergeschlagen drehte sich Franz Fleischmann zu Fannerl Fischer um und umarmte sie.

Die Knechte hatten zwischenzeitlich die Eichenbohle mit

der Leiche von Franz darauf hinausgetragen.

„So dann bagg mas! Do vorn steht meij Kutschn. Mia fahrn no kurz beim Steinerhof vobei“, informierte der Tod seine Fahrgäste über den weiteren Ablauf ihrer Reise ins Jenseits.

„Wos mochma denn beim Steinerhof?“, fragte Franz.

„Des wersd dann scho sehng“, antwortete der Tod kurz und trieb seine vier Rappen mit einem Peitschenknall an.

„Dann war des doch koa Unfoi. Dann mou I doch nomoij in Veijda oruaffa, dass ma de Griminaler vo Straubing doch brauchan“, konstatierte Josef Veit, als er in der Scheune des Steinerhofes Berthold Steiner betrachtete, der an einem Heuseil vom Firstbalken baumelte.

„Ja, Sepp, des mochsd“, bestätigte Matthias Brandner, der den Abschiedsbrief in der Hand hielt, den der Erhängte hinterlassen hatte.

„Oba vorher geh ma no zua Lena. Und an Doktor brauchma ah wieda. Geh schick oan umme zum Weickl Xare wegan Doudnscheij.“

„Des is oba jetzd ned deij Ernst, Boindlkrama?“, beschwerte sich Franz Fleischmann, nachdem Berthold Steiner neben ihm in der Kutsche Platz genommen hatte.

„I hob dia doch gsogd, dass uns no oa Passagier feihd. Jetzd kimma fahrn.“

„Und wos is mit seiner letztn Ölung? Derf dea ah so mid, der Mörder, der hinterkünftige?“, wollte Franz jetzt wissen und ging sogleich Berthold an die Gurgl.

„A Ruah is! Dea fohrd eh nua a kurz Stickl mid. Do dafia brauchd dea koa letzte Ölung. Da Luzifer is do ned so genau beim Einlass, wenn I eam seij Kundschaft liefer. Oda hosd du gmoind, deij Mörder kimmt in Himme?“

IRIS LEISTER

aus München
* 1965
Schriftstellerin

Iris Leister wurde 1965 in Berlin geboren und lebt als freie Autorin und Dozentin für kreatives Schreiben in München. Berufswünsche in chronologischer Reihenfolge: Seiltänzerin, Astronautin, Jacques Cousteau, Schriftstellerin und Hirnforscherin, weswegen sie Biologie und Linguistik studierte. Nach ihrem Abschluss wandte sie sich erneut dem Schreiben zu und war Stipendiatin der FFA beim Screenwriter's Extension Program der UCLA. Ihre Filmstoffe wurden für verschiedene Drehbuchpreise nominiert.
Sie schrieb für die Hörspielreihe *Der Ohrenzeuge*, viele, zum Teil preisgekrönte Kurzgeschichten und ist Mitautorin des Ratgebers *Brockhaus Ratgeber Kreatives Schreiben*. Ihr historischer Thriller *Novembertod* erschien im Jaron Verlag. Sie ist Mitglied im VS und bei den Mörderischen Schwestern.

DER HIAS

Das Klingeln hat mich geweckt. Obwohl, eigentlich bin ich schon vorher wach geworden; von dem Zähneknirschgeräusch von den Reifen auf dem Kies und dem Motor, der stirbt. Ein BMW. Und ich hab ja auch schon gewartet gehabt auf sie. Gehofft, dass sie kommen.

Der Vater hat sie herein gebeten. Den Polizisten und die Polizistin. Die Mutter ist einfach so da gestanden, im Nachthemd, mit wirrem Haar und die Augen rot und verschwollen. Der Vater hat ganz unrasiert und zerfurcht ausgesehen und schwarze Augenringe hat er gehabt.

Die Polizisten haben dann mit den Eltern geredet. Aber ganz leise. Der Vater hat extra den Zeigefinger an die Lippen gehalten und nach oben gedeutet. Obwohl ich nichts hab verstehen können, hab ich mich trotzdem gefreut. Jetzt ist es so weit, hab ich gedacht. Endlich. Weil, es sind Sachen im Ort passiert. Aber es hat ja niemand auf mich hören wollen. Bis jetzt.

Am Anfang haben wir Kinder noch mitgesucht. Zusammen mit den Erwachsenen. Den ganzen Ort durchkämmt. Die Höfe, die Scheunen, Garagen, den Regen. Ich hab ja zuvor schon mit dem Vater nach dem Hias gesucht gehabt. Denn der war auch weg. Irgendwann kam der Angermeier Andi noch mit der Floris, das ist seine Stöberhündin. Die ist so gut erzogen, dass sie die leckerste Wurst nicht nimmt von dir, bis dass der Angermeier es erlaubt.

Als es dann dunkel geworden ist, haben sie uns Kinder nach Hause geschickt. Zu gefährlich, wenn da ein Wahnsinniger bei uns im Ort herumstrolcht, haben sie gemeint. Ich hab mir auf die Zunge beißen müssen. Diesmal sag ich nichts, hab ich gedacht. Wer nicht hören will, muss fühlen.

Jeder saß dann für sich zu Haus. Ich hab zuerst Fernsehen geschaut, und obwohl Galileo lief, was ich normalerweise gern schau, hab ich mich gar nicht konzentrieren können. Eigentlich interessiert mich das immer sehr, Wissenschaft und Technik. Besonders Kriminaltechnik. Aber an dem Tag hätten sie sonst was bringen können. Ich hätt`s nicht mitbekommen. Und dann hab ich mich oben ans Fenster gesetzt. Ganz dunkel war`s, und sah so aus, als würd sich alles zusammenducken. Die Höfe, das Wirtshaus, die Häuser, die Kirche, die schlafende Dult mit dem Autoscooter und den Buden, alles so, wie Leut, die nach einer Beerdigung zusammenstehen.

Und im Wald hast du die Taschenlampen aufblitzen sehen. Wie ein Glühwürmchenflackern, ein winziges. Und ihre Rufe und das Bellen von der Floris, das alles kam von weit weg herangeweht, als wäre es schon gar nicht mehr wirklich. Und der Wind war klebrig irgendwie; wie der nach Zuckerwatte und Mandeln gerochen hat, ganz so, wie der Atem von der Amrei ihrer Leonie, als ich sie das letzte Mal gesehen hab. Da hab ich selbst kaum mehr atmen können. Obwohl ich ja nicht mehr bete, hab da gebetet, dass es endlich vorbei ist. Dass sie ihn endlich holen. Den Hias. Meinen Bruder. Den Kaputtmacher.

Damals, als die Mutter schwanger war mit ihm, hab ich mich gefreut. Dass ich einen Spielkameraden haben würde, für mich allein. Ehrenwort. Aber dann kamen sie heim mit ihm. So klein, wie ich gewesen bin, ich hab gleich gemerkt, dass das mit dem nie was werden wird. Ganz viel kümmern hat sich die Mutter müssen. Und als der Hias zwei wurde, war spätestens klar, dass mit ihm was nicht stimmt. Geredet hat der nicht. Und war überhaupt ein ganz Langsamer.

Der Vater war ab da immer ganz ernst und streng zu mir. Nie hab ich`s ihm recht machen können: Michi, benimm dich halt, du bist doch groß, mach jetzt, tu jetzt, lass, sei lieb zum Hias, Michi. Dabei können sie doch froh sein, dass sie mich haben. Weil, ich bin ja gesund. Aber auch die Mutter hat den Hias mehr gemocht, als wie mich. Selbst als die Sachen anfingen zu passieren.

Weil, irgendwann hat`s begonnen, dass der Hias einfach so umeinandergestreift ist. Stundenlang war er weg. Und hinterher war immer was tot. Ich hab's dem Vater gezeigt. Eins ums andere Mal. Geh, Michi, das macht der Hias nicht, der tut keinem was, der ist harmlos, das weißt du auch, Michi, das weißt du. Und angeschaut hat er mich ganz ernst.

Der Vater hat halt immer zum Hias gehalten. Auch damals, als er das Junge vom Bau-Brandl seiner Katze umgebracht hat. Rotwaschel hab ich's genannt. Weil, auf jedem Ohr hat's einen großen, roten Fleck gehabt. Das Rotwaschel, das hat super gern mit mir und dem Jonas gespielt. Der Jonas ist der Bub vom Brandl. Auf jeden Fall hat der Brandl erlaubt, dass ich es mitnehm, und dann stand ich da mit der kleinen Katz, die war so weich, und die Mutter war gerade beim Abendessenrichten und sie hat geschimpft, das geht nicht, einfach Tiere anschleppen, weil, sie hat genug Arbeit mit dem Hias. Und der Hias hat dieses Lächeln gelächelt, und bevor ich das Rotwaschel am nächsten Tag zum Brandl zurückbringen konnte, war es tot. Ersäuft. Das Fell so nass, dass die roten Ohren fast schwarz ausgesehen haben. Aber niemand hat glauben wollen, dass es der Hias war: Ach, geh, Michi, geh, Michi, ach geh.

Wie immer. Die Mutter und der Vater haben auf die vielen Kratzer geschaut, die ich am Arm hatt, aber die hab ich doch schon vorher gehabt, von als ich mit dem Jonas durchs Brombeergebüsch im Wald bin.

Ich weiß nicht weiter mit dir, Michi, manchmal weiß ich nicht weiter: Der Vater mit diesem müden Ton, mit dem er mir immer das schlechteste der Gefühle macht.

Ich hab weinen müssen, weil das war alles so ungerecht: Der Hias ist Schuld, aber ich bin der Schlechte. Und die Katze hat mir so leid getan, weil sie hat leiden müssen, und ich hab mir vorgestellt, wie sie Angst gehabt hat und ihr Herz ganz schnell geschlagen hat, wie sie sich gewunden hat, immer wieder, bis es dann endlich vorbei war.

Ich bin in mein Zimmer und hab wie so oft gebetet, dass der Herrgott den Hias von uns nimmt, damit nichts mehr passiert. Aber das Beten hat ja auch nie nichts genutzt.

Kurz drauf hab ich den Herrn Pfarrer um Rat gefragt. Der hat mir dann die Geschichte vom verlorenen Sohn erzählt. Und das mit den Vögeln, dass auch sie die Kreaturen Gottes sind. Aber das beides hat mir auch nichts geholfen.

Dass ich nicht einmal ein Verständnis hätte für meinen kleinen Bruder, das hätt er nicht erwartet, das hat der Vater dann am gleichen Abend zu mir gesagt. So ein Judas von Pfarrer. Am liebsten hätt ich seinem Auto die Reifen abgestochen. Hab ich aber nicht. Aber Messdiener hab ich nicht mehr sein wollen. Obwohl ich gern Messdiener gewesen bin. Es ist schön in der Kirche, ganz feierlich: Die Maria mit dem Jesuskind, das sie so glücklich anschaut, und die Gemeinde, wie sie auf den Holzbänken sitzt, ganz stad. Wenn du dann das Rauchfass hereinträgst, ruhen alle Augen auf dir. Aber seit da bin ich nicht mehr hingegangen. Und das Beten hab ich auch aufgehört.

Geschrieen haben sie nicht mit mir deswegen, die Eltern. Da gab's nur diese Blicke. Und da wußt ich, dass ich ganz alleine bin.

Schrecklich bloß, dass sie es soweit haben kommen lassen. Aber sie haben's nicht anders gewollt. Jetzt ist es eindeutig. Mit dem Steckerl. Wo der Wolfgang und der Vater den Steckerlfischstand machen für die freiwillige Feuerwehr. Und das Geld von dem Steckerlfisch, das spenden sie an die Aktion Mensch.

Der Wolfgang ist der ältere Bruder vom Vater. Wir dürfen immer helfen, den Stand aufbauen. Also helf ich, und der Hias steht da und schaut, wie er halt immer so dasteht und schaut, wenn er nicht gerade herumstreift. Erst bauen der Vater und der Wolfgang den Grill auf. Das ist so ein Dorado-Grill, da kannst du 100 Stück grillen in der Stunde. Blitzblank polier ich den immer. Dann stapeln wir die Buchenscheite. Die schlägt der Wolfgang selbst. Aber vorher, in der Früh, marinieren der Wolfgang und ich schon die Fische. Makrelen aus dem Meer, so lang wie mein Arm; aber auch Saiblinge mit ihren roten Bäuchen und Forellen. Und ich darf sie auf die Steckerl machen. Das sind keine solchen aus Metall, sondern aus Holz. Da schwört der Wolfgang drauf, weil's besser schmeckt mit denen. Trotzdem sind die so spitz, dass du jemand wehtun kannst damit.

Am Anfang geht das schwer, den Fisch drauf aufzuspießen, aber dann, wenn man weiß wie, dann ist das, wie wenn das Steckerl auf Schienen durchrutscht. Der Fisch starrt einen dabei immer ganz dumm an mit seinen glasigen Augen. Aber da gewöhnst du dich dran.

Wenn alles fertig ist, darf ich den großen blauweißen Schirm aufspannen. Ein ganz feierliches Gefühl ist das, schöner noch wie wenn man dem Christbaum den Engel aufsetzt.

Genauso ist`s auch dieses Mal gewesen. Nur der Hias, der hat die ganze Zeit mit seinen Fingern auf den Spitzen der Steckerl herum gefahren, ganz sanft, so dass es seine Haut nur ein wenig einbuchtet hat. Und ein Lächeln hat er auf dem Gesicht gehabt.

Da ging was in ihm vor, das hab ich ihm angesehen. Und ich hätt's wissen müssen, dass es was Furchtbares ist. Aber selbst wenn, es hätt nichts genützt.

Wir haben dann den ersten Fisch essen dürfen, und dann hat der Wolfgang gesagt, wir sollen los. Weil, ich wollt auch noch den neuen Autoscooter anschauen, von dem der Jonas erzählt gehabt hat. Und der Vater hat mir zwanzig Euro zugesteckt. Aber auch für den Hias, hat er gesagt, als ob ich das nicht wüsst. Der Hias hat dann noch ein Gezeter gemacht, weil er unbedingt ein Steckerl hat mitnehmen wollen. Und obwohl die so spitz sind, hat der Vater ihn damit ziehen lassen.

Auf dem Weg haben wir die Mutter und die Amrei gesehen, und der Hias hat an mir gezerrt, wie er das eben macht, wenn er wo hin will, und der ist ja sehr groß und stark für sein Alter, da kann er ordentlich ziehen. Da hab ich ihn zu ihr hingehen lassen. Ich war froh, weil, wenn er bei der Mutter ist, kann ich auch mal allein was machen.

Ich hab mir dann noch gebrannte Mandeln gekauft. An dem Stand war auch die Leonie. Die ist erst vier. Und ganz klein und dünn. Dafür aber eine Brille, dass du glaubst, die schaut durch eine Lupe. Und wenn du zu der sagst, Leonie, ich hab was Süßes für dich, dann kommt die gerade überall hin und mit jedem mit.

Hat mich gewundert, dass die Amrei nicht bei ihr war. Aber gut, die stand ja bei unserer Mutter. Und unsere Dult ist ja auch winzig. Nicht wie in Straubing das Volksfest.

Die Mutter und die Amrei haben gewippt zur Musik von der Musikkapelle.

Ich an dem Stand, und der Hias verschwindet zwischen den Leuten zu der Mutter mit seinem behinderten Steckerl in der Hand. Das war das letzte, was ich von ihm gesehen hab, bis er dann wieder aufgetaucht ist, einen Tag später mit zerfetztem T-Shirt und ganz blutig, seine Zeug-Schnur um die Hand; so fest gezogen, dass es eingeschnitten hat.

Die Polizei hat geglaubt, dass der Hias einem Wahnsinnigen in die Hände gefallen ist. Auch die Leonie, die sie da noch nicht gefunden gehabt haben.

Die Eltern sind wie Geister durchs Haus.

Ich war ganz stad und stumm. Weil, sie haben ja nie hören wollen. Das letzte Mal, wo ich was gesagt hab, hat der Vater mich verdroschen. Das war damals, wo dem Schlegl Wirt sein alter Schuppen gebrannt hat. Da hat er seinen alten Kram drin gehabt. Solange der Schlegl nichts mitgekriegt hat, konntest du dich stundenlang umtun da drin. Irgendwann, als ich so richtig am Stöbern gewesen bin zwischen dem ganzen Zeugs, stand auf einmal der Hias da drin. Ich hab ihn wieder rausbuxiert, weil, das war mein Schuppen. Da hat er geschrien wie am Spieß. Und später in der Nacht hat's gebrannt. Und am nächsten Tag hab ich in der Asche was vom Hias gefunden. Das Spaß-Feuerzeug vom Vater, was der Hias immer nicht hergeben mag, wenn er`s in die Finger kriegt, weil, wenn man es dreht, der Maßkrug darauf ganz leer wird, als ob da einer drin sitzt und trinkt.

Ich habs dem Wolfgang übergeben, weil, er ist ja der Leiter der Feuerwehr. Und versucht, mit dem Vater darüber zu reden. Hab gesagt, dass der Hias wohl besser wo anders aufgehoben wäre. Und da hat der Vater mich verdroschen. Nichts gesagt. Nur verdroschen. Blaue Flecke hab ich gehabt danach.

Später hab ich das Feuerzeug gefunden, im alten Schrank von den Eltern, ganz hinten, in den Koffern, wo sie sonst immer die Weihnachtsgeschenke verstecken.

Kurz nach der Dresche ist der Wolfgang zu uns gekommen und hat lang mit den Eltern geredet. Danach hat der Vater angefangen, mit mir zum Angeln zu gehen. Schön war das. Bis neulich.

Aber ich war ja stehen geblieben bei der Dult und dem Hias und der Leonie.

Auf jeden Fall, als ich die Mandeln hatte, bin ich dann eine ganze Zeit einfach so rumgewandert. Was ich so genau gemacht hab, weiß ich nimmer. Eben einfach gelaufen und geschaut. Was man halt so macht. An dem Stand bin ich vorbei gekommen, wo du aus tausend Fäden etwas herausangeln musst. Die sind auf der anderen Seite an was festgemacht. Meistens an einer Niete. Und ein paar an Süßigkeiten und Plüschtieren. Und wenn du den richtigen ziehst, bekommst du eben das Plüschtier. Aber meistens halt nichts. Das weiß ich noch, weil, wie ich die Leute da hab an den Schnüren ziehen sehen, hab ich an letzte Woche denken müssen. Wie der Vater mit seinem Angelstuhl zusammengebrochen ist.

Diesmal war der Hias mit. Sonst passt die Mutter dann auf ihn auf. Aber die Mutter hatte was zu tun. Der Vater hat mich gefragt. Und ich hab gedacht, warum hat sie ausgerechnet heute was zu tun, weil, sie weiß doch, dass ich mit dem Vater den Angeltag hab; unseren Männertag, wie der Vater das immer nennt.

Einen ganz fetten Kloß hab ich da im Hals gehabt und hab nichts sagen können. Der Vater hat das ganz falsch verstanden: Siehst du, Michi, du bist eben doch unser Großer, hat er gesagt. Und ich hätte am liebsten irgendwas zerschlagen vor Wut. Aber ich hab mich zusammen gerissen. Und der Hias ist mit. Zu der Stelle am Höllensteinsee, die eigentlich nur mir und dem Vater gehört. Eine ganz kleine Bucht ist das. Links und rechts wachsen große Felsen ins Wasser und auf dem einen steht eine einzelne Fichte, die ist so mächtig, dass der Vater und ich zusammen sie nicht umfassen können. Und wenn der Wind geht, dann rauscht sie, und das ist ein ganz einsames Geräusch, aber auch beruhigend irgendwie.

Um dahin zu kommen, ruderst du weit über den See. Das Wasser ist schwarz. So schwarz, dass du nicht weißt, was sich alles da unten versteckt.

Wenn ich und der Vater Glück haben, dann holen wir ein paar Schleien heraus und mit ganz großem Glück einen Hecht. Aber eine wahnsinnige Geduld musst du schon haben.

Jedenfalls, der Vater sitzt auf seinem grünen Angelstuhl und wartet, dass was beißt, und ich hab gerade meinen neuen Wobbler ausprobieren wollen, da macht's auf einmal ein komisches Ploink und der Vater liegt auf dem Boden, die Angel nebendran und der Stuhl wie zusammengeknüllt unter ihm. Weil eins von den Blechbeinen ist irgendwie eingeknickt. Ich bin sofort hin und hab ihm aufgeholfen und meinen Stuhl hergegeben. Schon gut, Michi, jetzt lass es halt, lass es halt, lass, Michi, Michi, lass!

Hat mich abgeschüttelt, wie eine Fliege, eine lästige. Und der Hias hat gelacht und gelacht, und das tut er ja normal nicht. Und ich hab den Vater angeschaut wie er den Hias anschaut und hab plötzlich gewusst, nur damit der Hias lacht, da würd er sich in den See stürzen an der schwärzesten Stelle oder sonst was machen.

Der Vater hat den einen Arm um den Hias seine Schultern gelegt und den anderen um mich. Den nehmen wir jetzt öfter mit, hat er dann gesagt.

Daran hab ich irgendwie denken müssen da auf der Dult. Und da bin ich zum Autoscooter. Hab Chips gekauft. Einen ganzen Sack voll. Für das ganze restliche Geld vom Vater. Mir doch egal, dass ich das mit dem Hias hätt teilen sollen.

Es hat schon ein wenig gedämmert, und der Autoscooter hat wie wild gefunkelt. "Bad Boy" von Lady Gaga hat die Anlage heraus geblasen, volles Rohr, mit Bässen so, als würd dir einer schnell und hart in den Bauch hauen.

Der Jonas war schon auf der Fläche, in so einem schwulen grüngoldenen Auto. Ich dann in ein Rotes und voll auf den Jonas zu. Dann haben sie eine Nebelkanone abgefeuert. Und ich hab den Jonas gar nicht mehr sehen können und ein jeder ist in jeden reingeknallt, bis ich den Grüngoldenen wieder hab aufblitzen sehen. Und gerade wo ich dem Jonas den Todesstoß versetzen wollt, so richtig voll rein, dass es ihn komplett zerlegt hätt, hat mich der Vater aus dem Auto zogen, und bevor ich noch was hab sagen können, hat er mir eine gelangt und geschrien, wo denn der Hias wär und alles, und die Mutter ist am Rand gestanden, ganz aufgelöst hat's ausgeschaut, und ich hab gesagt ich weiß nicht, warum muss immer ich wissen, was mit dem Hias ist, und hab fast geheult, weil, egal, wo ich bin, egal, was ich tu - der Hias macht alles kaputt.

Am Karussell haben wir gesucht und an den Ständen, durch den Dunst von den Mandeln und der Zuckerwatte und den Würsteln, und überall die Musik, die Buden und die Händler, und keiner hat ihn gesehen. Dann sind wir den Hang runter zum Regen, weil, da ist ein Stück Ufer mit Brocken und Gebüsch und der Hias spielt da und sammelt Zeug, sobald man nicht aufpasst und obwohl er's nicht darf, aber da war er auch nicht gewesen. Und der Vater hat mir die ganze Zeit seinen Wenn-mit-dem-Hias-was-ist-Blick zugeworfen, und ich hab gedacht, ja, wenn mit dem Hias was ist, dann, klar, bin ich dran, weiß ich eh, bin ich ja immer, aber was wirklich mit dem Hias ist, das will ja keiner hören. Keiner von Euch.

Dann sind wir wieder hoch, und am Maibaum gab'sann das nächste Trara, weil auch die Leonie verschwunden war. Und die Leonie, die findet den Hias super, dem rennt sie immer nach. Und die Amrei tut nichts, weil, auch sie will ja nicht glauben, dass der Hias ein Kaputtmacher ist.

Hätt ich den Hias doch ins Loch gesperrt, hab ich ab dann die ganze Zeit gedacht. Hätt ich doch. Das hab ich nämlich schon manchmal getan, wenn ich mir nicht mehr zu helfen gewusst hab. Das Loch ist im Wald. Das kenn nur ich. Da muss einmal ein Keller gewesen sein oder so. Ganz merkwürdig. Da ist eine Falltür und darunter ein kleiner Raum, von dem geht eine andere Tür ab. Ganz dick ist die, mit runden Ecken und aus Eisen. Drei große Riegel hat sie, sieht aus wie die U-Boottüren in den Filmen aussehen, die ich mit dem Jonas geschaut hab.

Egal wie ich's versucht hab, die hab ich nie aufbekommen. Ich bin ja oft rumgewandert im Wald. Wenn mir alles zu viel war. Ich verschwind am Besten, hab ich dann immer gedacht, und dann werden sie sehen, was sie davon haben. Ich bin so tief in den Wald, dass ich nicht wusste, ob ich zurückfinden würde. Weil, die Bäume sind so hoch und dunkel, die sperren den Himmel aus, und irgendwann siehst du in allen Richtungen nur noch Stämme, und dazwischen liegt immer wieder einer, den hat der Sturm umgehauen, und es rauscht und raschelt, dass du kein anderes Geräusch mehr hörst. Und es riecht: Nach Schwammerln, nach Laub und nach modrigem Holz.

Auf jeden Fall bin ich damals über das Loch gestolpert. Also über die Falltür. Ganz zugedeckt von Blättern war sie gewesen. Trotzdem hab ich es gemerkt, weil, der Boden hat sich anders angefühlt, wie ich drüber gelaufen bin. Und du hörst ja auch, wenn du plötzlich über was Hohles läufst. Ich hab das ganze Laub und die Erde weg gegraben. Tausendfüßler und Asseln und Regenwürmer - das ganze Waldzeugs ist mir über die Hände gelaufen. Aber dann hab ich es gespürt. Metall. Und hab weiter gegraben und es war eine Tür. Ganz rostig. Ich hab sie aufgestemmt und darunter war dann das Loch. Ganz dunstig riechen tut's da und Rostflecken laufen die Wände herunter.

Erst hab ich gemeint, das ist ein cooles Versteck für mich. Einfach zum Für-Immer-Verschwinden. Aber dann hab ich gedacht, warum denn ich verschwinden soll, wo doch der Hias alles kaputt macht. Und dann hab ich manchmal den Hias da drin eingesperrt. Und obwohl er eine Mordskraft hat, hat er die Falltür nie aufgekriegt. Und die U-Boottür auch nicht. Wenn ich dann aus dem Wald raus und in den Ort bin, da war es irgendwie friedlich. Als wie wenn auch der Ort aufatmen würd. Das hat mich beruhigt.

Damals hat das angefangen, dass der Hias seine behinderte Zeug-Schnur gemacht hat: So eine weiße Paketschnur aus Plastik, da hat er Sachen dran festgebunden, Holzstückchen und Flaschendeckel. In alles hat der Vater vorsichtig Löcher gebohrt, damit er's auffädeln kann, und Vogelfedern und so ein Kram. Die hat er immer um den Hals getragen und geglaubt, er ist ein Indianer.

Am zweiten Tag hat die Polizei die Leonie gefunden. Im Loch. Erwürgt. Und das Steckerl im Hals.

Und heute früh, nach dem ganzen langen Gerede von den Polizisten mit den Eltern, ist der Vater zum Hias ins Zimmer und hat ihn geweckt und angezogen, wie man das so tun muss beim Hias. Und dann haben sie ihn endlich mitgenommen. Mutter und Vater sind mit. Tür zu und weg. Gerade so, als gäbs mich nicht. Mir war das egal. Das war ein solches Triumphgefühl, dass sie ihn endlich geholt haben, dass ich hätt freiwillig auf alles verzichtet: Aufs Helfen beim Stand, auf die Dult, vielleicht sogar aufs Angeln mit dem Vater. Für eine kurze Zeit.

Jetzt überleg ich die ganze Zeit, wie sie den Hias verhören wollen. Ob ihnen das gelingt. Weil: Der Hias, der sagt ja nichts. Nur manchmal, da lächelt er, und die Erwachsenen sagen, mei, wie ein Engel, ein Engel, der Hias. Und wenn ich sag, dass sie sich täuschen, heißt es: Ach, geh, geh, Michi. Geh. Aber die Polizei, die fällt nicht darauf hinein. Die haben Indizien. Das Steckerl, das T-Shirt, die Schnur. So viele, da sperren sie ihn weg, bis ihn keiner mehr kennt. Und ich bin dann ein Held, weil, ich habe ja immer gewarnt vor ihm. Als einziger. Vielleicht kommt sogar das Fernsehen und macht einen Beitrag. Der kleine Held vom Regen wird es da heißen. Und der Vater, der wird sich bei mir entschuldigen. Recht hast du gehabt, Michi. Sind wir wieder gut, sind wir wieder gut, bitte sind wir gut, bitte.

Und ich bin natürlich gut mit ihm. Und der Vater ist froh, weil auch er weiß: Verdient hat er das eigentlich nicht.

Und der Herr Pfarrer wird sich auch bei mir entschuldigen. Und ich werde allen verzeihen und in der Kirche bete ich gemeinsam mit den anderen für den Hias. Bestimmt lassen sie mich dann auch in die freiwillige Feuerwehr, obwohl ich erst im Winter dreizehn werd. Und eine Katze werde ich mir holen. Die Mutter wird mich wieder lieb anschauen. Der Vater wird wieder nur mit mir zum Angeln fahren. Männerausflug, Michi, wird er sagen. Wir beide. Nur wir beide. Und wir packen die Angel und die Kühlbox und die Stühle und die Köder und alles zusammen, und rein damit ins Auto, und wir fahren, mein Vater und ich, sein einziger Sohn, und die Mutter ruft uns ihr seids vorsichtig hinterher und winkt uns lächelnd nach. So eine schöne Vorstellung ist das. Ich mag gar nicht aufhören, daran zu denken, auch wenn jetzt wieder das Polizeiauto vorfährt und die Eltern steigen aus und der Hias auch und er lächelt und die Mutter streichelt ihm über die Wange. Ich verstehe nicht, wie sie den wieder zurückbringen können. Was muss ich denn noch tun, damit der Hias endlich verschwindet aus meiner Familie?

GERHARD GOLDMANN

Gewinner des Ralf-Bender-Krimipreis 2015
Sonderpreis für den originellsten Mord
2. Platz Gesamtwertung

aus Rudolstadt
* 1957
Umweltwissenschaftler und Forstingenieur

Gerhard Goldmann ist Mitglied im Autorenverband Franken. Seine Leidenschaft gilt dem Schreiben, was zu zahlreichen Veröffentlichungen in Anthologien verschiedener Verlage führte.

REGEN, EISKALT

Sie drückte die Zigarette aus, atmete tief durch und ging durch die Terrassentür in die Wohnung zurück. In der Küche öffnete sie den Gefrierschrank, entnahm dem untersten Fach einen rechteckigen Kunststoffbehälter und verstaute ihn in einer jener Isoliertaschen, wie man sie üblicherweise für den Transport von Fertigpizzen und tiefgekühltem Spinat verwendet. Die Tasche packte sie in einen Stoffbeutel mit einem Werbeaufdruck für ein Sonnenschutzmittel und verließ mit ihr das Haus durch den Nebeneingang.

Draußen stopfte sie ihre kühle Fracht in die linke der beiden Satteltaschen ihres bereitstehenden Fahrrades. Dann ließ sie den Dynamo gegen den Vorderreifen schnippen und fuhr los. Die schmale Straße, in der sie wohnte, war menschenleer und auch auf ihrem weiteren Weg begegneten ihr nur ganze zwei Autos, deren Insassen sich später nicht einmal mehr daran erinnern würden, überhaupt eine Radfahrerin gesehen zu haben.

Sie radelte zügig durch Sankt Johann, bog nach links ab über die Brücke, fuhr ein kurzes Stück auf dem schmalen Weg flussaufwärts und dann quer über die Bundesstraße. Drei-, vierhundert Meter musste sie sich den Berg hinaufquälen, dann erreichte sie die Schienen der Waldbahn. Dort war es, wo sie ihren Drahtesel zurückließ und nahezu unsichtbar zwischen den Bäumen abstellte. Der einen Satteltasche entnahm sie den Sonnenschutzbeutel samt Inhalt, der anderen einen Feldstecher. Es handelte sich um ein teures und schweres Nachtglas, dessen Dämmerungszahl mit einem Wert von neunundvierzig außergewöhnlich hoch war. Ihr Vater hatte es ihr geschenkt. Für die Jagd, wohlwissend, dass sie nichts so sehr verabscheute, wie das Töten von unschuldigen Tieren. Sie hängte es sich um den Hals und lief mit der Tasche in der Hand auf den Gleisen in südwestlicher Richtung. Vor einem herannahenden Triebwagen brauchte sie keine Angst zu haben, denn der letzte reguläre Zug war schon vorüber und der Nachtschwärmer von Plattling nach Zwiesel würde erst kurz nach halb zwei hier vorbeikommen.

Am Viadukt angelangt, kletterte sie hinunter auf den schmalen Steig neben der stählernen Fachwerkkonstruktion, der direkt über den Granitpfeilern verlief und für Wartungsarbeiten benutzt wurde. Auf ihm balancierte sie vorwärts, bis sie genau über der Landstraße war. Dabei vermied sie es tunlichst, nach unten zu schauen, in dieses gespenstische Dämmerlicht hinein, das der volle Mond abstrahlte und das die Entfernung bis zum Erdboden optisch noch einmal verdoppelte.

Ihre Uhr zeigte zwanzig Minuten nach Mitternacht, also blieb ihr voraussichtlich noch eine viertel bis halbe Stunde Zeit. Sie holte ein Päckchen Lucky Strike aus der Jacke und zündete sich eine Zigarette an. Außerdem zauberte sie einen kleinen verschließbaren Papp-Aschenbecher mit Aluminium-Beschichtung aus der Tasche, um die anfallende Asche und den übrigbleibenden Filter gewissenhaft zu entsorgen. Gierig sog sie den Rauch ein und genoss das Nikotin, das Sekunden später durch ihre Adern zu pulsieren begann. Sofort wurde sie etwas ruhiger und sah den kommenden Ereignissen voller Optimismus entgegen.

Trotz der Anspannung, die auf ihr lastete, musste sie grinsen, als sie an die Rahmenbedingungen ihren nächtlichen Mission dachte. „Todesursache: Pünktlichkeit" würde der Arzt auf den Totenschein schreiben können, das wäre doch mal ganz was anderes als Herzinfarkt, Lungenembolie oder Schädelfraktur!

Seine Pünktlichkeit war das Einzige, was sie ihm zugutehalten mochte. Sein Flieger war planmäßig gelandet, wie ein kurzer Anruf beim Flughafen in München ergeben hatte. Die Gepäckausgabe als Unsicherheitsfaktor fiel aus, da er mit absoluter Gewissheit nur einen Aktenkoffer dabei hatte, den er als Handgepäck mit sich führte. Zehn Minuten bis zum Parkhaus und dann die Fahrt hierher, die zu dieser späten Stunde keinerlei Risiko für Verzögerungen in sich barg. Plus minus fünf Minuten musste sie als mögliche Abweichung einkalkulieren, allerhöchstens zehn Minuten.

Außerdem hatte der Alte zum Glück ein kindisches Vergnügen an technischem Spielzeug aller Art und schaltete sein GPS nicht einmal auf jenen Strecken aus, die er eigentlich im Schlaf kennen musste. So zog sie ihr Smartphone aus der Tasche, tippte rasch eine Tastenkombination ein und schon erschien dieser kleine Punkt auf dem Bildschirm. Er befand sich südwestlich von Deggendorf und schien dort stillzustehen. Doch als sie sich näher heranzoomte, fing er an sich zu bewegen, glitt auf dem roten Band der Autobahn langsam vorwärts, schob sich in die Stadt hinein – und war verschwunden.

Sie spürte, wie ihr heiß wurde, wie ihr ganzer Plan mit einem Mal zusammenbrach. Dann fiel es ihr ein und zugleich ein Stein vom Herzen: Der Tunnel in Deggendorf! Er hatte den Kontakt zwischen seinem Navi und dem Satelliten einfach unterbrochen. Und tatsächlich erschien das Pünktchen nach nicht einmal einer Minute wieder auf ihrem Touchscreen.

Mietraching, Zwieslerbruck, der Maxfelsen …

Ihre zunehmende Nervosität fraß sie fast auf. Aber zu rauchen getraute sie sich jetzt nicht mehr, denn sie musste beide Hände frei haben, wenn es so weit war.

… die Hackermühle und Oberglasschleife …

Unwillkürlich musste sie kichern, als ihr klar wurde, auf welcher Route er sich bewegte. Immer stur an jenem Bächlein entlang, dem der weise Volksmund den Namen Höllbach gegeben hatte.

… Irlmoos, Rusel, Ritzmaisersäg …

Ein Geräusch ließ sie hochschrecken. Ein Motorrad kam von Norden her und donnerte fast fünfzig Meter unter ihr durch die nächtliche Stille. Mit aufgedrehtem Gashebel und grotesk überhöhter Geschwindigkeit, wobei der völlige Mangel an sonstigen Geräuschen den Motorenlärm noch lauter erscheinen ließ als am Tage. Für einen Moment lang fühlte sie sich in die Szenerie eines Schwarz-Weiß-Films versetzt und hoffte in einem weiteren Anfall grimmigen Humors, dass dieser sich nicht in einen *film noir* verwandeln würde.

... Ritzmais, der Steinbruch am Ochsenberg, endlich Reinhartsmais!

Die Handgriffe, die nun folgten, war sie in Gedanken schon so oft durchgegangen, dass sie quasi von selbst abliefen. Sie bestimmte, was geschehen sollte, und kam sich dabei im Grunde genommen doch nur wie ein unbeteiligter Zuschauer vor, wie ein winziges Rädchen im kosmischen Getriebe. Beinahe ungläubig beobachtete sie sich selbst, wie sie die Isoliertasche öffnete, den Deckel der Dose entfernte und den massiven Eisklotz, der sich in ihrem Inneren befand, vorsichtig auf den Boden stürzte. Dann nahm sie ihn mit beiden Händen auf und stützte ihn behutsam auf dem Brückengeländer ab. Das Eis war an seinen Außenflächen ganz leicht angetaut und schimmerte im Mondlicht glatt und glänzend wie ein riesiger Edelstein.

Sekunden später tauchte in der Ferne jener Wagen auf, den sie herbeigesehnt und den ihr Smartphone ihr angekündigt hatte. Sein vertrauter Anblick beschleunigte ihre Herzfrequenz auf mindestens einhundertvierzig Schläge pro Minute. Schnell vergewisserte sie sich noch einmal mit einem kurzen Blick durch den Feldstecher, um jeglichen Zweifel über das Zielobjekt auszuräumen.

Der Mercedes war ganz allein auf der Straße und näherte sich zügig. Sie wartete, bis die silbergraue Limousine kurz vor der Brücke war, dann packte sie den Klumpen und warf ihn mit voller Wucht nach unten. Es war ein Vabanquespiel, bei dem eine Zehntelsekunde über Erfolg oder Misserfolg entschied. Andererseits war der Einsatz gleich Null und sie würde es bei Bedarf beliebig oft wiederholen können. Doch sie brauchte keine Wiederholung. Sie hörte das Splittern von Glas, das Quietschen der Bremsen und schließlich einen gewaltigen Aufprall. Danach herrschte gespenstische Ruhe, absolutes Schweigen. Hastig ging sie bis zum Pfeiler, der es ihr ermöglichte, auf die Nordseite der Brücke zu gelangen. Luftlinie keine dreißig Meter von ihr entfernt klebte das Wrack an der Leitplanke, wobei ein Scheinwerfer schräg nach oben leuchtete und sie auf groteske Art an den ausgekugelten Arm einer Leiche erinnerte. Leider fing die Kiste kein Feuer, wie es in einem Fernsehkrimi sicherlich der Fall gewesen wäre. Aber im Innenraum schien sich kein Leben mehr zu rühren und das war das Einzige, worauf es ihr ankam.

Sie fühlte sich unglaublich leicht und zufrieden und feierte ihren Triumph mit einer einsamen nächtlichen Kippe. Das Eis hatte sich beim Aufprall ebenso zerteilt wie das Sicherheitsglas der Frontscheibe und bis die Polizei eintraf, wären von ihm höchstens noch ein paar Wassertropfen übriggeblieben. Sie fragte sich, warum noch nie jemand vor ihr auf diese geniale Idee gekommen war. Eine Mordwaffe, die sich von selbst auflöste, und Fingerabdrücke, die in der warmen Sommernacht ganz einfach verdunsteten. Als Tatwerkzeug würden sie möglicherweise einen harten Gegenstand ermitteln, doch bis dahin wäre der harte Gegenstand schon längst Tröpfchen für Tröpfchen der Schlossauer Ohe entgegengesickert und auf Nimmerwiedersehen in Richtung Schwarzes Meer verschwunden.

Sorgfältig verstaute sie die Reste ihres Glimmstängels und genauso sorgfältig reinigte sie die Speicher ihres Telefons von allen verdächtigen Spuren, ehe sie zurückging.

Als sie wieder festen Boden unter den Füßen hatte, warf sie automatisch einen Blick auf ihre Armbanduhr. Nein, sie wollte einen Blick auf ihre Armbanduhr werfen und was sie sah, ließ sie beinahe zu einer Salzsäule erstarren – wie einst im Alten Testament Lots Weib vor dem Bild des brennenden Sodom. Ihr Handgelenk war leer, die Uhr verschwunden!

Mit Mühe konnte sie ihren aufsteigenden Brechreiz unterdrücken, aber sie zitterte so sehr, dass sie sich für einen Augenblick festhalten musste, und der Schweiß lief ihr trotz der angenehm temperierten Nachtluft in kleinen Rinnsalen den Rücken hinunter. Fieberhaft suchte sie im funzligen Licht ihres Handy-Displays die ganze Brücke ab und verfluchte sich dafür, dass sie keine Taschenlampe mitgenommen hatte. Nichts, keine Spur ließ sich von dem verdammten Ding entdecken. Wahrscheinlich war das Armband aufgesprungen, als sie den Eisblock über die Brüstung geworfen hatte, und die teure Cartier lag jetzt irgendwo dort unten.

Sie setzte sich hin und überdachte ihre Lage, die sich mit einem Mal so bedrohlich zugespitzt hatte. Wenn die Bullen ihre Uhr am Tatort fänden, wäre sie geliefert. Ihr ganzer Plan bräche wie ein Kartenhaus zusammen und sie würde lebenslänglich in den Knast wandern. Die Versicherung würde keinen Pfennig zahlen und den Traum von einer eigenen Firma könnte sie sowieso in den Wind schreiben.

Sie musste hinunter und sie finden. Mit behutsamen Bewegungen und jede Deckung nutzend kletterte sie die Böschung hinab. Als sie unten angekommen war, hörte sie ein Auto kommen und duckte sich schnell hinter die Büsche. Der Wagen fuhr vorbei, wurde aber deutlich langsamer. Dann wendete er, kam zurück und hielt an. Ein junges Pärchen stieg aus, ging zu dem Wrack, dessen Lichter noch immer brannten, und sah hinein. Die beiden redeten aufgeregt miteinander und trauten sich offensichtlich nicht, die Trümmer anzurühren, geschweige denn die menschlichen Überreste, die sich darin befanden. Stattdessen telefonierten sie mit dem Handy und kurz darauf erklang in der Ferne ein Martinshorn. Es wurde rasend schnell lauter und verstummte abrupt, als der dazugehörige Streifenwagen auf dem Bankett zum Stehen kam. Dafür drang jetzt Stimmengewirr zu ihr herüber, begleitet vom gleichmäßigen Blinken des Blaulichts.

Wenig später traf auch die Feuerwehr ein und überzog die Unfallstelle mit dem gleißenden Licht ihrer Halogenscheinwerfer. Sie selbst war zwischenzeitlich wieder nach oben gekrochen und suchte mit dem Fernglas die Straße unter sich ab, wobei sie bäuchlings auf der Brücke lag. Gerade, als sie ihre verlorene Uhr etwas abseits auf dem Asphalt entdeckt hatte, trat ein Polizist in einer schlecht sitzenden Uniform an das Fundstück heran, bückte sich und besah seine Entdeckung. Er markierte die Lage mit Kreide, machte ein paar Photos und verstaute – nachdem er sich sorgsam ein paar Gummihandschuhe übergestreift hatte – das Chronometer in einer durchsichtigen Plastiktüte.

Es kam ihr vor, als würde ihr eigenes Todesurteil verlesen, als würde ihr der Henker das goldene Armband wie einen Strick um den Hals legen und ganz langsam zuziehen. Der Hauptwachtmeister mit dem Bierbauch machte sich ein paar Notizen und wechselte einige Worte mit seinen Kollegen. Vermutlich ahnte der Trottel nicht einmal, dass er sein einfältiges Gesicht in diesem Moment dem Sensenmann mit der schwarzen Kutte leihen musste.

Während zwei Sanitäter die blutige Leiche aus der Fahrertür herauszogen, wurde ihr mit einem Mal schmerzlich bewusst, dass der Tod längst nicht das Schlimmste war, was sie erwarten konnte. Ihre Karriere bei der Justiz war definitiv zu Ende und selbst wenn sie nach fünfzehn Jahren entlassen werden sollte, bekäme sie mit dieser Vorgeschichte nicht einmal mehr eine Zulassung als Scheidungsanwältin. Ihr ganzes bisheriges Leben zerfiel zu einem Scherbenhaufen; ihr Studium und ihre Promotion schrumpften zu bedeutungslosen Fußnoten zusammen. Und ihr Gatte, dieses selbstgefällige Arschloch, würde sie – dessen war sie sich sicher – nicht ein einziges Mal im Zuchthaus besuchen. Wenigstens wäre er ohne ihr Erbe arm wie eine Kirchenmaus. Und als Ehepartner – vielleicht sogar Komplize? – einer überführten Mörderin würde er seinen falschen Charme ziemlich bemühen müssen, um überhaupt jemals wieder auf einen grünen Zweig zu kommen. Doch dieser tröstliche Gedanke änderte nichts an der Tatsache, dass alles aus war. Für sie selbst und für immer.

Zuhause angekommen trug sie das Fahrrad in den Keller und schloss die Tür hinter sich zu. In der Küche ließ sie sich schwerfällig auf einen Stuhl sinken und nestelte die letzte Lucky Strike aus der zerknautschten Packung.

* * *

Bei einem tragischen Verkehrsunfall verstarb in der Nacht zum Mittwoch der international erfolgreiche Unternehmer Herbert Graulich. Sein Wagen kam auf der Staatsstraße 2135 aus Deggendorf kommend unmittelbar hinter dem Regener Eisenbahnviadukt nach links von der Fahrbahn ab und prallte gegen die Leitplanke. Als Unfallursache wird menschliches Versagen angenommen, da sowohl ein technischer Defekt als auch ein Drittverschulden ausgeschlossen werden können. Die Polizei geht davon aus, dass der Manager dem berüchtigten Sekundenschlaf zum Opfer gefallen ist. Er war erst gegen elf Uhr abends mit dem Flugzeug in München gelandet und nach den bisherigen Ermittlungen seit fünf Uhr morgens ohne Pause auf den Beinen. Der Aufprall war so heftig, dass die Armbanduhr von Graulich, ein goldenes Unisex-Modell der Marke Cartier, aus dem Auto hinausgeschleudert und fast dreißig Meter von ihm entfernt auf der anderen Straßenseite gefunden wurde.

Indirekt forderte das entsetzliche Ereignis noch ein zweites Todesopfer. Dr. Sandra Graulich, die Tochter des Unfallfahrers, hatte die schreckliche Nachricht offenbar nicht verkraftet und erhängte sich in den frühen Morgenstunden im Keller ihres Hauses an einem Heizungsrohr. Dr. Graulich war als Referendarin am Amtsgericht Deggendorf tätig und hatte sich dabei insbesondere der Bekämpfung familiärer Gewalt verschrieben. Unklar ist bislang noch, wie die junge Frau bereits vor dem Eintreffen der Polizei von dem Unglück erfahren konnte. Ihr Ehemann zeigte sich gegenüber der Presse äußerst gefasst und bezeichnete es als seine wichtigste Aufgabe, nunmehr das Lebenswerk seines Schwiegervaters in dessen Sinne weiterzuführen und die mehr als siebzig Arbeitsplätze in den verschiedenen Betriebszweigen dauerhaft zu erhalten.

Ein Interview mit ihm und einen Nachruf auf Herbert Graulich finden sie in unserem Wirtschaftsteil.

DAGMAR ISABELL SCHMIDBAUER

aus Passau
* 1962
freie Journalistin, Autorin, Verlegerin

Dagmar Isabell Schmidbauer wurde im beschaulichen Stuttgart geboren, ist im hektischen Rhein-Main-Gebiet aufgewachsen, im tiefsten Bayerischen Wald gereift und nun im einmalig gelegenen Passau angekommen. Sie ist Mutter von sechs inzwischen erwachsenen Kindern und weil die damit verbundenen Aufgaben ihr Leben noch nicht genug ausfüllten und sie sich zudem außerhalb der eigenen vier Wände in die Gesellschaft einbringen wollte, machte sie sich in den vergangenen zwanzig Jahren zunächst einen Namen als Journalistin. Nach viel beachteten Artikeln in der regionalen und überregionalen Presse begann sie eine weitere Karriere als Krimiautorin.
Mit Titeln wie: *Dann stirb doch Selber*, *Tote Engel*, *Marionette des Teufels*, *Der Tote vom Oberhaus* und *Und dann kam das Wasser ...*, schrieb sie sich in die Herzen ihrer Leser. Spannung, Eros, die Fähigkeit immer wieder aufs Neue eine interessante Figur aus dem Ärmel zu ziehen und das überraschende Zusammenfügen verschiedener Handlungsstränge zu einem sinnhaften Ganzen, sind ihre Spezialitäten. Inzwischen hat sie die in der Dreiflüssestadt spielende Reihe, in der im Frühjahr 2016 der neue Roman erscheinen soll, unter der Internetseite *www.Der-Passau-Krimi.de* zusammengefasst und versorgt die Fans dort mit interessanten Details zu den Krimis.

DREISESSEL-BEGEGNUNGEN

Mein Name ist Carla – Sie dürfen mich gern duzen, das macht hier jeder. Im vergangenen Jahr bin ich dreißig geworden, und das ist nicht nur für Männer eine besondere Zahl. Mit dreißig sollte eine Frau etwas vorweisen können. Etwas, das der Nachwelt in Erinnerung bleibt. Ich bin Journalistin und schreibe aus Leidenschaft. Für eine gute Geschichte würde ich töten. Oder sterben. Oder beides. Gute Geschichten müssen spannend sein, unterhaltsam, vielleicht auch überraschend – alles, nur nicht langweilig. Nur so funktioniert es mit dem Erfolg. Durchschnitt kann jeder produzieren. Aber wer die Leser wirklich für sich gewinnen will, muss ihnen etwas Außergewöhnliches bieten.

So wollte ich eine Story über die seltsamen Zeichen schreiben, die scheinbar seit ewigen Zeiten in Stein gemeißelt sind und wie sie seit Jahrhunderten die Menschen faszinieren und leiten. Ein etwas sperriges Thema, werden Sie jetzt denken. Wer glaubt denn heute noch an mystische Kräfte, an Sagen und Märchen? Na ja, vielleicht kann ich Sie eines Besseren belehren, schließlich bin ich eigens deswegen in dieses Dorf am Fuß des Dreisessel gezogen.

Um in einem Dorf im tiefsten Bayerischen Wald Fuß zu fassen, macht es immer Sinn, sich einer örtlichen Gruppierung anzuschließen. Ich hatte die Wahl zwischen dem katholischen Frauenbund und der Schafkopfrunde am Stammtisch. Da ich nicht katholisch bin, zog ich es vor, mich nach den Regeln des Kartenspiels zu erkundigen und fand diese Art der Sozialisation für mich in vieler Hinsicht lehrreich.

Nicht nur die geheimnisvollen Zeichen boten sich hier als Thema an – nach einiger Zeit am Stammtisch überlegte ich sogar, ein Buch über das „Phänomen Dorf“ zu schreiben. Über Menschen, die so taten, als würde es das ganz Offensichtliche vor ihren Augen nicht geben. Seit ich unter ihnen lebte, studierte ich sie und wusste langsam über jeden einzelnen von ihnen Bescheid. Vielleicht erzählten sie mir ja so viel, weil ich nicht wirklich dazugehörte, vielleicht stellte ich aber auch einfach die richtigen Fragen. Manchmal wusste ich nach kurzer Zeit schon mehr über die Leute als der eigene Ehepartner nach zwanzig oder dreißig gemeinsamen Jahren. In meiner Schreibtischschublade vermehrten sich die Dossiers, deren Inhalt alteingesessene Familienclans bis in die Grundfesten hätten erschüttern können …

Tja, so kam es, dass ich mich wieder einmal abends beim „Woidwirt" am Stammtisch einfand und mit lauter Männern Schafkopf spielte. Bevor ich in dieses Dorf gekommen war, hatte ich vom Schafkopfen keine Ahnung. Doch ich lernte schnell und schätzte die hohe Auszeichnung, die mir die Männer zuteilwerden ließen, indem sie mich, „des zuagroaste Weiberleid" mitspielen ließen.

Insgesamt ist das Spiel eine todernste Angelegenheit. Dabei durfte ich nicht schwätzen und nicht zu viel fragen. „Schau zua, pass guat aaf und sei staad", hatten sie zu mir am Anfang gesagt, „dann lernst du's schon."

„Schell'n Solo!" rief der Xaver gerade über den Tisch, und ich sah, wie seine Augen für einen Moment leuchteten. Der hagere Mann genehmigte sich einen Schluck Bier, bevor er seine Trümpfe der Reihe nach ausspielte. Und am Ende stand er wirklich als Sieger fest. Eigentlich hätte der Xaver deswegen total aus dem Häuschen sein müssen. Er hatte noch nie gewonnen, jedenfalls nicht, so lange ich dabei war. Aber er starrte trübsinnig auf die eichene Tischplatte und griff geistesabwesend nach seinem Bierglas. Eisiges Schweigen breitete sich über der Männerrunde aus. Heute war ihr Spiel nur der Versuch gewesen, einer äußerst ungewöhnlichen Situation im Dorf mit Normalität zu begegnen: dem Tod.

Normalität – unmerklich schüttelte ich bei diesem Gedanken den Kopf. Nichts, was in diesem Dorf gerade vor sich ging, war normal. Vor allem, wenn man von außen kam und die aktuellen Geschehnisse mit dem Blick einer Journalistin aus der Großstadt betrachtete.

Mit der Hand gab ich dem Wirt ein Zeichen, damit er eine Runde Schnaps auf meine Rechnung brachte. Schnaps war immer gut. Schnaps löste die Zunge, vor allem in dieser Ausnahmesituation.

Meine Gedanken wanderten zurück zum heutigen Morgen. „Hast du schon gehört, was dem Toni passiert ist?“ Überall wurde hinter vorgehaltener Hand geflüstert. Beim Friseur, beim Bäcker, beim Metzger … aber lesen Sie selbst.

„Sie haben ihn vorgestern beim Steinernen Meer gefunden, abartig, oder?“, wusste die dicke Metzger-Berta und stopfte sich schnell ein paar Scheiben feiner Schinkenwurst in den Mund, während ich versuchte, mich für eine Sorte grober Streichwurst zu entscheiden.

Das Steinerne Meer war natürlich nicht abartig, es war einfach eine bizarre Felsformation, die schon vom Tal aus gut zu sehen war. Ein Meer aus Steinen, seltsamerweise bis jetzt ohne ein göttliches Zeichen. Dafür aber nun mit einem Mann, der offensichtlich gestorben war, wie er gelebt hatte.

Nach allem, was ich bis dahin erfahren hatte, hätte man sagen können, dass er diesen Tod verdiente, aber das hätte hier im Dorf keiner getan – so wie sich niemand einmischte, wenn einer seine Frau oder die Kinder verprügelte oder zu viel Bier und Schnaps konsumierte.

„Hatte der Toni vielleicht eine Freundin?“ fragte ich scheinheilig, wohl wissend, wie die Antwort ausfallen würde. „Der hat a Jede genommen“, brachte es die Berta auf den Punkt und vertilgte energisch zwei, drei Scheiben vom weißen Presssack. Anscheinend hatte der Toni sie trotz seiner angeblichen Wahllosigkeit nie für ein Schäferstündchen auserkoren.

Schon zu Lebzeiten war viel über den Toni getratscht worden. Die einen sagten, er habe bei Frauen einen Schlag oder einen Stein im Brett oder wie auch immer man Maßlosigkeit nett zu umschreiben versuchte. Die anderen sagten, er sei sexsüchtig, so wie es in Hollywood gerade en vogue ist. Und das am Fuße des Dreisessel. Kein Wunder, dass er schließlich in dieser abartigen Situation aufgefunden worden war.

Vorsichtig kicherte ich in meinen Einkaufszettel hinein und orderte ein warmes Leberkäs-Endstück mit einer göttlichen Kruste. Als eine Nordic-Walking-Frauengruppe den Toten entdeckte, steckte sein Körper in einem Spalt zwischen zwei Steinplatten fest, die Hose über den knackigen Po heruntergezogen, sein bestes Stück – im ganzen Dorf hinlänglich bekannt, wie ich inzwischen wusste – aufrecht stehend. Der Kick zum Abgang musste nicht unbedeutend gewesen sein ... Pech für ihn, dass sich sein Schal, der viel zu eng um seinen Hals lag, an einem Ast eines der wenigen Bäume weit und breit verfangen und ihm nach dem Sturz in die Felsspalte ganz langsam die Sauerstoffzufuhr abgeschnitten hatte. Die Frauen von der Walking-Gruppe hatten die Szenerie genau in Augenschein genommen, bevor sie die Polizei alarmierten und ihre Insider-Informationen anschließend ungebremst im halben Landkreis weitergegeben.

Ein Toter am Steinernen Meer – war er nicht vielleicht selbst ein göttliches Zeichen, wenn auch bisher kein in Stein gemeißeltes? Was für ein obszönes Zeichen das werden würde ...! Springt der Teufel über einen Felsen, so bleibt ein Pferdefuß für die Ewigkeit zurück. Sitzen drei Könige auf einem Felsen, so entstehen drei Sessel. Und in Tonis Fall, was glauben Sie, müsste da auf der Steinplatte am Fundort entstehen ...? Ganz genau!

„Oh Gott“ rief ich bei der Vorstellung laut aus, hielt mir aber schnell die Hand vor den Mund, als sich alle Augen der Schafkopfrunde auf mich richteten. Nicht, dass ich mich noch verplapperte. Über Sex sprach man hier als Frau nicht. Zumindest nicht mit Männern und nicht öffentlich. Die Männer dagegen verpackten ihre Wünsche und Bedürfnisse in zotige Witze. Allerdings wusste ich inzwischen: je schmutziger die Witze, desto weniger Leben in der Hose.

„Tschuldigung!“ nuschelte ich und tat schüchtern, bevor ich die Herren Stammtischbrüder der Reihe nach anblickte. „Aber ich musste gerade an den Toni denken und wie schrecklich die ganze Sache mit ihm ist.“ Mein Blick wanderte von Sepp zu Xaver, der sich immer noch nicht wirklich über seinen Sieg freute und dann zu Franz, der, wenn überhaupt, nur in Rätseln sprach. Mit am Tisch saßen noch zwei Männer, die nur zusahen und nichts sagten. Vielleicht kannten sie die Spielregeln noch weniger als ich. Vielleicht schauten sie auch noch zu, um das Schafkopfen zu lernen. Den älteren der beiden hatte ich schon öfter gesehen, der junge war mir unbekannt. Ich versuchte, mit ihm eine Unterhaltung anzufangen – vielleicht ginge da ja was … „Bist du auch von hier? Ich habe dich noch nie hier gesehen?“ fragte ich harmlos.

„Er stammt vom Klausgupf, ist aber dann nach München zum Studieren!“ erklärte mir der Sepp und schielte in mein Dekolleté. Der Junge nickte bekräftigend. „Ich bin der Andreas, kannst mich Anderl nennen.“ Um seine Mundwinkel spielte der Ansatz eines Lächelns.

„Ich heiße Carla“, stellte ich mich vor und richtete mich auf. Wenn Frauen zeigen, was Männer gerne sehen, können die nicht anders: sie müssen das Objekt ihrer Begierde anstarren. Diese herrliche und nie versagende weibliche Waffe setzte ich immer wieder gern ein. Männer erregen mit ihren Muskeln Bewunderung und Frauen betören mit ihren Rundungen. Da spricht doch nichts dagegen, oder? Zumal ich diesbezüglich nicht gerade wenig zu bieten hatte. Der Sepp, der mir schon die ganze Zeit in den Ausschnitt glotzte, war mir zwar zu alt und auch sonst nicht mein Typ, aber dieser Anderl gefiel mir … jetzt lächelte er etwas breiter und zwinkerte mir sogar mit dem rechten Auge ein kleines bisschen zu. „Nett, dich kennenzulernen, Carla“, sagte er. „Eigentlich sollte ich dir ja gutes Eingewöhnen wünschen, aber im Augenblick sieht es eher so aus, als ob der Wunsch für uns alle gutes Überleben lauten müsste, nach dem, was hier in letzter Zeit abgeht.“

Recht hatte er, der Anderl, denn Toni war nicht der erste Tote, den es in jüngster Vergangenheit auf dem Berg gegeben hatte. Kurz vor meiner Übersiedlung ins Dorf hatte eine kleine Nachricht in den Zeitungen verkündet: „Unglück am Dreisessel – Mann stürzt in den Tod“. Ich war in der Redaktion, für die ich schrieb, eher zufällig darauf gestoßen und hatte weiter recherchiert, aber die Lokalpresse hatte neben dem knappen Unfallbericht lediglich ein paar Tipps der Bergwacht für das richtige Verhalten beim Bergsteigen abgedruckt. Das irritierte mich. Gingen diese Lokalredakteure davon aus, dass es normal war, wenn ein weder betrunkener noch motorisch eingeschränkter, gesunder Mann einfach so von einem Felsen in den Tod stürzte?

Für mich ein weiterer Grund mich auf die Geschichte mit den göttlichen Zeichen zu stürzen. Vielleicht konnte ich ja beides verknüpfen, vielleicht würden die Leute ja dann genauer hinsehen …

In diesem Zusammenhang wollte ich mir vor allem die Menschen ansehen, die so gleichmütig über das tragische Ende eines Lebens hinweggehen konnten.

Nach meinem Umzug ins Dorf musste ich allerdings mit Ernüchterung feststellen, dass zu dem Unglück tatsächlich keine Ermittlungen angestellt und keine Ergebnisse präsentiert worden waren. Woanders hätte es wohl einen Aufschrei quer durch die Bevölkerung gegeben, Sicherungsmaßnahmen wären ergriffen worden und, und, und … aber hier: nichts!

Immerhin brachte ich in Erfahrung, dass das Unfallopfer ursprünglich aus dem Dorf stammte. Der Mann wurde als Benedikt, genannt „Bene“ Maurer hier geboren, hatte dann aber seinen Lebensmittelpunkt in die Großstadt verlegt und seinen Namen in „Benny“ geändert. Die Metzger-Berta wusste über ihn nur, dass er sich dort unsterblich in eine Frau verliebt haben soll, die ihm irgendwann den Laufpass gab und die er fortan mit krankhafter Eifersucht beäugte und als Stalker verfolgte.

Über die Auffundsituation von Bennys Leiche waren keine spektakulären Einzelheiten bekannt geworden. Der Besitzer des Berggasthofes, der den Toten gefunden hatte, berichtete nichts Anstößiges. Blieb nur die Frage, ob der Benny ganz banal ausgerutscht, oder durch einen kräftigen Schubs von hinten zum tödlichen Aufprall gebracht worden war.

Einige von den Alten sagten: „Vielleicht hat ja der Herrgott nachgeholfen!“ Sie waren offensichtlich der Ansicht, dass einer, der es gewagt hatte, vom Dorf wegzugehen, nichts anderes als die göttliche Todesstrafe verdiente. Diese Mutmaßung über ein Gottesurteil erhob ich zum Arbeitstitel meiner ersten Dorf-Geschichte. Ich versuchte, darin all den Klatsch und Tratsch zu verarbeiten, den ich im Vorbeigehen von den Älteren hörte, beziehungsweise auf den Facebook-Seiten der Jüngeren lesen konnte. Aber noch war nicht der wirkliche Reißer daraus geworden.

Schon zwei Monate später gab es wieder ein fatales Unglück am Dreisessel. Ein durchtrainierter Mann um die Fünfzig in perfekter Wanderausrüstung lag eines Sonntagmorgens mit gebrochenem Genick am Fuße des Hochsteins, der höchsten Erhebung der Dreisesselformation. Die Bergwacht hatte den Toten gefunden, kurz vor Beginn eines Berggottesdienstes in der nahegelegenen Nepomuk-Kapelle.

Diesmal wurde deutlich besser hingeschaut, denn der Pratzl Norbert, so hieß der Tote, war im ganzen Dorf als fanatischer Sportler bekannt, der vor keiner Schwierigkeit zurückschreckte und ganz bestimmt nicht „einfach so“ aus Dummheit oder Unachtsamkeit abstürzte. Die Kripo aus Passau rückte an und begab sich fachmännisch auf Spurensuche, musste aber bald passen, weil auf dem Weg zum Berggottesdienst einfach zu viele Leute in der Nähe des Fundortes herumgelaufen waren.

Im Dorf trauerte niemand über Norberts Ableben. Nicht einmal seine Frau Helga, die widerspruchslos auf sein Kommando gehört hatte – und das nicht nur bei Tag, wie ich von der Metzger-Berta in vielsagendem Flüsterton erfuhr.

Berta wusste weiter – woher auch immer -, dass die Kripo offenbar in Norberts Rucksack einige gelinde gesagt ungewöhnliche Gegenstände gefunden haben musste. Dinge, die man nicht zwangsläufig zur Eigensicherung am Berg benötigte, wenn Sie wissen was ich meine. Leider wurden dazu offiziell keine Einzelheiten bekanntgegeben, und auch die Bergwacht war eine diskrete Truppe. Pech für mich, die ich schon eine in mehrfacher Hinsicht abgründige Geschichte witterte.

Ja, und nun hatte als dritter der Toni dran glauben müssen. Der war Mitte dreißig, selbständiger Malermeister und zweifacher Familienvater. Am Sonntag ging er zur Kirche, spulte antriebslos die Rituale der Gläubigen ab und wechselte dann mit wesentlich mehr Enthusiasmus ins Wirtshaus über, bis seine Frau den Schweinsbraten und die Knödel fertig hatte. Während der Woche arbeitete er ganz fleißig, da konnte man ihm nichts nachsagen, aber wie er seine gelegentliche Tagesfreizeit nutzte, war allgemein bekannt. Er pflückte alle Blumen, die sich ihm am Wegesrand anboten und die leicht zu erreichen waren. Und seine Abende verbrachte er am liebsten im Wirtshaus beim Bier.

Seine Frau war eine ganz zarte, liebe und unscheinbare Person. Ich sah sie manchmal mit dem jüngeren Kind vom Kindergarten nach Hause gehen. Zufällig hatte ich sie auch vor dem Kindergarten getroffen, als die Nachricht von Tonis Tod schon die Runde gemacht hatte. Ich wollte ihr so rücksichtsvoll wie möglich mein Beileid aussprechen, aber sie sah mich ganz fest und gleichgültig aus unverweinten Augen an. „Endlich hat er seinen Pinsel in den falschen Farbkübel gesteckt, der Toni“, sagte sie und merkte gar nicht, wie ich vor Entsetzen nach Luft schnappte. „Recht geschieht's ihm. Jetzt erbe ich ein schuldenfreies Haus und muss nicht mehr daheimbleiben, wie er's immer wollte. Ich kann hier wieder als Kindergärtnerin anfangen. Und ich muss mir nie wieder die extradicke Schminke ins Gesicht schmieren, wenn ich einkaufen gehe und die große Sonnenbrille aufsetzen, auch wenn's draußen regnet.“ Ihre Stimme zitterte ein kleines bisschen, aber der Triumph darin war nicht zu überhören.

Seid ihr alle wirklich so blöd oder wollt ihr einfach nichts wissen? Das fragte ich mich später, als ich die Kommentare zu Tonis Tod auf Facebook studierte. War schade um ihn, schrieb eine. So ein Bild von einem Mann. Und eine andere postete völlig aufgelöst: Die Polizei ist unfähig. Dorfgemeinschaft, steh auf! Mach dich auf die Suche nach dem Mörder!

„Vielleicht hat ja einer von den Tschechen den Toni umgebracht!“ Der Franz erhob das erste Mal an diesem Abend die Stimme in der Schafkopfrunde und riss mich aus meinen Gedanken.

„Wie kommst du denn auf die Tschechen?“ hielt der Sepp abschätzig dagegen. „Ich könnte wetten, sein Nachbar war's, der Depp aus München, der behauptet hat, dass ihm der Toni unerlaubterweise ein Gartenhäusl direkt auf die Grundstücksgrenze gestellt hat.“

„Und du meinst, deswegen bringt man Leute um?“ hakte ich sofort nach, zog mein T-Shirt straff nach unten und schaute den Sepp herausfordernd an. „Traust du das diesem Münchner zu?“

„Die Polizei sagt, es war Mord. Oder Totschlag. Auf jeden Fall war's Fremdverschulden.“ Hier schaltete sich der Franz wieder ins Gespräch ein, bevor der Sepp antworten konnte und versuchte sich in dem Fachjargon, den er vom allsonntäglichen Tatort-Schauen kannte.

„Was meinst du eigentlich?“ sprach ich den Anderl an. Wenn der studiert hatte, konnte ich schließlich eine eigene Meinung von ihm erwarten.

„Also ich meine, dass es Zeit zum Heimgehen ist“, bekam ich zur Antwort. Im ersten Moment dachte ich, er habe mich vielleicht falsch verstanden. Aber dann grinste er ganz hintersinnig, und ich begriff, dass er allein und ungestört mit mir über den Fall sprechen wollte … und vielleicht noch mehr …?

Ich grinste frech zurück. „Wo wohnst du denn eigentlich? Wenn du magst, können wir ein Stück miteinander gehen.“

„Ja freilich mag ich. Ich wohne bei meiner Tante auf dem Hof. Sie hat ihr Austraghäusl an eine junge Frau aus der Stadt vermietet, das bist doch du, oder nicht?“

Schon zwinkerte er mir wieder zu, und ich beschloss, die Gelegenheit zu ergreifen …

„Na dann, auf geht’s, Nachbar.“ Der Anderl stand mit mir vom Tisch auf und half mir galant in die Jacke. „Pfiat eich und Gute Nacht“ rief ich der ungläubig dreinschauenden Stammtischrunde zu und legte einen Geldschein für die Zeche auf den Tisch.

„Und?“ bohrte ich erneut, als wir durch das nächtlich stille und ziemlich finstere Dorf schlenderten. „Glaubst du wirklich, dass ein beleidigter Zugereister wegen einer lächerlichen Hütte einen Menschen umbringt?“

„Du fragst viel, gell?“ Der Anderl schob seine dunklen, etwas zu langen Haare aus dem Gesicht und musterte mich ungeniert. „Ich bin Journalistin“ rechtfertigte ich mich. „Ich weiß, du schreibst über die Gegend hier und über die Leute. Ich hab ein paar Artikel von dir gelesen. In der Wochenendbeilage von unserer Zeitung.“

Jetzt war ich doch ein wenig erstaunt. „Und? Was sagst du dazu?“ rutschte mir die Frage heraus, die eigentlich gar nicht geht, wenn man unbeirrt von Lob und Kritik journalistisch tätig sein möchte.

„Du schreibst sehr gut, triffst das Lokalkolorit und den Zeitgeist. Und du machst die Leser neugierig. Ich bin gespannt, wie du das Rätsel der göttlichen Zeichen lösen willst.“ Er legte plötzlich den Arm um mich, wie um zu prüfen, wie weit ich ihn an mich heranlassen wollte. Es fühlte sich unendlich gut und richtig an. Deshalb ließ ich ihn gewähren und drückte mich sogar ein wenig an ihn. Er roch gut. Das Aussehen ist mir bei einem Mann nicht so wichtig, wenn etwas laufen soll, aber ich muss ihn riechen können. Und das war beim Anderl eindeutig der Fall.

Kurz und gut: wir trennten uns nicht, als Bauernhof samt Austraghäusl in Sicht kamen. Wir landeten auf meinem großen, breiten, bequemen Wohnzimmersofa. Nicht, dass ich Ihnen die Einzelheiten aus Schamhaftigkeit vorenthalten möchte, aber das würde zu weit führen. Na gut – wenn Sie es unbedingt wissen wollen – der Anderl war auf meiner intimen Leistungsskala von Null bis Zehn eine Sieben. Er wusste schon, wie Frauen funktionieren und konnte dieses Wissen zielgerichtet einsetzen, aber im Detail fehlte es ihm noch etwas an Gespür und Phantasie. Gut, das ließ sich beim ersten Mal auf die Schnelle nicht ändern. Also spielte ich ihm einen bombastischen Orgasmus vor und freute mich, weil er ziemlich explosiv darauf reagierte.

Zur Feier des Tages holte ich eine Flasche Rotwein und zwei Gläser und stieß mit ihm auf unsere vielversprechende Begegnung an. Ich fand es wirklich schön, mich mit ihm auf dem Sofa zu räkeln und Rotwein zu schlürfen, während er an meinen Haaren herumspielte.

„Du bist eine tolle, ungewöhnliche Frau“, flüsterte er und knabberte zärtlich an meinem Ohrläppchen. Mir wurde ganz schwindlig. Vielleicht war er ja doch keine Sieben, sondern eine Acht.

Plötzlich schob er mich sanft von sich und schaute mir gerade in die Augen. „Was meinst du, wollen wir noch einen Ausflug zum Dreisessel machen?“ fragte er und schenkte mir ein unwiderstehlich schiefes Lächeln. „Nächtliche Feldforschung für die Geschichte, die dich am meisten interessiert, das wäre doch die Krönung dieses Abends, oder hast du Angst?“

„Da oben spuken Geister herum!“, rief ich aufgebracht. „Glaubst du etwa nicht an Geister?“ Mühsam versuchte ich, mein Entsetzen zu verbergen.

Für einen schauerlichen Moment hatte ich geglaubt, einen anderen vor mir zu sehen, einen anderen diese Frage stellen zu hören … einen Toten …! Quatsch, sagte mein Verstand, aber mein Herzschlag wollte sich trotzdem nicht mehr beruhigen. Tote kommen nicht zurück.

„Ich doch nicht. Du etwa?“ Er grinste unverschämt. Ungefähr so wie die Burschen von früher, die den Mädchen auf dem Heimweg vom Tanz erst Gruselgeschichten erzählten und dann als starke Helden und Beschützer bei ihnen in der Schlafkammer Einzug hielten.

Entschlossen erhob ich mich vom Lottersofa. „So lange du bei mir bist, fürchte ich mich vor gar nichts“, behauptete ich großspurig und machte mich daran, in angemessene Kleidung zu schlüpfen und einen kleinen Rucksack für alle Fälle zu packen.

Bis zum Dreisessel-Parkplatz fuhren wir mit meinem Auto, weil das so bequem draußen auf der Straße stand und nicht erst aus der Garage einer Tante geholt werden musste. Als wir ausstiegen, holte der Anderl aus seiner Jackentasche eine Stirnlampe hervor. „Die habe ich immer dabei“, erklärte er mir und tatsächlich war sie für den Weg nach oben unerlässlich. Wir sprachen nicht viel miteinander, weil wir trotz des Lampenscheins höllisch aufpassen mussten, wo wir hintraten, um uns nicht in einem der vielen Schlaglöcher die Knöchel zu brechen. Außerdem ging mir vieles im Kopf herum, und weiche Knie hatte ich auch noch …

Endlich erreichten wir unser Ziel. „Warst du schon einmal hier?“ wollte der Anderl wissen und zeigte mit dem Arm auf die in Stein gemeißelten Königssitze, die angeblich seit ewigen Zeiten hier als Symbole der Einigkeit standen. Sie hatten schon Adalbert Stifter zu seinen Werken rund um den Dreisessel inspiriert – und ganz nebenbei auch mich. Ich schüttelte den Kopf, aber nur, um ihm einen Gefallen zu tun.

In diesem Moment fiel es mir überhaupt schwer einen klaren Gedanken zu fassen. Zeit zum Planen war mir in seinem Fall ja nicht vergönnt gewesen. Aber wenn ich überhaupt noch Erfolg haben wollte mit meiner Geschichte über den unheilvollen Einfluss der göttlichen Zeichen, musste jetzt der Anderl dran glauben. Bei seinen drei Vorgängern hatten sie da unten im Dorf ja vielleicht noch so tun können, als wären all diese Unglücksfälle normale Lebensrisiken, aber ein vierter Todesfall musste doch endlich groß aufgerollt werden – und dann würden alle Zeitungen meine Artikel dazu veröffentlichen, auch die großen. Ganz Deutschland würde meinen Exklusivberichten entgegenfiebern, malte ich mir aus. Wer die Zeitung aufschlägt, möchte wirklich spannende Geschichten lesen. Und was nicht spannend genug ist, muss eben spannend gemacht werden!

Es gab aber noch einen zweiten Grund, warum ich Anderl töten musste. Er hatte mich in diesem einen schrecklichen Moment auf meiner Couch zu sehr an Benny erinnert.

„Da unten haben sie angeblich diesen Benny gefunden“, sagte ich zu Anderl, beugte mich ein wenig über den Rand der Mauer, die den Aussichtspunkt mit den drei Sesseln sicherte, und zeigte mit dem Finger auf einen Felsbrocken in etwa zwanzig Metern Tiefe.

Wenn ein Mann mit einer Frau zusammen ist und es gefährlich wird, fühlt der Herr der Schöpfung sich immer im Vorteil.

Das ist ein Naturgesetz, weil Männer in der Regel stärker sind als Frauen und davon auch den Anspruch ableiten, schlauer und geschickter zu sein.

Der Anderl machte da keine Ausnahme. Er beugte sich nicht nur völlig arglos über die schützende Bruchsteinmauer, sondern auch viel zu weit hinunter. Es würde ein Leichtes sein, ihm einen Schubs zu geben und damit einen Mann zu beseitigen, der mir zum Verhängnis werden konnte. Auch wenn es mir um ihn leid tat, das muss ich zugeben. Aber man muss Gelegenheiten beim Schopf ergreifen, die einen zum Ziel führen. Sie erinnern sich: Für eine wirklich gute Geschichte tue ich alles.

Tja, meine lieben Leser, was soll ich sagen – tatsächlich wurde mir in dieser Nacht das Heft relativ schnell aus der Hand genommen …! Jedenfalls rangelten wir ein wenig, und dann drehte sich auf einmal alles. Der Anderl schrie auf, das fand ich echt rührend, weil ich das von einem Mann nie erwartet hätte. Weder der Toni noch der Norbert hatten geschrien und der Benny auch nicht. Ich umklammerte seine Hand, er die meine, und beide waren wir fest entschlossen, nicht den Halt zu verlieren.

Habe ich eigentlich schon erwähnt, dass ich leidenschaftlich gern zum Klettern gehe und mein Griff sehr kräftig ist? Ich kann einen Mann am Berg halten, bis Rettung naht, solange sich diese nicht allzu viel Zeit lässt.

In unserem Fall kam uns dieser Umstand sehr zugute, denn wir brauchten dringend ein paar Minuten für eine klärende Aussprache. Der Anderl wollte es jetzt nämlich ganz genau wissen.

„Warum hast du den Benny da hinuntergeschubst?“ fragte er und starrte mich an, „er war mein Freund!“ Daher also die Einladung zum nächtlichen Ausflug. Verdammt, meine böse Ahnung war berechtigt gewesen. Es gab sie wirklich, die Verbindung zwischen Anderl und Benny.

„Der Benny war ein Schwein", keuchte ich. Langsam wurde es anstrengend.

„Der Benny hatte dich satt, weil es dir immer nur um deine blöden Geschichten ging", wurde ich zur Antwort belehrt. „Er hat sich bei mir bitter über dich beklagt."

Der Anderl schien übrigens noch ganz munter, und um ihm nicht zu zeigen, dass es für mich bereits ans Eingemachte ging, lächelte ich nur geheimnisvoll, was sauschwer war in meiner Situation.

Denn der Anderl hörte einfach nicht auf mit seiner Fragerei. „ Den Norbert und den Toni hast du aber nur umgebracht, weil du die Story deines Lebens schreiben wolltest, oder hast du sie vielleicht vorher auch noch gevögelt?" Ich nickte erneut. Zweimal. Für detailliertere Auskünfte reichte meine Puste gerade nicht aus. Angesichts der prekären Situation, musste ich ihn trotz allem für sein logisches Denken bewundern.

„Hey, Carla! Wolltest du was sagen?" fragte er mich jetzt. Und ich dachte: so viel hätte ich ihm noch zu sagen … von Toni, dem eingebildeten Macho, von Norbert, der BDSM für Arme praktizierte, von Benny, der wenig geboten und viel gefordert hatte … von diesen Typen, die die Frauen nur benutzen und sich nie fragen, ob sie diese Frauen überhaupt verdient haben … Aber eigentlich war es genug. Der Anderl wusste jetzt Bescheid. Und darum zog ich meine Hand aus der seinen.

„Ach Carla, es hätte so schön werden können mit uns", war das letzte, was ich vom Anderl hörte. Es klang ehrlich und irgendwie nett. Ein Abschied zum Erinnern …!

Nachdem ich die Geschichte zweimal überlesen hatte, schloss ich den Laptop und zog mir stattdessen den Zeitungsbericht heran.

Erneuter Leichenfund am Dreisessel

Forstarbeiter stießen am Dreisessel gestern in den frühen Morgenstunden auf eine weibliche Leiche. Zeugen zufolge soll die dreißigjährige Frau seit einigen Monaten im nahegelegenen Dorf gelebt haben. „Die Umstände ihres Todes werden wohl ungeklärt bleiben", erklärte der zuständige Kriminalbeamte. Nach heftigen Regengüssen, die in der Nacht zuvor eingesetzt hatten, waren keine Spuren mehr nachzuweisen, die zur Aufklärung des Geschehens hätten beitragen können.

Das Foto hatte ich ihnen gegeben, ich hatte es in ihrer persönlichen Datei gefunden und für würdig gehalten. Es zeigte eine wirklich hübsche Frau, lebenslustig und nett, genauso, wie ich sie kennen lernen durfte - neulich, auf ihrem Sofa. Aber leider gab es auch eine andere Seite an ihr. Eine, die schrecklich ehrgeizig war ....

„Meinen Respekt hast du Carla!" Anerkennend nickte ich ihrem Foto zu und ließ meine Gedanken, von der prickelnden Begegnung auf dem Sofa zu unserem nächtlichen Ausflug weiter ziehen.

Sie war wirklich spektakulär abgestürzt, hatte erst ganz zum Schluss begriffen, was eigentlich mit ihr passierte. In dem Moment, wo sie ihre Hand aus der meinen zog, lichteten sich die Wolken wie durch Zauberhand und der Mond beschien ihr verblüfftes Gesicht und ihre Augen, die sich erst überrascht und dann in wilder Panik weiteten. Erst kurz vor dem Aufprall löste sich ein Schrei aus ihrer Kehle.

Was immer sie getan haben mochte – ich bewunderte ihren Mut und ihre Konsequenz bis zum Letzten. Während ich hier in ihrem Arbeitszimmer saß und ihre Aufzeichnungen durchlas, lag das, was von ihr noch übrig war, auf einem kalten Seziertisch.

In ihrem Fall würde man davon ausgehen müssen, dass sie aus unbekannten Gründen vom Felsen in den Tod gestürzt war. Ich dagegen, Oberkommissar Andreas Haimerl, konnte endlich die drei Leichenfunde der letzten Monate als aufgeklärte Fälle zu den Akten legen. Carla hatte es so schön beschrieben: bei keinem ihrer Morde waren verwertbare Spuren am Tatort zurückgeblieben. Was hätte ich denn anderes tun sollen, als mich in Anderl zu verwandeln und so der einzigen Person, die sich nachweisbar ständig auf dem Dreisessel herumgetrieben hatte, ein wenig näher zu treten …?

Ja, vielleicht wäre es wirklich schön geworden mit uns … an einem anderen Ort, in einem anderen Leben. Deshalb will ich auf jeden Fall noch eines für Carla tun. Ich habe ihre Geschichte aus den Aufzeichnungen zusammengestellt und ergänzt und werde sie jetzt veröffentlichen, so, wie sie es vorhatte. Damit nicht alles umsonst war … und letztlich hat es ja doch die Richtigen erwischt, oder was meinen Sie?

HERBERT REICHELT

Sonderpreis für erhöhten Spaßfaktor

aus Wachtberg-Berkum
* 1951 in Herne
Sozialwissenschaftler

Nach dem Studium der Sozialwissenschaften und der Mitarbeit in einigen Forschungsprojekten an der Ruhr-Universität Bochum, war Dr. Herbert Reichelt ab 1983 in verschiedenen Funktionen für das Wissenschaftliche Institut der AOK und den AOK-Bundesverband tätig.
Die schriftstellerische Tätigkeit begann erst 2012. Im Jahre 2014 erschien ein erster Lyrikband mit überwiegend komischen Gedichten (*Gedanken verloren*). Parallel dazu arbeitete Reichelt am ersten Kriminalroman, der soeben unter dem Titel *Bochumer Mörderwoche* erschienen ist, sowie an einer Reihe von Kurzgeschichten – die meisten davon ebenfalls mit „kriminellem Hintergrund".

LYRISCHER KURZKRIMI: DER BUTLER WAR ES NICHT

Im Bayerwald beim Adelshaus,
da sieht es heute böse aus.
Im Dickicht schlummert eine Leich',
die liegt ganz still und wird schon bleich.

Die Tote ist die Baroness,
die immer wieder gern und kess
mit Butler, Gärtner und Chauffeur
und manchmal selbst mit dem Friseur

geflirtet hat – vielleicht auch mehr.
Jetzt wirken ihre Augen leer.
Ganz rot vom Blut erscheint die Stirn.
Herausgequollen ist das Hirn.

Kein schöner Anblick das – fürwahr!
Da hilft auch nicht ihr blondes Haar.
Sie wirkt so kalt und so verbraucht.
Die Baroness hat ausgehaucht.

Vom Butler wurde sie entdeckt.
Der Fund hat ihn zutiefst erschreckt.
Er rief sofort die Polizei.
Die kam dann auch ganz schnell herbei.

»Wer tat das?«, fragt der Kommissar.
Und bald darauf ist ihm schon klar:
Vermutlich war's der letzte Flirt.
Wen hat die Baroness betört?

Was den Ermittler aber stört,
ist, dass er immer wieder hört,
zwar sei der Butler ein Charmeur,
doch trieb sie's auch mit dem Chauffeur,

Friseur und Gärtner ebenfalls.
Der Kommissar kriegt einen Hals.
»Was hat die Adelsfrau gemacht?
Da sind zu viele in Verdacht!

Ein Haus mit so viel Personal
ist für Ermittler eine Qual!
Gäb's nur den Butler, wär ja klar,
wer hier der böse Mörder war.

Vier Krimi-Mörder – eine Leich'!
Das wird zu schwer, das sag ich gleich.«
Und in recht ärgerlichem Ton
rät er dem trauernden Baron,

um solch' Debakel zu vermeiden,
sich künftig klarer zu entscheiden.
Braucht er den Butler, den Chauffeur,
den Gärtner oder den Friseur?

Ermittlungstechnisch vorteilhaft
sei, wenn nur einer davon schafft.
Ganz ratlos fährt er wieder fort.
Nie aufgeklärt wird dieser Mord.

Ach wüsste doch der Kommissar,
dass dieser Fall ganz anders war.
Der Kricketschläger des Baron
befand, es sei ein echter Hohn,

dass er seit Jahren ungenutzt,
nur hin und wieder blank geputzt,
im Eichenschrank die Zeit verdöst,
und wünschte, dass ihn wer erlöst.

Ach käm doch wer, der ihn versteht,
mit ihm hinaus ins Freie geht,
hin, wo der Kricketball noch fliegt,
wo seine Zweckbestimmung liegt.

Und eines Tags kam der Chauffeur.
Der Schläger freute sich so sehr,
weil der ihn auf die Wiese trägt.
Er war schon richtig aufgeregt.

Doch dann passierte das Malheur.
Die Baroness sah den Chauffeur.
Sie ging ihn an: »Was soll denn das?
Ein Kricketschläger? Ist ja krass!«

Was fiele ihm denn da nur ein?
Der Schläger hätt‘ im Schrank zu sein!
Er sei wohl nicht mehr ganz bei Trost.
Die Baroness war sehr erbost.

Doch als der Kricketschläger hörte,
dass er die Baroness so störte,
da packte ihn die blanke Wut.
Er wusste nicht mehr, was er tut.

Der Fahrer wollte ihn noch halten,
doch gegen diese Urgewalten
kam der Chauffeur wohl nicht mehr an.
Erst als das Blut herunter rann,

da war der Schläger aufgeschreckt.
Zu spät! Es war halt im Affekt …
Und niemals ahnt der Kommissar,
dass es der Kricketschläger war.

EVA LIROT & HUGHES SCHLUETER

Eva Lirot
aus Limburg
Literaturwissenschaftlerin

Hughes Schlüter
aus Bad Homburg
Diplom-Wirtschaftsinge-
nieur

Eva Lirot lebte zeitweise in den USA und Kanada. Magister in Literaturwissenschaft, Veröffentlichungen von Kurzkrimis und die Krimi-/Thriller-Serie mit Frankfurts Großstadtsheriff Jim Devcon. Gewinnerin des Ultrakurzkrimi-Preises der Mörderischen Schwestern, 2010 Teil der Jury für den renommierten Friedrich Glauser Preis.

Hughes Schlueter lebte in Luxemburg, Frankreich und London. Diplom-Wirtschaftsingenieur, Autor der Luxemburger Kriminalromane mit Fashion-Fotograf Lou Schleck. Krimis und Satiren in Anthologien. Gewinner des IBM Leonardo da Vinci-Awards „Best Essay".

Seit drei Jahren produzieren Lirot & Schlueter mit dem Hessischen Rundfunk den ARD Buchmesse-Krimi zur Frankfurter Buchmesse, geben Anthologien heraus (Luxemburger Leichen, Mit Schirm, Charme und Pistole, Drückermorde) - und haben mit *Im Feuer* ihren ersten Roman als Autorenduo veröffentlicht

HERZSTILLSTAND

„Fertig?“

Armin Seefeld lächelte, den Arm um die schmalen Hüften einer sehr jungen Frau gelegt. Der Friedhofsbedienstete nickte und setzte das Holzkreuz zwischen die Kranzgestecke auf dem frisch geschlossenen Urnengrab. Horst Falkner von der Kriminalpolizeiinspektion Passau runzelte die Stirn.

Es war die Asche der lokalen Parteigröße Fritz Seefeld, die am heutigen Tage zu Grabe getragen wurde. Er verstarb fünfundachtzigjährig und nach kurzer, schwerer Krankheit. Ein Sturz über den Wohnzimmerschemel hatte den seit Jahren an Osteoporose leidenden Kriegsrecken niedergestreckt. Ein unglücklicher Sturz, bei dem die Splitter der gebrochenen Rippen tief in den rechten Lungenflügel eingedrungen waren.

„Ihr Vater ist jetzt ein Pflegefall“, hatte der Chefarzt den beiden Söhnen Armin und Erwin schnörkellos mitgeteilt nach einer turbulenten Woche im Passauer Klinikum.

Traumatisiert aus den Zeiten der russischen Kriegsgefangenschaft hatte sich der alte Herr wieder und wieder die Infusionsschläuche aus dem Körper gerissen. Ein gefährliches Spiel, ohne die Thoraxdrainage zur Flüssigkeitsabsaugung hätte er keinen Tag mehr überlebt.

Ein Kurzschluss in der Apparatur besiegelte sein Schicksal: Seefeld senior erstickte innerhalb weniger Minuten am eigenen Blut.

Zu einem Fall für Kripofuchs Falkner wurde das „Malheur“, als tags darauf der Prüfdienst des Herstellers die Garantieleistung verweigerte. Wegen eines angebrochenen Siegels. Was bedeutete, dass an der Maschine herumhantiert worden sein musste. Was wiederum den Verdacht auf vorsätzliche Tötung weckte.

„Sie sollten ihnen noch ein wenig Zeit geben, ihren Verlust zu verschmerzen“, riet der ältliche Pastor, der sich diskret zu Falkner an den Tisch gesetzt hatte. Für den Leichenschmaus war im Gasthaus ‚Zum Dreiflüssleeck' eingedeckt worden, ein gutbürgerliches Lokal mit Panoramablick auf den Zusammenfluss der Ilz, des Inn und der Donau. An die hundert Personen bevölkerten den Gastraum, in der Luft ein würziger Duft nach zünftigen Gerichten und ein Lärmpegel wie in Münchens Hofbräuhaus. Nur der Pastor sprach mit gedämpfter Stimme. Doch ein besonders lautes Lachen zerriss den Rest der priesterlichen Illusion von Pietät. Der Pfarrer verstummte. Horst Falkners sezierender Blick wanderte hinüber zu Helene Seefeld. Ihr schauspielerisches Gebaren am zentralen Tisch – umgeben von den Honoratioren aus dem Dunstkreis ihres verstorbenen Schwiegervaters – korrespondierte exakt mit ihrem Verhalten am offenen Urnengrab. Die Krokodilstränen der Sechzigjährigen, die ihr Alter mittels blondierter Pagenfrisur, tiefrotem Lippenstift und eng anliegendem Glanzkostüm zu verbergen suchte, waren für jeden Laien erkennbar nicht echt gewesen.

Falkner schnalzte mit der Zunge. Er erhob sich vom Stuhl, schlug mit einem Kugelschreiber gegen sein leeres Wasserglas und hielt seinen Dienstausweis hoch: „Horst Falkner, Kripo Passau. Ich darf die Herrschaften, die den Verstorbenen noch am Tag seines Ablebens im Krankenzimmer aufgesucht hatten, auffordern, mir nach nebenan zu folgen. Und das sofort, bitte.“

Totenstille.

„Eine Unverschämtheit, also wirklich!“

„Je mehr Umstände Sie machen, Frau Seefeld, desto länger wird es dauern. Selbstverständlich können wir die Befragung auch in den Räumen der Polizeiinspektion abhalten. Aber zu einem zeitnahen Termin. Was konkret heißt, noch heute. Wenn Ihnen das lieber ist, es liegt bei Ihnen.“

Gemurmel hob an, als vier Personen zögernd aufstanden: Helene Seefeld nebst Tochter Franziska, Ehemann Armin war noch immer nicht anwesend, und Bruder Erwin mit seiner Frau Liane. Und das war's schon. Der Familienzweig seitens Großmutter Lieselotte ward mit dem Stichtag ihrer Beerdigung vor fünfzehn Jahren nie wieder im Ort gesehen.

„Sie, junger Mann, sind Sie so freundlich und assistieren mir?" Horst Falkner zeigte mit ausgestrecktem Finger zu Rolf Brendel hin, einem jungen Pfleger, der still und zusammengesunken in der hintersten Ecke des Lokals hockte. Mit Seefeld Senior hatte er seinen ersten Sterbefall zu betreuen gehabt. Er schaute Falkner groß an, sprang dann auf, riss dabei beinahe sein Gedeck zu Boden und durchquerte den Saal fast im Sprint, geduckt unter den Blicken der anderen Gäste.

„Ich hatte es Ihnen ja schon bei der Vernehmung auf der Station gesagt. Bei uns ist es auch nicht besser mit dem Personal. Deshalb muss ich mir jetzt eben Sie als mein zweites Paar Ohren ausleihen." Falkner klopfte dem jungen Mann auf die Schulter und nickte ihm aufmunternd zu.

„Ich muss schon sagen, ich finde Ihr Auftreten wirklich ungeheuerlich! Wie stehen wir da ..."

„Gute Frau Seefeld, schauen Sie sich mal um. Dann werden Sie sehen, dass sich schon jetzt kein Mensch mehr für uns interessiert." Falkner deutete in die Runde der anderen Gäste. Lautes Geplapper, angespannt wirkende Blicke nach dem Kellner.

„Kommen Sie, bringen wir's hinter uns". Falkner geleitete die vier Personen in einen kleinen Raum, in dem sonst die Raucher saßen, und in dem während des Leichenschmauses keine Bewirtung stattfand. „Nehmen Sie Platz." Falkner deutete zu den leeren Tischen. „Ich hoffe, es wird nicht allzu lange dauern. Aber ich muss Sie dennoch auffordern, diesen Raum bis auf weiteres nicht zu verlassen. Soll ich Ihnen Ihre Getränke bringen lassen?"

Familie Seefeld verneinte mittels kollektiven Kopfschüttelns.

„Gut. Ich nehme Ihre Aussagen einzeln zu Protokoll. Wenn Sie also zuerst mitkommen wollen, Frau Seefeld."

Die Angesprochene spitzte die Lippen, folgte Falkner und Brendel dann aber hinauf in die obere Etage. Falkner öffnete die Tür zu einem Büroraum, setzte sich in den Chefsessel hinter dem penibel aufgeräumten Schreibtisch und bedeutete den beiden anderen, auf den davor platzierten Restaurantstühlen Platz zu nehmen.

Helene Seefeld ließ sich gemächlich nieder und blickte Falkner herausfordernd an. „Und nun spielen wir königlich bayerisches Amtsgericht?"

Falkner ignorierte die Impertinenz, zückte umständlich einen Notizblock und Kugelschreiber aus der Innentasche seines dunklen Cordjacketts und legte beides auf die lederne Schreibtischunterlage. „Frau Seefeld, wie Sie wissen, gab es in einer der lebenserhaltenden Maschinen ..."

„Lebenserhaltend? Der Mann war doch schon tot, das konnten Sie förmlich riechen. Sie hätten sich das nur mal ansehen brauchen. Dieser skelettgleiche Kopf auf dem verdorrten Körper. Bis zur Unkenntlichkeit entstellt. Ich werde das keinesfalls Leben nennen."

„Hören Sie, die Beurteilung des gesundheitlichen Zustandes ..."

„Papperlapp. Ich will Ihnen mal was sagen." Helene Seefeld beugte sich vor, den von einer Gicht leicht gekrümmten Zeigefinger auf Falkner gerichtet. „In Wahrheit geht es bei dieser sogenannten Heimkostenkalkulation doch auch nur ums liebe Geld. Das weiß heut doch jeder. Und dann stellen sich die Herrschaften von der Verwaltung neue Prachtbauten hin. Mit unseren Ersparnissen! Oder glauben Sie, von der Pension des Alten ist noch was Nennenswertes übrig, nachdem der saubere Herr Enkel ..."

„Von den finanziellen Zwistigkeiten innerhalb Ihrer Familie habe ich bereits ausgiebig gehört."

„Ach? Tatsächlich?" Helene Seefeld unterbrach ihren Redeschwall, aber nur kurz. „Na, wie auch immer. Und dann haben sie ja auch noch diesen Keimbefall festgestellt. Haben Sie das ebenfalls gehört?"

„Es waren Kugelbakterien, genauer gesagt Pneumakokken, also Eitererreger im Blut", mischte Rolf Brendel sich ein. „Gefährlich werden können solche durch Tröpfcheninfektion übertragbare Keime aber nur für abwehrschwache Organismen wie bei alten, sehr kranken Menschen oder Kleinkindern. Wir hatten Herrn Seefeld dann auch gleich in ein Einzelzimmer isoliert."

„Gleich? Er lag doch schon drei Tage auf der regulären Station, bis ihr es endlich gemerkt hattet! Nachdem meine hochschwangere Tochter sich schon mehrfach und ohne Mundschutz bei dieser bakterienverseuchten Kreatur aufgehalten hatte. Weil ihr grob fahrlässig euren Job nicht gemacht habt. So sieht´s aus und nicht anders." Helene Seefeld strich sich eine ihrer blondierten Haarsträhnen aus dem hochroten Gesicht. Sie würdigte den Krankenpfleger keines Blickes mehr und taxierte stattdessen den Mann von der Polizei. „Jetzt mal ernsthaft, Herr ..."

„Falkner."

„Glauben Sie wirklich, ich hätte da freiwillig noch irgendwas angefasst?" Demonstrativ verschränkte sie die Arme vor der üppigen Brust. „Machen Sie sich doch nicht lächerlich." Sie erhob sich brüsk. „So, und jetzt gehe ich. Sonst wird mein Essen kalt."

Falkner starrte ihr entgegen. „Wohl bekomm´s." Er wies Richtung Tür. „Schicken Sie mir Ihre Tochter rauf."

Es vergingen einige Minuten bis Franziska – in Hose und langem schwarzen Kaschmirpullover, unter dem sich ihr Babybauch wölbte – an den Schreibtisch trat und Falkner mit tränenerfüllten Augen entgegenblickte. „Ich hätte Opa wirklich gern gepflegt, das müssen Sie mir glauben. Aber es ging doch nicht. Thomas, mein Mann, ist dauernd auf Dienstreise, außerdem kommt bald das Kind, und ich muss nach der Schwangerschaft gleich wieder zurück in den Beruf."

„Wenn ich korrekt informiert bin, wohnen Sie alle hier in Passau, ist das richtig?"

Franziska wich intuitiv zurück. „Von meiner Mutter brauche ich keine Hilfe erwarten. Und die andere Bagage kann mir auch gestohlen bleiben."

Falkner sah interessiert auf. „Ah so? Und weshalb, wenn ich fragen darf?"

„Na, weil die den Opa um sein Geld gebracht haben!"

Falkner zog die Stirn kraus. „Laut meinen Informationen hat Fritz Seefeld seine beiden Söhne aber doch zu gleichen Teilen beim Eigenheimbau unterstützt."

„Ja, aber das Harvard-Studium vom Mathias, was glauben Sie wohl, wer das bezahlt hat? Und jetzt ist der im Vorstand! Mit dickem Firmenwagen, noch dickerem Gehalt und jede Menge anderer Annehmlichkeiten."

„Aber Sie haben das Grundstück bekommen, während Ihr Cousin in den USA ..."

„Noch nicht mal zur Beerdigung hat er es hergeschafft, der Herr Wichtig. Jahreshauptversammlung", äffte Franziska und tänzelte mit halb erhobenen Armen vor dem Schreibtisch herum. „Und seine Angetraute ist immer noch kinderlos. Fürs Windeln wickeln sind die zarten Musikerinnen-Hände natürlich viel zu schade. Für die wäre es doch ein Klacks gewesen, die Kosten fürs Heim aufzubringen! Wenn man aber Golf spielen muss und mindestens fünf Mal im Jahr in den Urlaub fährt ..."

„Frau Müller-Seefeld, das Heimkostenproblem ist irrelevant, denn Ihr Großvater ist bereits tot. Schon vergessen?"

Franziska schluckte. Und senkte die rosa schimmernden Augenlider, dem durchdringenden Blick Horst Falkners nicht standhaltend.

„Sie können dann auch gehen, danke. Geben Sie vorher aber bitte noch den anderen beiden Bescheid, dass sie nun dran sind.“ Falkner sah Franziska, die sich beeilte, aus dem Raum zu kommen, kopfschüttelnd nach und kratzte sich am fast kahlen Schädel. „Na, das war bis jetzt ja alles andere als hilfreich. Oder wie sehen Sie das?“

Rolf Brendel zuckte nur leicht die Achseln, er saß steif auf dem Stuhl als wäre er mit dem Rücken an einen Besenstiel festgebunden.

Im Flur Gepolter, als Erwin Seefeld behände die Treppenstufen herauf sprang. Allein. „Grüß Sie, Herr Inspektor.“ Er nickte an Brendel vorbei nur Horst Falkner zu, öffnete den untersten Knopf seines schwarzen Jankers, nahm Platz und schaute Falkner direkt in die Augen. „Hören Sie. Ich weiß, was sein muss, muss sein. Aber bitte bedenken Sie, dass Ihr Vorgehen dazu geeignet ist, die Reputation der ganzen Familie zu diskreditieren. Und zwar nachhaltig. Und das hätte unseren Vater – Gott hab ihn selig – mit Sicherheit umgebracht.“

Falkner starrte Erwin Seefeld an. Entgeistert. „Aha. Und wie tot ist er Ihrer Meinung nach derzeit?“

Erwin Seefeld lehnte sich zurück, Falkner nicht aus dem Visier lassend. „Ja. Das schöne Bild vom Familienidyll. Wissen Sie das nicht, mein lieber Herr Inspektor, es zeigt einen Mythos. Nichts anderes als einen längst verrotteten Mythos. Familie ist in Wahrheit immer nur da, wo man sich gegenseitig unbedingt braucht.“

„Und Ihr Vater hat Sie Ihrer Meinung nach nicht gebraucht? Interessante Auffassung, das muss ich schon sagen.“

Erwin Seefeld atmete tief ein. „Glauben Sie mir, es war besser so. Er bekam doch so gut wie nichts mehr mit. Das kann Ihnen der anwesende Pfleger hier sicher bestätigen.“

Rolf Brendel schwieg, machte sich noch nicht mal die Mühe,

auch nur so auszusehen, als verspürte er dazu große Lust. Falkner beugte sich vor. „Habe ich Ihre Worte gerade richtig gedeutet, Herr Seefeld? Wollen Sie sich etwa für die Funktionsuntüchtigkeit der Thoraxdrainage verantwortlich zeichnen?"

Erwin Seefeld hob beide Hände. „I bewahre. Recherchieren Sie bei den Zulieferern aus Asien, wenn Sie die Ursache für den Kurzschluss klären wollen. Suchen Sie nach einem porösen Kabelstück oder irgendeinem Billigchip. Echte deutsche Wertarbeit gibt´s heute sowieso nicht mehr."

Er winkte ab und fixierte Falkner mit undurchdringlicher Miene. „Wissen Sie, die Liane – das ist meine Frau – also, die Liane, die hält nicht viel von diesen Alten- und Pflegeheimen. Na ja, dass dort nicht immer das Wohl der Patienten im Fokus steht, ist inzwischen ja hinlänglich bekannt. Deshalb hatte sie es ursprünglich sogar in Erwägung gezogen, die Betreuung mittels ambulanter Pflegeunterstützung bei uns Zuhause zu leisten."

„Doch Sie waren dagegen?"

„Allerdings. Und zwar aus guten Gründen. Zwei guten Gründen. Zum einen – wie lange ist vorübergehend? Ein Monat? Ein Jahr? Fünf Jahre? Und können Sie sich überhaupt vorstellen, was das konkret heißt?" Erwin Seefeld taxierte erst Falkner, dann Brendel, und dann wieder Falkner. „Es hätte das Zurückstellen fast aller Eigeninteressen bedeutet zugunsten der Belange eines Schwerstkranken. Eines Schwerstkranken, der die Aufopferung noch nicht mal zu schätzen gewusst hätte, weil er davon aufgrund seines Zustandes nichts gemerkt hätte." Seefeld pausierte erneut. Und sein Mienenspiel wurde noch bitterer. „Aber das ist in unserem Fall noch nicht alles. Bei weitem noch nicht alles."

„Na, dann mal raus mit den restlichen Leichen im Keller."

„Ihren Sarkasmus können Sie sich sparen, mein lieber Herr Inspektor. Mit Ihnen hat es das Schicksal offenbar gnädiger gemeint. Sonst wüssten Sie, dass der ärgste Feind nicht selten aus den eigenen Reihen stammt."

„Könnten Sie in dem Zusammenhang bitte etwas konkreter werden?"

„Aber sicher. Sie hatten doch gerade erst eine Kostprobe des Charakters meiner Schwägerin Helene, nicht wahr? Die seit der dreist offen geführten Affäre meines Bruders Armin zugegebenermaßen erstmals Grund für ihre Bösartigkeit hat. Soviel Gerechtigkeit muss sein. Aber Sie können mir glauben, wenn Sie so einen Dämon in der Familie haben, rettet Sie auf Dauer nur eines. Geordneter Rückzug. Oder meinen Sie, ich hätte es zulassen müssen, dass meine Ehe zerbricht? Nicht wegen der Pflege, die weiß Gott eine Belastung gewesen wäre, nein. Sondern wegen des Dauerterrors, den Helene inszeniert hätte, um mir und meiner Frau das Leben so schwer wie möglich zu machen." Erwin Seefelds fester Blick wich auf durch die aufsteigenden Tränen in seinen Augen. „Wenn Sie es genau wissen wollen – ja! Ich hätte meinen Vater geopfert, wenn es eine legale Möglichkeit dazu gegeben hätte. Ich hätte ihn ohne großes Zögern geopfert, um ihm und uns anderen das alles zu ersparen! Diese legale Möglichkeit gab es aber nicht, also wäre nur das Heim geblieben. Und es sei Ihnen versichert, es wäre alles andere als leicht geworden, sich dabei gegen den ausdrücklichen Wunsch meiner Frau durchzusetzen. Dem Wunsch einer Frau, in deren Brust noch ein Herz schlägt und nicht bloß eine muskulöse Pumpstation für den Blutkreislauf."

Horst Falkner nickte. Bedächtig. „Ich verstehe. Danke, Herr Seefeld, Sie können nun auch gehen."

„Was sagt man dazu?", raunte Falkner dem Pfleger zu, nachdem Erwin Seefeld den Raum verlassen hatte. „Katapultiert sein holdes Eheweib auf Platz eins in der Liga der Verdächtigen – und merkt es nicht mal?" Er fixierte Brendel. Mit einem Röntgenblick. „Seltsam. Oder was meinen Sie dazu, junger Mann?"

Brendel öffnete den Mund. Atmete ein. Hielt die Luft an. Und schwieg.

„Lassen Sie sich ruhig Zeit. Und überlegen Sie sich Ihre Antwort gut."

Brendel, deutlich blasser Gesicht, senkte die Lider. „Also ... wir sind hier fertig. Ich sehe, Sie wissen Bescheid."

Falkner lehnte sich zurück. „Oh, ich wusste es schon bei unserer ersten Begegnung im Spital. Bitte sehen Sie es mir also nach, dass ich keine allzu große Überraschung heuchele. Das schlechte Gewissen, es steht Ihnen buchstäblich ins Gesicht geschrieben." Falkner sah dem jungen Pfleger mit strengem Blick entgegen. „Und nun sagen Sie mir, was haben Sie sich dabei nur gedacht? War Ihnen denn nicht klar ..."

„Ich wollte dem alten Mann doch nur helfen!" Brendels hellgrüne Augen glänzten feucht. „Kennen Sie denn gar kein Mitleid? Dank der Maschinen hätte seine Qual bestimmt noch eine ganze Weile gedauert. Und nun sagen Sie mir, Herr Falkner, gibt es eine grausamere Folter? Gefangen im Dämmerzustand, von keinem mehr gewollt, aber zur absoluten Hilflosigkeit verdammt?"

„Und das gibt Ihnen das Recht zur Selbstjustiz?"

„Natürlich nicht ..." Brendel wandte den Blick ab, murmelte verstört etwas vor sich hin. Dann wurde seine Mimik starr. „Nein. Ich habe nichts verbrochen. Ich habe den alten Herrn nur befreit. Aber bitte, den Buchstaben des Gesetzes nach haben Sie Ihren Schuldigen." Rolf Brendel stand auf und streckte theatralisch seine Hände vor. „Tun Sie Ihre Pflicht. Lassen Sie die Handschellen zuschnappen und dann machen wir uns auf den Weg."

Horst Falkner rührte sich nicht und betrachtete den jungen Pfleger. Lange. Sehr lange. Bevor er leise und mehr sich selbst fragte: „Aber wohin führt er uns, dieser Weg?"

CLAUDIA SCHUSTER

aus Freudenberg
* 1973
Bauingenieurin

Claudia Schuster wurde in Freyung, Bayerischer Wald, geboren und ist dort aufgewachsen. Sie studierte Bauingenieurwesen. Mit ihrem Mann und zwei Kindern lebt sie seit über zehn Jahren in einem baden-württembergischen Dorf.
Sie arbeitet als freiberufliche Autorin und Lektorin und ist Mitglied bei den Mörderischen Schwestern, der Vereinigung deutschsprachiger Krimiautorinnen.

JA, MEI …

Das trockene Laub vom Vorjahr raschelte laut unter ihren Füßen. Auch wenn Andi das gar nicht mehr genau hören konnte, weil er schon so schnaufen musste. Vielleicht sollte er in Zukunft doch das ein oder andere Weißbier weglassen. Seit knapp einer halben Stunde marschierten er und sein Spezl, der Spannbauer Martin, durch den Wald. Genaugenommen durch seinen Wald, den er vor zwei Jahren gekauft hatte. Das war schon immer sein Traum gewesen, ein eigener Wald. Zusammen mit seinem Onkel hatte er von Jugend an Holz gerissen, wusste, was zu tun war, wenn der Käfer sich eingenistet oder es Windbruch gegeben hatte. Irgendwann würde er den Wald seines Onkels erben, es war sonst keiner da. Kinderlos war er geblieben, der Onkel. Ohne Frau, ein Junggeselle wie er im Buche steht. Aber solange der Onkel noch halbwegs konnte, würde er seinen Wald nicht hergeben und ihn selbst bewirtschaften. Das wusste Andi und alles andere wäre ihm auch spinnert vorgekommen.

Er hatte gespart und Fortfahren war sowieso nicht seine Sache. Urlaub! Wie scharf da immer alle drauf waren. Er konnte es nicht verstehen. „Flieg doch mal in die Dom-Rep“, hatte seine Mutter ihm mehrfach vorgeschlagen, weil sie wahrscheinlich selber gern mal da hinwollte. Aber der Vater nicht. Dom-Rep, schon allein diese Abkürzung ärgerte ihn. Was sollte er überhaupt in der Dominikanischen Republik machen? Schwitzen, am Strand liegen und Sand ins Getriebe bekommen? Hah, hier war es doch viel schöner. Wer den Bayerischen Wald um sich hatte, brauchte nicht weg. Da war er sich sicher. Statt das Geld zu den Wilden in die Karibik zu tragen, hatte er sich lieber fünf Tagwerk Wald gekauft. Letzte Woche hatte er ein paar dürre Bäume entdeckt. Die mussten raus. Der Mortl hatte sich bereit erklärt, ihm zu helfen. Der war ganz begierig darauf, seine neue Seilwinde am Bulldog auszuprobieren. Das wurde bestimmt eine saubere Sach, wenn sie gemeinsam angreifen würden. Heute machten sie sozusagen eine Ortsbegehung, weil er sich nicht sicher gewesen war, wie der Mortl mit seinem Drum Teifel an Bulldog hier durchkommen würde. Da sollte er lieber selber mal schauen. Der Hang hier hatte es wirklich in sich. Dem Mortl, der bestimmt zwanzig Kilo leichter war als er, haute es den Schwitz auch schon aus allen Löchern raus. Also lags vielleicht doch nicht an den Weizen, die er beim Brandl-Wirt regelmäßig trank, dass er so pfnausen musste.

Warm wars außerdem. Schon von der Früh ab hatte es heute eine Hitze gehabt. Da war es im Wald noch am besten auszuhalten. Im Schatten unter den großen Bäumen herrschte ein gemäßigteres Klima als draußen auf dem Feld. Mortl ging vor ihm, er stapfte ihm hinterher. Gleich waren sie am Spitz, einer Felsformation, die sich aus dem Waldboden gut acht Meter in die Luft bohrte und damit immer noch viel niedriger war als die Bäume. Er rumpelte fast an den Mortl dran, als der plötzlich stehenblieb.

„Öha!“, beschwerte er sich.

„Ja, mei“, sagte Mortl. Andi stieg noch den letzten Meter hoch und blieb neben seinem Freund stehen. Jetzt konnte er auch in die Mulde blicken, die unter dem Spitz war und in die sein Spezl unbewegt reinschaute. Da lag jemand. Ein Mann, so wie es aussah. Und rührte sich kein bisschen mehr. Wahrscheinlich war er tot, denn niemand legte sich freiwillig mit dem Gesicht voran ins Laub.

„Der is hi“, sprach Mortl nun auch das Offensichtliche aus. Sie standen und schauten. Andis Atem beruhigte sich allmählich. Er hörte eine Hummel an seinem Ohr vorbeibrummen. Irgendwo keckerte ein Vogel.

„Hmpf. I schau trotzdem amoi“, sagte Andi irgendwann. Er

ächzte, als er vorsichtig die Mulde hinabkraxelte. An einem Buchenschössling hielt er sich fest, damit er nicht den Halt verlor und auf den Toten drauffiel. Wobei es dem wahrscheinlich wurscht gewesen wäre. Ihm aber nicht. Er ging neben der Leich in die Knie und legte vorsichtig seinen Zeigefinger an den Hals. Kalt. Totenkalt. Er konnte nicht erkennen, wer es war, aber anfassen und umdrehen wollte er den Toten auch nicht. Da sperrte sich irgendwas in ihm drin. Trotzdem, die Neugier war da und deshalb scharrte er Laub und Erde an der Seite des Kopfes weg. Ein paar Zentimeter genügten und er wusste, wer da lag.

„Des is da Kandlbinder Schoos!“, rief er Mortl zu.

„Ah, geh!“ Ehrliches Erstaunen zog sich über Mortls Gesicht. „Gibt's des aa.“ Er schüttelte den Kopf. Andi erhob sich, spürte ein Knacken im Knie.

„Und iatzt? Polizei aaruafa? Host du dei Handy dabei?“, fragte Mortl.

„Handy, so ein Krampf. Im Woid is koa Empfang. Mia misma ausse geh. Aaf'm Huaba seiner Wies hamma a Netz. Woart, i kimm aafe.“

„Naa, du Schoofbeidl. Oana muas dobleim und aafschau, weng de Spurn und so. I geh.“ Das sagte Mortl in sehr bestimmtem Ton. Ehe Andi protestieren konnte, hatte er sich auch schon umgedreht und war verschwunden.

„Pff, Schoofbeidl. Der bist schaa du“, sagte er noch, obwohl er wusste, dass sein Freund ihn nicht mehr hörte. Wache halten, wegen der Spuren, so ein Schmarrn! Da hatte der gute Mortl zu viel Fernsehen g'schaut. Er zuckte mit der Schulter. Ihm sollte es recht sein. Dann musste er wenigstens nicht nochmal den Berg hochschnaufen.

Wenn er es sich nicht vor drei Jahren abgewöhnt hätte, würde er sich nun eine Zigarette anzünden. Irgendwas musste man ja tun. So verschränkte er bloß die Arme vor der Brust und schaute in den Wald hinein. Bloß nicht auf den Schoos.

Still war es in einem Wald nie. Es raschelte, knisterte, tschilpte, rauschte, eine dezente Geräuschkulisse, die man im Normalfall nicht wahrnahm, so vertraut war sie. Jetzt hatte er jedoch Zeit genau hinzuhören. Und bemerkte, dass es doch stiller war als sonst. „Lusad“ nannte man diesen Zustand hier in der Gegend. Das lag am Wetter. Die Schwüle drückte alles nieder. Sogar die Geräusche. Andi schaute nach oben, suchte den Himmel zwischen den dichtbelaubten Ästen. Kleine Fetzen konnte er ausmachen. Von der tiefblauen Pracht von heute Morgen war nichts mehr übrig geblieben. Während sie im Wald unterwegs gewesen waren, hatten sich klammheimlich sattgraue Gewitterwolken über den Himmel geschoben. Wahrscheinlich würde es heute noch ordentlich krachen. Er konnte nur hoffen, dass bis dahin noch ein wenig Zeit war. Er hatte keine Lust darauf, mitten im Wald vom Blitz erschlagen zu werden. Eigentlich hatte er nie Lust darauf, auch nicht außerhalb des Waldes. Er seufzte. Schaute kurz auf den toten Schoos und dann hoch auf den Spitz. Ging ganz schön weit runter von da oben. Steilkante sozusagen. Er war selbst bereits mehrfach da hoch gekraxelt und hatte die Aussicht bewundert. Ein wenig aufpassen musste man schon, wenn man da oben stand. Er kratzte sich im Nacken. Da hatte ihn gerade eine Mücke gestochen. Die wurden immer ganz wild bei dem schwülen Wetter. Saublödes Viecherzeug!

Da hatte der Schoos wohl Pech gehabt. Obwohl, merkwürdig war das ja schon. Was hatte der hier verloren? In seinem Wald, auf seinem Spitz? Spazierengehen? Der Schoos? Ganz sicher nicht. Der faule Hund, der. Gott hab ihn selig, meinte er natürlich. Andi knetete seine Unterlippe mit der linken Hand. Vielleicht hatte ihn ja die Kathrin, seine Frau überredet, mal mitzugehen. Die Kathrin war oft im Wald unterwegs. Mit ihrem Hund, so ein australischer Collie. Der brauchte viel Auslauf. Aber dann hätte sie Hilfe geholt, wenn der Schoos hier runtergestürzt wäre. Er lag allerdings schon länger da, war ja schließlich schon ganz kalt. Nein, da stimmte was nicht. Andi beugte sich über die Leich, schaute sich alles ganz genau an. Das Genick sah merkwürdig aus. Hatte er sich vermutlich beim Sturz gebrochen. Blut war nicht zu sehen. Auch nicht aus den Ohren raus, oder so. War also eine saubere Sach gewesen, dieser Tod. Oder sollte er sagen Mord? Vielleicht war der Schoos ja nicht ganz freiwillig hier runtergefallen. Wundern täts ihn ja nicht, wenn ihm wirklich einer da oben einen Renner gegeben hätte. Der Schoos konnte ganz schön hinterfotzig sein. Er hatte beim Brandl-Wirt erst sowas gehört. Dass das mit dem Grundstücksverkauf am Bachl nicht ganz astrein abgelaufen wäre und der Schoos sich dran gesund gestoßen hätte. Und angegeben hatte der Schoos immer, wenn er b'soffn war. Das war er im Übrigen regelmäßig, weil einem zünftigen Kartenspiel beim Wirt war er nie abgeneigt gewesen und dazu gehört immer Bier und der ein oder andere Schnaps. Andi nickte. Ja, da ging es oft sogar um nicht wenig Geld, beim Kartln. Nie und nimmer hätte er selbst da mitgemacht. Es hätte ihn schwer gereut, um das schöne Geld, denn verlieren konnte man immer beim Glücksspiel. Wer weiß, vielleicht war ja sogar da was vorgefallen, Spielschulden, ein Betrug, irgendwas, das jemand gar nicht lustig gefunden hatte. So wenig lustig, dass er dem Schoos einen Freiflug spendiert hatte. Einen finalen, sozusagen.

Was wohl die Kathrin dazu sagen würde? Dass der Schoos jetzt tot war? Die war ja ein ganz patentes Weiberleut, die Kathrin, das hatte er immer schon gefunden. So eine ganz Nette, mit der er sich immer gerne unterhalten hatte. Eine, die mit beiden Beinen auf der Erde stand und auch mal anpacken konnte. Fleißig gearbeitet hatte sie schon immer, die Kathrin. Die Nebenerwerbslandwirtschaft hätte der Schoos nicht halten können, wenn sie nicht mitgeholfen hätte. Und fesch war sie. Er hatte sich oft gefragt, wie sie ausgerechnet zum Schoos gekommen war. Ein ganzes Stückerl älter als die Kathrin war er, einen Batzen Geld hatte er auch nicht und rein optisch war er nix Besonderes gewesen. Eher so rustikal hatte er ausgesehen, der Schoos. Die Kathrin hingegen, ja die hatte schon was zu bieten! Glatte, rosige Haut, g'scheit Holz vor der Hütt'n, Hüften, an denen man sich gut festhalten konnte und stramme Haxn. Und ein Gesicht wie ein Pupperl. Wie gemalt. Was richtig Schön's zum Anschauen halt. Andi schnalzte mit der Zunge und ließ seinen Blick nochmals über den Toten gleiten.

Was hatte der Schoos denn da in der Hand? Die Finger waren zur Faust geballt. Andi beugte sich tiefer. Also, gut riechen tat er nimmer, der Schoos. Er rümpfte die Nase. Aber die Neugier ließ ihn noch näher an den Schoos heranrücken. Haare. Das waren Haare, die er da in der Hand hielt. Ein richtiges Büschel. Ganz hell waren die, deshalb hatte er sie auch nicht gleich gesehen. Ohne nachzudenken zog er sie dem Toten aus der Hand. Lang waren sie. Kathrin hatte lange, blonde Haare. Für einen Moment hörte Andi auf zu atmen.

Vielleicht hatte sie es satt gehabt, dass der Schoos sein Geld nicht nur zum Wirt und zum Kartenspielen getragen hat, sondern auch noch regelmäßig in die Tschechei in einen Puff. Oft genug angegeben hatte er ja damit, der Schoos. Irgendwann hatte das die Kathrin bestimmt von jemandem gehört.

Andi dachte nach. Ganz lange, auch wenn ihm das nicht so vorkam. Aber es musste lange gewesen sein, denn als der Mortl mit der Polizei zurückkam, hatte er ganz steife Beine vom bewegungslosen Stehen.

„Habe d'Ehre, Andi. So ein Scheiß, ha?“, begrüßte ihn der Fonse, Polizeihauptwachtmeister seines Zeichens und ein ehemaliger Schulkamerad.

„Is dir was aufg'fallen an da Leich?“

„Naa, ned“, antwortete Andi und steckte die Hand mit den Haaren in seine Hosentasche.

MARIANNE WEIDENBECK

aus Hengersberg
* 1961
Kauffrau

Marianne Weidenbeck leitet seit 2011 die Literaturfreunde Deggendorf, ein Kreis von derzeit 18 Autorinnen und Autoren aus dem Landkreis Deggendorf. Sie veranstalten Lesungen und Vorträge mit eigenen Texten oder Gedächtnislesungen von Autoren die im Landkreis Deggendorf geboren wurden, oder zu einem späteren Zeitpunkt hier ihren Lebensmittelpunkt hatten.
Die Gründung der Sparte Belletristik im Stadtarchiv Deggendorf geht unter anderem auf die Initiative der Literaturfreunde zurück.

SEPP, SOG'S AN SEPP

Mein Freund Sepp, das war schon ein Hund. Wie er damals an den Job gekommen ist und wie lange er ihn gemacht hatte weiß ich bis heute nicht. Ist mir eh wurscht. Gut war nur, dass ich die Arbeit für ihn weitermachen konnte. Der Sepp ließ sich jetzt mit seiner Rosi in Mallorca die Sonne auf den Bauch scheinen. Der hatte ausgesorgt.

Wir, die beiden „Sepps“ wie wir schon in der Schule genannt wurden, wir hatten schon immer wie Pech und Schwefel zusammengehalten. So war es nur logisch, dass gerade ich den „Job“ vom Sepp erbte. Ich wusste bis heute nicht, was ich da eigentlich jeden Montag für ein Päckchen aus dem hohlen Baum am Brotjacklriegel holte und mit der gleichen Regelmäßigkeit am Dienstag in der kleinen Kapelle Rastbuche bei Grattersdorf deponierte, um mir wiederum am Mittwoch dort ein Kuvert mit Geld abzuholen. Ich steckte mein Päckchen einfach unter der 2. Bank, links vorne in ein Rohr und dort fand ich am nächsten Tag dann mein Kuvert. Seit auf dem Weg von Grattersdorf über Rastbuche bis zum Büchelstein eine Walkingstrecke eingerichtet worden ist, konnte ich gut getarnt mit Stöcken, auftauchen.

„Es is besser du weißt net so viel“, meinte der Sepp als er an mich die Aufgabe übergab. „Mochs einfach!“

Ich war kein Krimineller und wollte keiner werden, aber das Geld war so leicht verdient und ich schädigte ja nicht direkt jemand mit meiner Kuriertätigkeit. Was ich da transportierte das ahnte ich mehr oder weniger schon, aber ich verdrängte es und außerdem hatte mir der Sepp ja auch dazu geraten. Er war immer schon der Schlauere von uns Zweien gewesen.

Es war wie immer besser auf den Sepp zu hören und es einfach zu machen und gut.

Diese Gedanken beschäftigten mich, als ich durch das Unterholz am Brotjacklriegel den altbekannten Weg ging. Damit ich auch hier kein Aufsehen erregte, war ich grün gekleidet wie ein Jäger, allerdings ohne Gewehr, und ich hatte einen Rucksack, mehr einen Seesack bei mir. Ich war fast da, und sah schon „meinen" Baum, aber gleich neben der stattlichen Fichte lag etwas. Ich lief näher und erkannte einen Mann, der am Boden lag. Er hatte zwar keine sichtbaren Verletzungen, aber wie es aussah war er tot. Panik ergriff mich und ich musste mich beherrschen um nicht schreiend davon zu laufen. Ich sah mich um, ob jemand zu sehen war und weil ich weit und breit niemanden ausmachen konnte glaubte ich, genug Zeit gewonnen zu haben. Mir waren nämlich in Bruchteilen von Sekunden tausend Gedanken durch den Kopf geschossen. Wenn man hier einen Toten fand, dann konnte ich mir ausrechnen, dass sie auch auf „meinen" Baum stoßen würden. Mein schönes „Geschäft" konnte ich dann vergessen. Ich hatte ja nicht mal eine Kontaktadresse. Das leicht verdiente Geld und mein Traum vom eigenen, kleinen Restaurant wären geplatzt. Ob mich die Barbara dann noch mögen würde, wagte ich mir gar nicht auszumalen und das Schlimmste, wahrscheinlich geriet ich sogar noch unter Mordverdacht und wurde eingesperrt. Meine wirre Logik ließ nur eine Schlussfolgerung zu: Der Tote musste weg bevor ihn jemand hier liegen sah.

Ich schaute mich noch einmal sichernd um und lauschte auf Geräusche, aber außer ein paar Singvögel konnte ich nichts hören. Ich musste den Toten irgendwie verpacken, falls doch noch jemand vorbeikäme; dies war nämlich auch der Wanderweg, den die Ausflügler auf der Wanderung zum Sendeturm auf den Brotjacklriegel benutzten. Ich riss meinen Seesack von der Schulter und holte eine große, dunkelgrüne Folie heraus, die ich als Füllmaterial, damit der Seesack nicht so leer aussah mit mir herumschleppte.

Ich zog den Toten auf die Folie und zurrte das Seil, das durch die Metallösen gefädelt war, die am Rand der Folie eingestanzt waren zusammen und hatte nun ein relativ handliches „Paket". Das Seil über der Schulter, zog ich nun meine Last mit mir fort. Plötzlich rief mich von hinten jemand an: „Na, hamse wohl'n Bock jeschossen?" ich fuhr herum und erkannte einen Berliner Urlauber, der bei uns im Ort, in Ölberg, seit Jahren seine Ferien verbrachte. „Jaa, schon… äh, nein, ich hab ein, ein …Wildschwein äh gefunden." „Na dat ist ja lustich, im Bayerischen Wald da werden de Tiere nicht jeschossen, da finden se dat Wild, dat is ja man tierlieb." „Die Sau is von einem Auto angefahren worden und ich bringe sie jetzt zum Revierinhaber" versuchte ich mich herauszureden.

„So weit von der Straße entfernt, na wenn die Sau keene jute Kondition hatte. – Also der Wirt, der Nachbar von unserer Pension der is doch och Jäger, nich wa? Wir sollen am Sonnabend unser 10-jähriges Ferienjubiläum mit Bürgermeister und dem janzen Pih-Pah-Poh feiern, dat wäre doch schicke, wenn uns die Wirtin, die Resi, einen tollen Wildschweinbraten mit echten Bayerischen Klößen machen könnte. Wissen se wat, ik helfe ihnen det Schwein heimzuzerren." Der resolute Preiß ließ sich nicht abwehren und so zogen wir mit vereinten Kräften unsere Beute zum Wirt. Auf dem ganzen Weg überlegte ich schon wie ich dort vermeiden konnte dass die Sache aufflog, wenn das überhaupt noch möglich war.

Plötzlich hörte ich ein Handy klingeln.

„Wollen se nich ran jehen?" fragte mich mein Helfer. Da ich kein Handy bei mir hatte, der Urlauber offensichtlich auch

nicht, bekam also unser „Wildschwein" einen Anruf. „Nein, ist wahrscheinlich meine Freundin, ich will sie ein wenig schmoren lassen, wir haben uns gestritten" log ich. Gott sei Dank hörte das Handy prompt zu klingeln auf.

Wir schleppten unsere Beute in den Wirts-Keller, der wie

immer offen stand und mein Helfer meinte:„Na jetzt haben wir uns aber een kühles Blondes verdient, wah? Und dann machen wir och gleich alles für de Feier am Sonnabend perfekt, ik lade sie selbstverständlich herzlich dazu ein, natürlich mit ihrem Froillein Braut. Hoffentlich ist bis dahin wieder allet in Butter mit ihrer Kleenen".

Schon polterten wir in die Gaststube und der Herr Schmidt, so hieß der Berliner, setzte Alfons den Wirt lautstark und wortreich ins Bild.

In meinem Kopf überschlugen sich derweilen die Gedanken und ich überlegte wie ich fliehen könnte, denn das erschien mir momentan als der letzte Ausweg. Ich entschuldigte mich, murmelte etwas von Toilette und so und stolperte aus dem Gastraum. Dort atmete ich erst einmal kräftig durch und versuchte einen klaren Kopf zu bekommen. Ich machte mich ohne ein Wort der Entschuldigung auf den Heimweg und entledigte mich dort erst einmal meiner Kleidung und wusch mir immer wieder die Hände und das Gesicht. Dann raffte ich ein paar Klamotten zusammen und suchte mein Handy.

Während ich noch überlegte, ob ich es nicht vielleicht besser hier lassen sollte, wegen Ortung und so, klingelte es an der Haustür. Wer zum Teufel konnte das sein? Ich musste, um keinen Verdacht zu erregen, öffnen.

Ich setzte eine möglichst unverdächtige Miene auf und machte die Tür auf. Zwei Herren, die sich als Kriminalbeamte der Polizei Straubing vorstellten, standen vor der Tür. „Dürfen wir reinkommen?" fragte der Ältere der beiden. „Ja, eh klar.. kommts rein. Wos gibt's?" sagte ich so ruhig wie möglich.

Der Jüngere hielt mir das Foto eines Mannes unter die Nase und ich hoffte sehr, das man mir den Schreck nicht ansah, es zeigte das Gesicht des Toten (hier allerdings noch lebendig).

„Wir haben von Anwohnern gehört, dass sie regelmäßig, zweimal wöchentlich im Walking-Zentum Sonnenwald den Weg von Grattersdorf zur Kapelle Rastbuche zum Walken nehmen. Ist ihnen vielleicht einmal die Person auf dem Foto begegnet, oder haben sie sonst verdächtige Beobachtungen gemacht?“

Nur die Ruhe, würde der Sepp sagen und ich Sepp Numero zwei, bemühte mich um Fassung. So lässig wie möglich und Interesse vortäuschend betrachtete ich das Foto und behauptete diesen Mann nie getroffen zu haben, und kennen? nein auch nicht kennen. Die Kripo-Beamten hegten offensichtlich keinen Verdacht gegen mich, denn sie waren mit meiner Aussage zufrieden und zogen wieder ab. Schon im Gehen drehte sich der Ältere noch einmal um und fragte noch, ob ich vielleicht noch jemand wüsste, der die besagte Strecke auch öfter gehe und vielleicht Angaben zu dem Gesuchten machen könnte. Ich faselte noch etwas von wegen zwei Frauen aus Langfurth, denen ich dort schon einmal begegnet sei und nannte die Namen. Auf dem Land kannte man sich halt….

Erleichtert schloss ich hinter den Männern die Tür und musste erst mal einen kräftigen Schluck Wasser in mich hinein schütten, meine Kehle war völlig ausgetrocknet.

In diesem Moment läutete das Telefon.

Ja Kruzefünferl noch eins, wer konnte denn das nun wieder sein. Konnte man denn ums Verrecken keinen klaren Gedanken fassen? Ich ging ran und meldete mich.

Am Apparat war Alfons, der Wirt.

Ohwei, jetzt war die Bombe geplatzt…. Aber zu meinem Erstaunen lachte der Alfons aus vollem Hals.

„Die Sau war woi doch net so toad?- Hah?..De is nämle furt…“

„Wos - des gibt’s ja gar net. Wart i komm ummi“. Ich schmiss den Hörer auf den Apparat und stürzte aus der Haustüre und lief im Laufschritt zum Alfons. Der stand im offenen Keller vor meiner Folie. Nachdenklich kratzte er sich am Hinterkopf. „Du, je mehr i drüber nochdenk, umso mehr glaub i, dass uns de Sau jemand gstoin hod. Schau da des an, die Folie

is aufgschnittn." „Ja tatsächlich"…staunte ich nicht schlecht.
Mir war des so was von Wurscht, ob von innen oder von außen jemand aufgeschnitten hatte, Hauptsache war, dass die „Leich" weg war. Wobei wenn jemand von innen aufgeschnitten hätte, spräche viel dafür, dass die „Leich" noch lebte. Was gut wäre.

„Und wos mach ma jetzt mit der Feier am Samstag?" fragte ich um Zeit zum Nachdenken zu gewinnen. „Des los mei Sorge sei, der Preiß wird ‚seinen Braten mit Klößen' scho kriagn. Dann bis Samstag" verabschiedete sich Alfons noch immer lachend von mir.

Ich raffte meine Folie zusammen, nicht dass sie doch noch zum Beweismittel würde und trug sie mit nach Hause um sie dort später zu entsorgen.

Mit gemischten Gefühlen überlegte ich meine Situation. Flucht war jetzt nicht mehr notwendig, ich beschloss, lieber abzuwarten und Tee zu trinken.

Zu meinem Baum wollte ich aber nicht mehr gehen, das war mir dann doch zu heiß. Ich wollte mein Glück nicht überstrapazieren.

Zwei Tage später machte die „Regener Zeitung" mit folgendem Leitartikel auf: „Schwunghafter Handel mit Cristal-Meth aufgedeckt. – Hauptverdächtiger aus Tschechien gefasst".

Darunter war ein Bild von „meiner Leich – meiner Wildsau".

Ich überflog den Text und erfuhr, dass besagter Mann offensichtlich nicht nur meinen Baum, sondern viele Bäume versorgt hatte. Die Kripo verfolgte ihn schon seit längerem und er sollte jetzt seine Hintermänner nennen. Der Deutsche Hauptabnehmer war auch schon gefasst, von ihm war ebenfalls ein Bild in der Zeitung. Dies war wohl mein „Abholer" und „Geldbringer" gewesen. Jetzt versuchte man noch, laut Zeitung mit Hilfe der tschechischen Polizei, mit der man immer bestens zusammengearbeitet habe wie versichert wurde, an die Lieferanten zu kommen um auch diverse Drogenlabore ausheben zu können.

Mit ein wenig Glück kam ich noch einmal davon.

Ich musste still halten und abwarten. Obwohl ich befürchten musste doch noch gefasst zu werden, war ich unendlich erleichtert, dass der Mann offensichtlich am Leben war und ich mich nicht noch mehr ins Schlamassel verstricken musste. Warum der Tscheche zwischendurch „tot“ war und dann doch wieder „lebendig“, davon stand nichts in der Zeitung.

Mich konnte er jedenfalls nicht verpfeifen, weil er weder meinen Namen und wahrscheinlich auch mein Gesicht nicht kannte, versuchte ich mich zu beruhigen. Tatsächlich habe ich nie mehr von der Sache gehört und nächste Woche fliege ich mit der Barbara zum Sepp und zur Rosi nach Mallorca. Ich habe dem Sepp eine ganze Menge zu erzählen.

URSULA HAHNENBERG

aus Forstinning
* 1974
Autorin

Ursula Hahnenberg lebt mit Mann, zwei Jungs und zwei Katzen in einem kleinen Dorf in der Nähe von München. Sie studierte Forstwissenschaften, arbeitete bei einer Baumaschinenfirma, einem Autohersteller und einer Unternehmensberatung, hatte einen Laden für Modelleisenbahnen und einen für Kinderbekleidung.
Heute ist sie als freie Autorin tätig und schreibt neben Büchern auch Artikel und Kolumnen. Außerdem korrigiert und lektoriert sie Texte. Seit Februar 2014 ist sie als Redakteurin für den „Federwelt“ -Newsletter verantwortlich.
Ihr erster Krimi *Teufelstritt* erscheint im Juli 2016 bei Goldmann.
Sie arbeitet an ihrem zweiten Krimi, wird durch die Verlagsagentur Lianne Kolf vertreten und ist Mitglied beim Verband der freien Lektorinnen und Lektoren, bei den 42er Autoren und bei den Mörderischen Schwestern.

WOLFSMÄDCHEN

Eins

Als ich das Wolfsmädchen zum ersten Mal sehe, sind es die Augen, die mich am meisten faszinieren. Sie sind nicht leer, wenn auch ausdruckslos. Etwas scheint sich in den Tiefen der grünblauen Pupillen zu verbergen, etwas Unaussprechliches. Beängstigendes.

Patrick und ich sind auf dem Heimweg nach Neuschönau. Wir laufen auf einem breiten Weg durch den Frühlingswald. Wassertropfen klatschen von den Bäumen und ein allgegenwärtiges leises Plätschern zeigt, dass der Winter vorbei ist. Frühlingsmusik. In meinem Kopf rauscht es leise mit. Patrick hat mich zu einer Führung für Nationalparkbesucher mitgenommen und ich frage mich immer noch, wie er es geschafft hat, jeden einzelnen Besucher, selbst die Kleinsten so restlos für den Wald zu begeistern. Forestry is not about trees, it's about people. Immer wieder kommt mir das Zitat in den Sinn.

Mir fällt es manchmal schwer, das in meinem Wald, mit „meinen" Waldbesuchern umzusetzen, aber was, wenn ich es schaffen könnte, sie wie Patrick mit meiner Begeisterung für meinen Arbeitsplatz anzustecken? Ich hänge meinen Gedanken nach, lausche der lebendigen Stille des Waldes und renne fast in Patrick, der plötzlich stehen geblieben ist. Vor uns auf dem Weg steht ein kleines Mädchen.

Zwei

Sie hat schulterlanges, straßenköterfarbenes Haar, wild und ungezähmt. Sie ist wohl ein bisschen jünger als mein Sohn Florian, aber Muttergefühle weckt sie nicht in mir. Sie sagt nichts, sieht uns mit ruhigem Blick an und wirkt dabei völlig selbstbewusst. Ein Wolf, schießt es mir durch den Kopf, stolz und mit der Umgebung verschmelzend. Die bestrumpfhosten

Beine des Mädchens stecken in matschigen Gummistiefeln, eine grüne Steppjacke schlackert um ihren Körper. Nicht die richtige Kleidung für den März im Bayerischen Wald. Sie friert bestimmt.

Patrick kniet sich vor sie hin.

„Hallo du", sagt er nur, ganz ruhig.

Ich sehe mich um, wo sind denn ihre Eltern?

Patrick bekommt keine Antwort, steht wieder auf und sieht sich ebenfalls suchend um.

Der Blick des Mädchens heftet sich auf mich und lässt mich nicht mehr los. Mir wird kalt. Tief ist der Blick, dunkel wie ein Fichtenwald. Dieser Blick hält mich fest, zieht mich mit.

Drei

Zu dritt sitzen wir in der Küche des Bauernhauses, in dem Patrick mit seiner Frau Heidi wohnt. Heidi ist so herzensgut und selbstlos in ihrer Art, dass ich manchmal ganz verlegen bin. Außerdem ist sie die perfekte Hausfrau. Mit einem apfelbäckigen Lachen stellt sie einen Topf mit dampfenden Eintopf in die Mitte des Tisches.

„Pastinaken und Kartoffeln", verkündet sie und will die Suppe verteilen, als es läutet. Patrick nimmt ihr den Schöpflöffel aus der Hand und tut uns Suppe auf, während Heidi an die Tür eilt.

Aufgeregtes Stimmengewirr, dann kommt Heidi mit einer blonden, kurzhaarigen Frau zurück ins Zimmer. Und mit dem Kind. Heidi schiebt das Mädchen an den bollernden Kachelofen. Sie öffnet die grüne Jacke und streift sie dem Kind von den Schultern.

„Wie heißt du denn?", fragt sie mit einer Stimme, weich wie Butter. Sie bekommt keine Antwort.

Heidi drückt das Mädchen auf die Ofenbank, läuft aus dem Zimmer und kommt mit einem Waschlappen zurück. Sie streicht dem Mädchen behutsam über das Gesicht und entfernt die schmutzigen Schlieren. Warum hat das eigentlich vorher niemand gemacht?

Das Mädchen hat den Blick wieder auf mich gerichtet. Sie ist nur ein Kind, sie kann höchstens fünf sein, und trotzdem stellen sich mir die Nackenhaare auf.

Während die gute Heidi vor Mitleid und Herzensgüte überfließt, besehe ich mir die Frau näher, die das Kind mitgebracht hat. Sie ist sehr ordentlich gekleidet. Jeans, Blazer, praktischer Bob.

Sie wendet sich an meinen Gastgeber: „Entschuldige den Überfall, Patrick. Ich habe es draußen deiner Frau schon erklärt. Die Polizei sucht schon den ganzen Tag nach den Eltern, bisher ohne Erfolg. Wir müssen sie über Nacht bei Euch lassen."

Mein Blick schießt zu Patrick, doch der nickt nur bedächtig. Dann steht er auf.

„Ich beziehe eben das Bett." Sein Blick fällt auf mich.

Ich stehe auf.„Kann ich dir helfen?"

Er nickt wieder und wir gehen hinaus in den kalten Flur. Er öffnet die Tür der Kammer gegenüber dem Gästezimmer, in dem ich schlafen soll. Ein Kinderzimmer, einfach eingerichtet mit Kinderbett, Schrank und einem kleinen Schreibtisch, ohne Schnickschnack, geschlechtsneutral. Poster aus dem Nationalpark schmücken die Wand über dem Kinderbett. Patrick öffnet einen Kiefernschrank. Ein paar Kleider liegen darin. Verschiedene Größen, soweit ich erkennen kann. Er kramt verwaschene rosa-karierte Bettwäsche heraus und reicht mir den Kopfkissenbezug.

„Aber", stammele ich, „warum habt ihr ein Kinderzimmer? Ihr habt doch keine Kinder." Die dämlichste Frage der Welt, aber ich verstehe nicht, was hier vor sich geht.

„Nein." Patrick lächelt wehmütig. „Leider nicht. Wir machen Bereitschaftspflege für das Jugendamt."

Der Abend vergeht, die Frau vom Jugendamt verlässt uns,

nicht ohne mir einen scharfen Blick zuzuwerfen, und irgendwann bringt Heidi das Mädchen zu Bett. Wir haben nichts aus ihr rausbekommen. Keinen Mucks. Natürlich auch keine Namen. Sie hat den ganzen Abend keine Regung gezeigt, saß teilnahmslos da, nur manchmal sah sie mir in die Augen. Mit diesem Wolfsblick. Heidi kommt kurz darauf zurück und mahnt Patrick und mich, dem Mädchen mit viel Geduld zu begegnen.

„Sie muss traumatisiert sein, etwas Schreckliches erlebt haben, das ihr die Sprache geraubt hat."

Ich ziehe die Nase kraus und denke an den Blick des Wolfsmädchens. Wölfe sprechen nicht. Aber was sagt mir dieser Blick?

Vier

Ich wache auf, weil sich kalte Füßchen an meine Beine drücken. Florian ist schon seit Ewigkeiten nicht mehr zu mir ins Bett gekrochen. Er mag das nicht und ich auch nicht. Kinder verwandeln sich nachts in Kraken mit kleinen, spitzen Gliedmaßen, die nie bleiben, wo sie sollen. Ich taste nach der Nachttischlampe. Als ich mein Smartphone spüre, nehme ich es und sehe im schwachen Schein des Bildschirms nach dem Kind.

Es liegt dicht bei mir, die Augen fest zugekniffen. Es atmet flach und gepresst, tut so, als schlafe es. Was tun? Der Gedanke, dass ein fremdes Kind, dieses fremde Wolfsmädchen bei mir im Bett schläft, ist mir unangenehm. Aber kann ich es wegschicken, wenn es Trost braucht? Ich starre an die Zimmerdecke, an die sich ein Strahl Mondlicht durch die Vorhänge verirrt hat. Und schlafe ein, ohne zu einer Entscheidung gelangt zu sein.

Das nächste Mal werde ich geweckt, als Heidi die Zimmertüre aufreißt und das Licht anknipst. Blinzelnd mache ich ihr Zeichen und zeige auf das Mädchen an meiner Seite, das auch aufgewacht ist, aber wieder die Augen zusammenkneift. Heidi starrt uns an, löscht das Licht und verlässt den Raum. Ich nehme mein Handy und sehe auf die Uhr. Halb sechs. 90 weitere Minuten Schlaf warten, bis mein Wecker schellt. Doch jetzt bin ich wach. Ich sehe wieder an die Decke. Nach endloser Zeit bemerke ich, dass die Atemzüge neben mir ruhig und gleichmäßig geworden sind. Sie ist wieder eingeschlafen.

Vorsichtig, um das Kind nicht zu wecken, setze ich mich auf und klettere umständlich aus dem Bett. Ich schnappe mir meine Sachen und verlasse möglichst leise das Zimmer.

Fünf

Als ich geduscht in die Küche komme, legt Heidi gerade seufzend das Telefon aus der Hand.

„Sie haben noch niemanden gefunden. Keine Vermisstenanzeige in der Nähe."

„Komisch." Ich schüttele den Kopf. „Ein Kind taucht doch nicht einfach aus dem Nichts auf."

„Hat sie was zu dir gesagt?"

„Nein. Sie hat gar nichts gesagt. Angekuschelt hat sie sich."

Heidi seufzt wieder. „Sie hat mit niemanden gesprochen. Hier nicht, bei der Psychologin nicht und bei der Polizei nicht. Aber das Jugendamt sagt, sie sei gesund. Wir sollen Geduld haben. Die arme Kleine."

Gedankenverloren spielt sie mit ein paar schwarzen Plastikkarten, die neben dem Telefon liegen. Neugierig nehme ich eine in die Hand. Heidis Blick fällt darauf und sie sagt achtlos: „Ach, das sind die Werbegeschenke von meinem Bruder. Nimm dir eine mit. Seine Firma macht Werkzeuge und das ist irgendso ein Schrott, mit dem man mal eine Bierflasche öffnen kann."

Ich stecke eine ein, da kommt Patrick herein.

Sechs

Heidi und das Wolfsmädchen sitzen am Küchentisch und

bauen Kartenhäuser aus den Werbegeschenkkarten. Patrick hockt daneben, schnürt seine schweren Bergstiefel zu und sieht mich aufmunternd an.

„Na los, du wolltest doch was lernen!"

Ich grinse. „Hätte ich mir nicht träumen lassen, dass du mir nochmal was beibringst!"

„Hättest du im Studienseminar besser aufgepasst, hättest du das schon lange haben können." Er zwinkert.

Ich suche meine Jacke und Schuhe im kalten Hausflur. Doch als ich in voller Montur in die warme Stube komme, um meinen ehemaligen und gegenwärtigen Seminarleiter abzuholen, heult das Kind plötzlich auf. Es reißt sich von Heidi los und klammert sich an mich.

Ein hilfesuchender Blick zu Heidi zeigt nicht die gewünschte Wirkung. Sie lächelt. Warum nur? Wenigstens steht sie auf, kommt herüber und geht neben mir und dem Kind in die Knie.

„Was ist denn los, Engelchen?"

Sie hat wieder diese weiche, für Kinder reservierte Stimme. „Möchtest du nicht, dass Julia weggeht?"

Das Wolfsmädchen hat ihr Gesicht fest an mein Bein gedrückt und ich spüre ihre Tränen durch den Jeansstoff. Sie dreht den Kopf und sieht Heidi an. Dann schaut sie mich an.

„Gut," sagt Heidi, „dann gehst du eben mit."

Patrick und ich müssen das gleiche bescheuerte Gesicht machen, denn als sie uns ansieht, lacht sie ihr Apfelbackenlachen.

Sieben

Was Heidi will, das bekommt Heidi auch. Ich stapfe hinter Patrick durch den noch dunklen Wald, habe das Kind an der Hand und versuche, den letzten matschig-nassen Schneeresten auf dem Weg auszuweichen. Heidi hat das Mädchen in einen verwaschen blauen Schneeanzug gesteckt und eine Mütze hat sie auch aus dem Schrank gezaubert. Handschuhe waren nicht zu finden gewesen, und so versuche ich, die kalte

Kinderhand in meiner zu wärmen. Es fühlt sich gut an. Vertraut. Naja, ein wenig Erfahrung mit Kindern habe ich ja. Das Licht der aufgehenden Sonne bricht durch die Baumkronen und verspricht einen freundlichen, aber kalten Frühlingstag.

Patrick hat seine olivgrüne Cargojacke mit dem Logo des Nationalparks über die Daunenjacke gestreift. Am Wolfsgehege treffen wir die heutige Besuchergruppe.

Ich höre Patrick zu, wie er seinen Vortrag über die Wölfe hält. Das Publikum hängt wie gebannt an seinen Lippen. Kein Wunder, mit jedem Wort und jeder Geste spürt man, wie sehr Patrick seinen Job liebt. Seine Hand, mit der er sich an einer Fichte abstützt, liebkost den Baum fast und mit einem Finger streicht er immer wieder zärtlich über das Moos am Stamm.

Ein Wolf heult. Die Besucher drängen an den Zaun und recken die Hälse. Dann merke ich, dass das Kind nicht mehr meine Hand hält. Ich kann sie nirgendwo entdecken. Sie ist weg. Ich heule fast vor Angst und Demütigung. Kann ich nicht einmal auf ein kleines Kind aufpassen? Nicht einmal für eine halbe Stunde?

Patrick hat die Polizei informiert und auch schon bei Heidi angerufen, die mit dem Jugendamt sprechen wird. Wir befragen die Anwesenden, doch niemand hat sie gesehen. Natürlich auch nicht gehört. Wie konnte die Kleine nur ungesehen abhauen? Wo will sie hin? Nach Hause? Wo ist das?

Patrick steht mit unglücklichem Gesicht am Zaun und starrt auf sein Mobiltelefon. Als käme die Kleine gleich herausgesprungen.

Der Wolf heult wieder. Ich starre angestrengt in den Wald. Ist da nicht eben ein blauer Schatten gehuscht? Sie ist mir weggelaufen, ich werde sie wiederfinden. Ich halte es nicht länger aus. Ich trete neben Patrick und packe ihn am Arm.

„Ich geh sie suchen," raune ich, damit die Seminargruppe mich nicht hören kann.

„Die Polizei sagt, wir sollen hier warten, sie sind gleich da", zischt er zurück, doch ich höre nicht auf ihn und renne in den Wald. Hinter mir höre ich die Sirenen der Einsatzfahrzeuge. Ich laufe, stolpere über Wurzeln und bin immer wieder überzeugt, das Mädchen vor mir zu sehen. Es geht quer durch den Wald, über moosbewachsene Stämme, die am Boden liegen. Die Sirenen und die anderen, menschenverursachten Geräusche werden immer leiser. Nur meine Schritte rascheln auf dem Teppich aus braunen Buchenblättern.

Nach einem schier endlosen Weg bergauf und ab, kreuz und quer durch den Wald, an Bachläufen und Felsen vorbei, hole ich sie endlich ein. Sie kniet vor einem riesigen moosbewachsenen Felsen, späht darüber hinweg, dreht sich um und sieht mich. Sie sieht mich an, mit ihrem tiefen Blick, und lässt sich auf den Boden sinken. Das Wolfsmädchen wartet.

Acht

Sie wartet auf mich, als hätte sie die ganze verdammte Zeit über gewusst, ja gewollt, dass ich ihr folge. Ich bin fast bei ihr, will am Felsen vorbei, doch das Mädchen hält mich zurück. Ich gehe neben ihr auf die Knie und drücke ihre Hand. Kurz, nur ganz kurz, habe ich den Eindruck, sie drückt zurück.

Ich drehe mich um und spähe über den Felsen. Unter uns, in einer Senke steht ein Holzhaus. Ein schmaler Schotterweg führt zu der kleinen Lichtung, auf der das Haus steht, allerdings keine Strom- oder Telefonkabel. Wasser plätschert in einen steinernen Brunnen vor der Haustüre. Neben dem Haus warten ein paar brachliegende Beete auf die Bestellung nach dem Winter. Rauch steigt aus dem Kamin. Die Fensterläden sind geschlossen.

„Wohnst du da?“, raune ich dem Wolfsmädchen zu.

Sie nickt.

„Sollen wir deine Eltern dort suchen gehen?“

Heftiges Kopfschütteln.

„Warum denn nicht?“

Sie sieht mich nur an. Ganz weit entfernt höre ich Motorengeräusche. Ich ziehe mein Handy aus der Tasche, aber es hat keinen Empfang. Telefonieren unmöglich. Ich schreibe Patrick trotzdem eine SMS, drücke auf senden und warte. Dann stecke ich es wieder weg. Es hat ja doch keinen Zweck.

Warum spricht sie nur nicht? Warum sagt sie nicht, was los ist.

Dann steht sie auf, schüttelt sich wie ein Welpe und springt den Abhang hinunter auf die Hütte zu. Kurz, bevor sie die Tür erreicht, bleibt sie stehen und dreht sich um. Sie legt den Kopf schief und sieht mich mit riesengroßen Augen an. Dann geht sie durch die Tür.

Ich folge ihr.

Neun

Ich klopfe an die offenstehende Holztür und rufe: „Hallo?"

Ich höre Schritte, wage mich über die Schwelle. Der Raum liegt im Dunkeln.

„Hallo?"

Ich lausche in die Stille.

Dann passiert alles ganz plötzlich. Ein kräftiger Arm umschließt meinen Hals und eine Hand hält ein Messer dicht vor mein Gesicht. Scheiße. Mein Herz schlägt bis in meinen Hals hinauf, drückt gegen diesen Arm, der gegen meinen Hals drückt. Kurz schießt mir der Gedanke durch den Kopf mich zu wehren, aber bevor mein Körper den Befehl ausführen kann, hat mich der Angreifer zu Boden gestoßen. Ich fühle, wie er sich auf mich setzt, er ist so schwer, dass ich scharf nach Luft schnappe. Schmerz durchzuckt mich, als meine Arme nach hinten gerissen werden. Klebeband wird ratschend von einer Rolle gerissen und um meine Handgelenke gewickelt. Jetzt bekomme ich richtig Angst. Scheiße, nochmal, was soll das? Ich strampele und versuche, den Kerl mit meinen Füßen zu treffen. Ich winde mich, schreie und trete, mit dem Ergebnis, dass ich kurz darauf an Händen und Knöcheln mit Powerklebeband gefesselt in einer Ecke des hinteren Zimmers sitze. Er hat mich einfach über den Boden geschleift, als sei ich ein Vieh. Schweiß rinnt mir über die Stirn, und ich atme heftig, um meine Lungen wieder mit Sauerstoff zu füllen. Ruhig, ruhig, denk nach.

Der Kerl steht schnaufend ein paar Schritte von mir entfernt. Anscheinend hat ihn unser kleiner Kampf auch ein bisschen angestrengt. Er hat ganz kurz rasierte Haare, kleine Augen, ein breites Gesicht. Auch glatt rasiert.

Scheiße, was will der Kerl? Ich balle meine Faust auf meinem Knie und starre ihn so wütend an, wie ich kann.

Er bleibt unbeeindruckt. Er grinst sogar.„Schrei ruhig, wenn du willst, hier hört dich keiner", raunt er.

Die Kleine kommt ins Zimmer. Sie weicht meinem Blick aus. Der Mann tätschelt ihr den Kopf. „Gut gemacht, meine Süße. Hast du mir Besuch mitgebracht. Wie heißt denn deine neue Freundin?"

Seine Stimme klingt heiser. Er hustet und nestelt eine Packung Zigaretten aus der Hosentasche. Der Softpack ist ganz zerdrückt.

Das Wolfsmädchen antwortet ihm nicht, zumindest nicht mit Worten. Doch ihre Hände bewegen sich, und mir wird klar, dass sie Gebärdensprache spricht. Ich verstehe sie nicht, der Kerl da aber schon.

„Du hast Hunger? Na gut, dann essen wir erst. Aber danach werde ich mit deiner Freundin spielen, verstanden?"

Zehn

Nach einem Blick, der mir Angst machen soll – und das hat er – geht der Kerl aus dem Zimmer. Ich sacke ein wenig in mich zusammen und merke, dass ich die ganze Zeit jeden einzelnen Muskel meines Körpers unter Spannung hatte. Denken, ich muss denken. Vor allem muss ich weg von hier. Mein Telefon fehlt. Natürlich. Der Kerl überlegt wahrscheinlich gerade, was er damit machen soll. Kann man mich damit nicht orten? In Filmen geht das. Allerdings bin ich ja erst seit ein oder zwei Stunden weg. Und das mit Ansage. Vor heute Abend wird sich wohl niemand um mich Sorgen machen. Und niemand wird mich suchen.

Ich muss selbst etwas unternehmen. Fieberhaft überlege ich, sehe mich um, und kann doch nichts Hilfreiches entdecken. Ich taste meine Jacke ab, so gut es mit den gefesselten Händen eben geht. Nichts. Wenn ich doch nur ein Messer in der Tasche hätte. Oder am besten eine Pistole.

Moment. In meiner Hosentasche ist diese Plastikkarte, die Heidi mir heute Morgen gegeben hat. Mit Miniwerkzeug. Das ist es. Mein Puls geht schneller. So leise ich kann, drehe und winde ich mich, um meine Finger in die Gesäßtasche zu quetschen. Dann nestele ich das Kartending aus meiner Tasche. Ich streife die schwarze Hülle ab und zum Vorschein kommt ein Metallstück in der Größe einer Kreditkarte. Ein Flaschenöffner ist daran, einige Öffnungen mit verschiedenen Formen und eine hakenförmige Öffnung mit Sägezähnen. Ich verrenke mir fast die Finger, aber langsam, viel zu langsam schneide ich das Klebeband von meinen Händen. Immer wieder halte ich inne, lausche, doch das Essen scheint ihn eine Weile zu beschäftigen. Und dann ein kleiner Ruck, und meine Hände sind frei. Hastig beuge ich mich zu meinen Füßen. Weil ich jetzt mit meinen beiden Händen arbeiten kann, kommt der zweite Ruck ganz schnell.

Elf

Ich stehe auf. Leise, ganz leise sehe ich mich um. Zigarettenrauch dringt in den Raum. Ich schleiche an den Türrahmen und spähe in den Flur. Aus der Küche scheint Licht in den Hausflur. Es ist kalt hier. Der Weg durch die Haustür ist versperrt. Ich sehe mich um. Es gibt nur diese eine Tür im Zimmer. Doch der Raum hat noch ein Fenster. Ich muss mich bezähmen, nicht zu rennen. Nein, ich gehe ganz langsam. Einen Schritt vor den anderen. Leise vor allem.

Ich öffne das Fenster. Die Läden sind geschlossen. Ich drücke gegen das Holz, doch es gibt nur ein wenig nach, dann verhindert ein Riegel, dass sie aufschwingen. Ich lausche. Mein Herz schlägt so laut, dass es kaum zu glauben ist, dass der Kerl das nicht hört. Wieder nehme ich das unnütze Werkzeug von Heidis Bruder zur Hand und stecke es in den schmalen Spalt, der sich gebildet hat, als ich gegen die Fensterläden gedrückt habe. Von unten nach oben führe ich die Karte, bis ich auf den Riegel treffe. Ich muss Kraft aufwenden, viel Kraft, doch dann bewegt sich der Riegel und springt auf. Das erlösende Klicken kommt mir vor wie ein Knall und ich halte die Luft an. Ich sehe mich um. Da steht jemand.

Zwölf

Es ist das Mädchen. Meine Augen flehen sie an, nichts zu sagen, keinen Laut zu machen. Ich nicke ihr zu, zeige mit dem Kopf nach draußen, und ja: Sie senkt den Kopf und kommt auf mich zu. Sie nimmt meine Hand und gemeinsam klettern wir über die Brüstung des Fensters nach draußen. Es ist dunkel und es ist kalt. Wir sind an der Längsseite der Hütte. Wenn wir zum Weg wollen, müssen wir an dem erleuchteten Fenster vorbei. Ich packe die Hand des Mädchens, lege meinen freien Zeigefinger mahnend an die Lippen und ziehe sie nach vorne. Der Untergrund ist ganz weich, Sägespäne. In einem Baumstumpf vor mir steckt eine Axt. Ich packe sie mit meiner freien Hand und ziehe sie aus dem Hackstock. Wir schleichen weiter. Dann, noch fern, hört man Sirenen. Gilt das uns? Hat Patrick meine SMS bekommen? Oder brennt es irgendwo?

Die Haustür schwingt auf und da steht der Kerl in der Dunkelheit. Er dreht uns den Rücken zu und späht in den Wald. Das Geräusch der Sirenen wird wieder leiser.

Ich sehe die Kleine an. Ich denke an Florian, meinen Sohn, an Patrick und Heidi, und an das Wolfsmädchen und hebe die Axt.

SEPP SAGER

aus Schönberg
* 1932
Rentner

Sepp Sager hat sich neben seiner beruflichen Karriere immer schon dem Schreiben hingewandt. Er zählt zur Generation der Heimatvertriebenen aus dem Böhmerwald, im heutigen Tschechien. In seiner niederbayerischen Wahlheimat Schönberg macht er sich seit Jahrzehnten als Sammler und Hüter alter Geschichten, Anekdoten und historischer Gegebenheiten verdient. Als Hobby-Volkskundler ist eine Reihe von Büchern erschienen, die sich intensiv mit der jüngeren Geschichte des Bayerischen Waldes beschäftigen. Sager ist ein wahres Füllhorn an Geschichten und Geschichtchen, mit denen er auf seiner eigenen Facebook-Seite eine große Anhängerschar hinter sich weiß.

TROMPETENRAUSCH

Dunkle Nacht lag über der Bayerwaldlandschaft. Nur gelegentlich schaute der Vollmond durch die Wolken. Die Stille, die über dem Dorf Oberkreuzberg lag, war fast gespenstisch, es war ja auch schon zur späten Stunde als die Tanzveranstaltung zu Ende war, wo der Michl Freund mit vier seiner Kameraden Musik machte. Vor dem Gasthaus am Dorfberg verabschiedeten sich die Musikerkameraden. Die Kirchturmuhr hatte gerade die erste Stunde des neuen Tages angeschlagen. Zwei der Kameraden, der Peter Alois und der Gredl Hans, fuhren mit ihren Mopeds nach Spiegelau und die restlichen Drei traten zu Fuß ihren Heimweg an. Damals im Jahre 1955 hatte kaum jemand ein Auto und es gab auch noch nicht die Straßen, wie wir sie heute kennen. Es war auch alles noch viel einfacher.

Bei Tanzveranstaltungen gab es noch keine gedeckten Tische. Die Gäste saßen in den Sälen, wo die Veranstaltungen stattfanden, meist um die Tanzfläche auf Bänken und wenn man tanzen wollte, musste man „einstechen", das heißt, man musste den Musikern ein Geldstück geben. Getränke, sofern man sich neben dem Eintritt eins leisten konnte, holte man sich meist unten in der Gaststube, es wurde grundsätzlich aus Flaschen getrunken.

Nachdem der Gredl Hans sich in Richtung Klingenbrunn aufmachte, gingen der Michl Freund und der Schorsch Bendlinger in Richtung Schönberg. Der Michl klemmte seine Trompete unter den Arm und der Schorsch hängte sich seine Ziehharmonika über den Rücken.

So trabten sie durch die Nacht über Augrub und Kasberg, bis der Schorsch sich verabschiedete, weil er nach Hungerberg wollte und der Michl nach Kleinmißlberg weiter ging. Schon vor Jahren als er noch ein kleiner Junge war, wurde er von der

Bauernfamilie Ziege aufgenommen, wo er seit Jahren ein Zuhause gefunden hatte.

Der Michl hatte es in seinem bisherigen 19-jährigen Leben nicht leicht gehabt. Seine Familie, die Eltern und fünf Geschwister, lebten in dem kleinen Dorf Glotzing bei Schönberg, wo sie eine kleine Landwirtschaft betrieben. Als der Michl, der Drittjüngste von sechs Brüdern, im Jahre 1940 sechs Jahre alt war, wurde der Vater eingezogen. Im Januar 1945 kam die traurige Nachricht, dass der Vater an einer Lungenentzündung bei Eger verstorben sei. In Wirklichkeit, das hat man aber erst später erfahren, wurde er von tschechischen Partisanen in einem Waldstück erschlagen.

Einige Wochen vorher hatte ein Amtsarzt den 12-jährigen Bruder Franz nach Mainkofen in die Irrenanstalt eingeliefert, dieser litt an epileptischen Anfällen und war deshalb in den Augen des NS-Regimes für die deutsche Rasse nicht lebenswert. Er verstarb nach wenigen Wochen Aufenthalt in dieser Anstalt, man vermutete, dass er mit einer Spritze aus der Gesellschaft entfernt wurde.

Im gleichen Monat Januar 1945 ist ein weiteres Unglück über die Familie Freund gekommen. Die hochschwangere Mutter starb im Kindsbett bei der Geburt von Zwillingen zusammen mit ihren Kindern, die nicht lebensfähig waren. Die sechs Brüder mussten am 24. Januar 1945 gleich drei Familienmitglieder an einem Tag begraben.

Die Geschwister waren nun alleine. Der Sepp, der älteste der Brüder, 19 Jahre alt, musste noch in den letzten Kriegstagen einrücken, er kam in amerikanische Kriegsgefangenschaft. Der Hans 15 Jahre alt, der Michl 11 Jahre, der Karl 10 Jahre und der Georg 7 Jahre alt, wurden von der Gemeindeverwaltung in ein Kinderheim nach Burglengenfeld eingewiesen, wo sie bis Kriegsende im Mai 1945 verweilen mussten. In den Wirren des Kriegsendes wurde das Heim aufgelöst und die Kinder in ihre Heimatgemeinden zurück geschickt. Eine Tante in Schönberg nahm sich der Kinder an und suchte für alle ein Zuhause. So kam der Michl zur Familie Ziege in Kleinmißlberg.

Der Michl ging also alleine von Hungerberg weiter in Richtung Kleinmißlberg. Es waren ja nur noch knappe zwei Kilometer. Der schmale Feldweg, damals gab es noch nicht die Straßen, war dunkel. Plötzlich hörte der Michl hinter sich leise Schritte und plötzlich verspürte er einen dumpfen Schlag auf seinem Hinterkopf, es wurde ihm schwarz vor den Augen und im Rücken verspürte er noch einen brennenden Schmerz. Seine Trompete klemmte er noch fester unter seinen Arm, damit sie beim Sturz keinen Schaden erleidet.

Am nächsten Morgen, es war ein Sonntag, ging der Peter Rohleder mit seiner Frau und zwei Kindern nach Eppenschlag in die Kirche. Als sie den kleinen Berg hoch gingen und an der höchsten Stelle angekommen waren, sahen sie den leblosen Körper des Michl am Rande des Weges in einer Blutlache liegen. Die Frau mit den Kindern rannten nach Eppenschlag und meldeten den grausamen Fund dem dortigen Pfarrer, der sofort die Polizei in Schönberg verständigte.

Die Polizeistation in Schönberg war damals mit drei Mann besetzt, zwei davon begaben sich sofort zur Mordstelle, während der dritte die Mordkommission in Passau verständigte. Es dauerte keine zwei Stunden bis der Hauptkommissar Griecher mit seinem Assistenten Wandl eintrafen. Die Beiden nahmen alle notwendigen Gegebenheiten auf und begannen mit den Ermittlungen. Auch die Spurensicherung war bald zur Stelle und der Leichnam wurde in die Pathologie nach Passau gebracht.

Hauptkommissar Griecher stand am Tatort tief in seine Gedanken versunken. Er rekonstruierte den wahrscheinlichen Verlauf des Mordes in seinen Gedanken und kam zu dem Schluss, dass das Opfer keinerlei Abwehrmöglichkeiten gehabt haben muss, denn er lag mit dem Gesicht am Boden, was bestätigte, dass der ermordete Mann von hinten angegriffen wurde.

Der Pathologe hatte festgestellt, dass der Michl gegen drei Uhr früh ermordet worden sein muss. Ein blutiger Knüppel lag neben dem Mordopfer, mit dem er vermutlich auf den Hinterkopf geschlagen wurde. Ein Messer war nicht auffindbar, mit dem er drei Stiche verabreicht bekam. Das Messer muss etwa 15 Zentimeter lang gewesen sein und es scheint sich um ein Küchenmesser zu handeln. Die Stiche musste ein Linkshänder ausgeführt haben, das ergaben die vorläufigen Untersuchungen.

Die Frage war nun, was tat der Ermordete um diese nächtliche Stunde in dieser einsamen Gegend. Die Personalien ergaben, dass das Mordopfer aus dem nahen Dorfe Kleinmißlberg stammte. Nachfragen im Dorfe ergaben, dass der Ermordete bei einer Familie Ziege seinen Wohnsitz hatte. Die Familie Ziege wurde aufgesucht und dort erfuhr man, dass der Michl bei einer Tanzveranstaltung in Oberkreuzberg gewesen sei, wo er Musik gemacht hatte. Eigenartig war nur, dass bei dem Ermordeten kein Musikinstrument gefunden wurde. Das würde sich aber bald aufklären, vielleicht hat er es in Oberkreuzberg zurück gelassen. Dies verneinten aber die Familienmitglieder Ziege, denn die neue Trompete war für den Michl ein Heiligtum, die er sich von dem sauer verdienten Geld erst kürzlich gekauft hatte.

Kommissar Griecher und sein Assistent Wandl fuhren nach Oberkreuzberg in das Gasthaus, wo die Tanzveranstaltung stattfand. Dort erfuhren sie, dass die Tanzveranstaltung um Mitternacht zu Ende war und die Musiker gemeinsam den Heimweg antraten. Sie erfuhren auch die weiteren Namen der Musikfreunde. Einer nach dem Anderen wurde aufgesucht und vernommen. Alle hatten ein Alibi, jeder von ihnen war bereits um 2 Uhr zu Hause, nur der Hans Gredl aus Klingenbrunn ist erst am frühen Morgen bei seinen Eltern in Klingenbrunn eingetroffen. Man bestellte ihn für den späten Nachmittag in die Polizeistation nach Schönberg, wo die Mordkommission aus Passau ein Vernehmungszimmer eingerichtet hatte.

„Wo waren Sie in der Zeit zwischen zwei Uhr nachts und dem Morgen des heutigen Tages?“ fragte ihn der Hauptkommissar Griecher. Nach langem Schweigen berichtete Hans Gredl, dass er bei seiner Freundin Gerlinde Winkelhofer in Beiwald übernachtet habe und am Morgen den Rest des Heimweges angetreten hat. Das Alibi wurde überprüft und die Freundin, eine verheiratete Frau, deren Ehemann Sepp Fernfahrer und unterwegs war, bestritt die Anwesenheit des Beschuldigten. Damit wurde der Verdacht immer stärker und man nahm Hans Gredl in Untersuchungshaft. Hausdurchsuchungen in Beiwald und Klingenbrunn brachten kein Ergebnis, die fehlende Trompete konnte nirgendwo gefunden werden.

Hauptkommissar Griecher vernahm den Beschuldigten Gredl immer wieder, doch der behauptete nach wie vor, den Rest der Nacht bei Frau Winkelhofer verbracht zu haben. Er beschuldigte sie der Lüge, weil sie Angst vor ihren Ehemann habe. Bei der Vernehmung des Bendlinger Schorsch aus Hungerberg war Griecher auch auf Ungereimtheiten gestoßen. Es stellte sich heraus, dass eine gewisse Feindschaft zwischen dem Michl und ihm bestand, sie stritten sich oft, doch wegen der gemeinsamen Musik vertrugen sie sich immer wieder, wie Bendlinger behauptete.

Es war schon zwei Jahre her, dass sich die beiden in die Haare geraten waren. Der Michl war etwas behindert, er war nur 150 Zentimeter groß und hatte ungewöhnliche O-Beine, wegen derer er ihn schon in der Schule immer hänselte. Der Michl ließ sich dies nicht gefallen und lauerte dem Bendlinger Schorsch eines Tages auf und schlug ihn windelweich, wobei der Michl ihm die rechte Schulter brach, die nicht richtig behandelt wurde, und der Schorsch für sein Leben lang den rechten Arm nicht richtig bewegen konnte. Immer wieder kam es zwischen den beiden zu heftigem Streit, wie auch am Abend der Tanzveranstaltung. Nur den anderen Musikerkameraden war es zu verdanken, dass der Streit nicht ausartete. Die weiteren Vernehmungen ergaben jedoch keinerlei Verdacht, dass der Schorsch der Mörder sein könnte, denn sein Alibi war hieb- und stichfest. Die beiden Beamten der Mordkommission gingen den Weg von Oberkreuzberg bis zum Ort der Trennung der beiden ab. Der Zeitraum reichte nicht aus um den Michl zu ermorden.

Der Kriminalassistent Wandel begab sich nach Spiegelau um die beiden anderen Musiker, die mit Michl bei der Tanzveranstaltung gespielt hatten, ein zweites Mal zu verhören, weil einige Zweifelsfragen aufgekommen waren. Alois Peter war der Meinung, dass der in U-Haft sich befindliche Schorsch Bendlinger seiner Meinung nach nicht der Mörder sein könne, denn er kenne ihn auch schon seit frühester Jugend und er war noch nie gewalttätig.

„Der kann doch keiner Fliege etwas zu Leide tun, der hat ein weiches Herz."

Auf die Streitereien zwischen dem Michl und dem Schorsch befragt, stellte sich heraus, dass immer der Michl derjenige war, der den Streit vom Zaun gebrochen hat. So war es auch bei der letzten Veranstaltung in Oberkreuzberg, als der Schorsch bei einem Stück einige falsche Töne auf seiner Posaune spielte. Der Michl fühlte sich immer als Chef der Gruppe. Ein Wort gab das Andere und schließlich schüttete der Michl dem Schorsch eine halbe Bier über den Kopf. Beim Abschied nach der Veranstaltung war aber wieder alles in Ordnung, die beiden hatten sich wieder versöhnt.

Alois Peter sagte: „Der Michl war ein richtiges Gifthaferl, er ging oft auf wie ein Hefeteig, aber er drehte sich um und alles war wieder vergessen."

Auch die erneute Vernehmung des Hans Gredl deckte sich in etwa mit den Aussagen des Alois Peter. Auch er war der Meinung, dass der Schorsch auf keinen Fall der Mörder des Michl sein kann, weil dieser ein sehr umgänglicher Mensch sei und seiner Meinung nach keinen Mord begehen kann. Gredl erinnerte sich daran, dass der Schorsch dem Michl sogar eine Trompete vermittelt habe, die dieser dann auch kaufte. Der Schorsch habe dem Michl sogar dafür 20 Mark geliehen, die dieser dann nach dem nächsten Spiel zurückbezahlt habe. Diese Trompete war dem Michl sein Heiligtum, er hat sie nie aus der Hand gegeben. Nicht einmal der Schorsch hat darauf spielen dürfen, weil er Angst hatte, dass sie verblasen wird. Gredl erinnerte sich auch daran, dass der Michl einmal gesagt habe: „Für diese Trompete möchte ich nicht einmal ein Weiberleut eintauschen", obwohl der Michl immer nach Mädchen geschielt hat, bei diesen jedoch nie Glück hatte, wegen seines Aussehens.

Hans Gredl wurde auch befragt, ob er etwas über die Freundschaft zwischen Hans Perl und der Winklhofer Gerlinde wisse. „Genaues weiß man nicht, doch es ist bekannt, dass sich die Gerlinde und ihr Mann, der Sepp, in letzter Zeit oft streiten." Gredl meinte, vermutlich wird dies auch am Samstag der Fall gewesen sein, denn er habe in dieser Nacht, als er mit seinem Moped von Oberkreuzberg heim nach Spiegelau gefahren ist, den Sepp mit seinem Lastwagen in Richtung Schönberg fahren sehen. Er habe sich noch gewundert, dass dieser nachts noch ein Geschäft irgendwo habe.

Assistent Wandl erzählte seinem Chef all das was er erfahren hatte. Daraufhin machte sich Hauptkommissar Griecher sofort auf den Weg nach Beiwald zur Familie Winkelhofer. Als er die Wohnstube betrat, lag der Sepp auf seinem Kanapee und hatte fünf leere Bierflaschen vor sich stehen, er wirkte auf den Hauptkommissar ziemlich angetrunken. Seine Frau, die Gerlinde, saß in der Ecke auf der Ofenbank und strickte an einem Socken. Wie er feststellte, war die Stimmung zwischen den beiden sehr angespannt. Als der Hauptkommissar sich vorgestellt hatte, sprang der Sepp auf und wollte die Stube verlassen. Der Hauptkommissar Griecher konnte ihn beruhigen und eröffnete ihm, dass er nur einige Fragen an ihn und seine Frau habe.

Allmählich beruhigte sich der Winkelhofer und er schien plötzlich ganz nüchtern zu sein. Der Hauptkommissar stellte einige unbedeutende Fragen bis er schließlich auf die Mordnacht zu sprechen kam. Griecher fiel auf, dass der Winkelhofer wieder unruhig wurde und seine Augenlider leicht zu vibrieren begannen.

„Herr Winkelhofer, ich muss alle Spuren verfolgen, auch wenn Sie für mich nicht verdächtig sind, deshalb muss ich auch Sie und Ihre Frau befragen, wo Sie in der Tatnacht vom Samstag auf den Sonntag, zwischen ein Uhr und fünf Uhr nachts waren."

Der Sepp überlegte nicht lange und wie aus einer Pistole geschossen sagte er: „Ich war von München nach Beiwald mit meinem Lastwagen unterwegs."

„Wann sind Sie im München weg gefahren und wann sind Sie zu Hause gewesen?"

„Ich bin um ein Uhr nachts am Sonntag in München weggefahren, auf einem Parkplatz bei Landshut habe ich gut eine Stunde geschlafen und bin dann über Deggendorf nach Beiwald gefahren, wo ich gegen fünf Uhr früh angekommen bin, was meine Frau bestätigen kann."

„Frau Winkelhofer", fragte der Hauptkommissar, „stimmt das?"

„Ich hab bis sieben Uhr geschlafen, als ich aufwachte war der Sepp in der Stube und hat sich Kaffee gekocht."

„Herr Winkelhofer, haben Sie Zeugen für Ihre Aussage?"

Dieser überlegte lange, dann sagte Winkelhofer: „ Nein, ich war ja alleine unterwegs."

„Herr Winkelhofer, ich würde Sie bitten, dass Sie am Dienstag um 10 Uhr in die Polizeistation nach Schönberg kommen, ich muss vorher noch einige Dinge abklären."

Damit verabschiedete sich der Hauptkommissar und fuhr zurück nach Schönberg. Unterwegs gingen Griecher die verschiedensten Dinge durch den Kopf, das Alibi, das die Frau des Winkelhofer ihrem Mann gegeben hat, reichte ihm nicht aus. Auch das plötzliche Aufspringen des Sepp ließ ihn nicht los, warum wollte er fliehen, als er „Mordkommission" hörte?

Am folgenden Tag, es war der Montag, begaben sich die beiden Kriminaler, Griecher und Wandl, noch einmal zum Tatort. Sie wollten die Gegend bei Kleinmißlberg noch einmal untersuchen und einige Leute befragen, ob eventuell jemand etwas gesehen oder gehört hat. Auch das Fehlen der Trompete des Michl ging dem Hauptkommissar nicht aus dem Kopf. Nach Aussagen der Zeugen hätte der Michl seine Trompete nie aus der Hand gegeben und irgendjemanden anvertraut.

Den Assistenten Wandl schickte der Hauptkommissar den kleinen Berg hoch zum Tatort, um diesen und die Umgebung noch einmal genau zu untersuchen. Wandl stand lange an der Stelle, wo der Michl ermordet wurde. Er blickte sich im Kreise um und konnte nichts Verdächtiges feststellen. Als er jedoch einige Meter zurück ging, konnte er an einem Felsen, der am Wegesrand lag, eine winzig kleine Spur einer Metallabreibung sehen. Er kratzte sie mit seinem Taschenmesser ab und verstaute sie in einer kleinen Tüte.

Als er zurück zum Dorf ging, kreisten immer wieder seine Gedanken um die Bemerkung des Hans Gredl aus Spiegelau, dass er den Lastwagen des Winkelhofer Sepp in der Mordnacht gesehen habe. Hatte der sich getäuscht? Der Winkelhofer war ja in dieser Nacht aus München nach Beiwald unterwegs. Dieser hatte jedoch keine Zeugen benennen können, die dies bestätigten. Nur seine Ehefrau hat ihn erst um sieben Uhr früh gesehen.

Hauptkommissar Griecher besuchte alle Dorfbewohner von

Kleinmißlberg und befragte sie. Es waren ja nur vier Familien. Die meisten schliefen zur Zeit des Mordes und haben nichts gehört und nichts gesehen. Nur der Besitzer eines kleinen Sägewerks konnte sich erinnern, dass er Autogeräusche in der Mordnacht hörte, konnte aber nicht sagen, um welche Uhrzeit das war. Es könne aber auch sein, dass das Geräusch von der nahen Ostmarkstraße kam, die in unmittelbarer Nähe vorbei führte.

In der Zwischenzeit hatte die Polizei auch die Presse in Grafenau unterrichtet und einen Aufruf im Radio gestartet, dass sich Zeugen, die zum Zeitpunkt der Tat in der Nähe von Schönberg, und speziell bei Kleinmißlberg, unterwegs waren, melden sollten, wenn sie etwas Verdächtiges oder Ungewöhnliches gesehen haben. Am Dienstag früh meldete sich ein Autofahrer bei der Polizei, der von Schönberg nach Regen unterwegs war, dass er bei Großmißlberg, gegenüber eines Gasthauses, einen Lastwagen mit einem „GRA"-Kennzeichen stehen sah.

Am Dienstag, gegen zehn Uhr, meldete sich der Vorgeladene Sepp Winkelhofer in der Polizeistation in Schönberg. Hauptkommissar Griecher erwartete ihn bereits.

„Herr Winkelhofer, sagen Sie mir noch einmal, wo Sie in der Nacht von Samstag zum Sonntag gewesen sind."

Winkelhofer sagte das Gleiche aus, was er schon zwei Tage vorher bei der Vernehmung gesagt hatte.

„Wieso sind Sie erst um ein Uhr Nachts in München weg gefahren?"

Winkelhofer überlegte kurz und sagte dann: „Ich war bei einem Freund", dessen Namen er nicht nennen wollte.

Nach langem Bohren gestand er schließlich, dass er von neunzehn Uhr bis einundzwanzig Uhr bei einer Prostituierten in der Landsberger Landstraße war.

„Herr Winkelhofer, somit fehlen uns jetzt vier Stunden, was haben Sie in dieser Zeit gemacht?"

Nun sah sich Winkelhofer in die Enge getrieben, als ihm der Hauptkommissar Griecher auch noch auf Verdacht hin eröffnete, dass ein Zeuge seinen Lastwagen um zwei Uhr nachts auf dem Parkplatz bei Großmißlberg gesehen habe. Winkelhofer wurde kreidebleich im Gesicht, zuckte verdächtig aufgeregt mit den Augenlidern und senkte seinen Kopf.

„Dieses Schwein von einer Missgeburt hat es verdient, dass er einmal eine richtige Abreibung bekam“, schrie der Winkelhofer. Er sprang auf und wollte fliehen, der Kollege in der Polizeistation jedoch erfasste ihn an der Tür und legte ihm Handschellen an. Er zwang ihn, sich wieder in den Stuhl zu setzen.

„Was soll das, Herr Winkelhofer. Ich nehme durch Ihr Verhalten an, dass Sie den Michl Freund erstochen haben!“

Kleinlaut hauchte der Lastwagenfahrer ein „Ja“. Ganz laut schrie er dann: „Dieser Gartenzwerg hat mich schon im Heim in Burglengenfeld dauern belästigt. Er hat mich auch der Heimleitung gemeldet, dass ich gegen die Nazis Hetzreden halte und dass ich angeblich Hitler umbringen wollte. Daraufhin wurde ich in ein Jugendgefängnis gesteckt, wo ich bis zum Ende des Krieges sitzen musste. Ich habe damals doch nur gesagt, was mein Vater auch immer sagte, der in Spiegelau Ortsvorsitzender der SPD war und schließlich 1944 in Dachau ermordet wurde.“

Weiter sagte Winkelhofer ganz leise: „Ich habe ja nur meinen Vater gerächt, dieser Kerl hat es verdient, dass er ins Gras beißt.“

„Jetzt würde mich noch interessieren, wo die Trompete des Michl Freund geblieben ist?“

„Die habe ich an einem Stein zerschlagen und auf dem Weg nach Beiwald, bei Eppenschlag, in einen Weiher geworfen. Ich wusste ja, dass die Trompete sein Ein und sein Alles war. Von diesem Verräter sollte nichts übrig bleiben.“

INGRID WERNER

aus Bad Griesbacch
* 1964
Krimiautorin

Ingrid Werner ist ein Multitalent, liebt die berufliche Abwechslung: Bankkauffrau, Juristin, Mutter von drei Kindern, Heilpraktikerin, Entspannungspädagogin, freischaffende Malerin und Autorin. Sie lebt mit ihrer Familie in Bad Griesbach. Im Emons Verlag erschienen die Rottal-Krimis *Niederbayerische Affären*, *Unguad* und *Karpfhamer Katz*. 2013 wurde sie mit der Kurzgeschichte *Ein wasserdichtes Alibi* für den Agatha-Christie-Krimipreis nominiert.

DIE FLUCHT

Ein Hirsch bricht durch das Unterholz und verharrt. Witternd. Dann setzt er mit langen Sprüngen über die Lichtung und verschwindet im Schatten des Waldes. Stille kehrt zurück, untermalt vom Summen der Mücken. Zwischen den Fingerhutstauden spielen Sonnenstrahlen und bringen die scharlachroten Blüten zum Leuchten. Ein Kaninchen streckt den Kopf aus seinem Bau, schnuppert, hoppelt hinaus - und huscht zurück.

Zweige knacken. In rascher Folge brechen sie entzwei, immer lauter. Immer näher. Eine junge Frau stolpert zwischen den Bäumen hervor. Sie ist gelaufen. Eine Ewigkeit. Stets bergauf. Hektisch blickt Una sich um.

Ihre Arme sind zerkratzt. Das helle Kleid blutverschmiert. Strähnen haben sich aus der kunstvollen Frisur gelöst und umzittern ihr Gesicht bei jedem Atemstoß. Sie stützt sich an einen Baum, versucht, sich zu beruhigen. Sie muss hören, ob die Männer ihr auf den Fersen sind.

Aber ihr Atem ist zu laut, ihr Herzschlag zu dröhnend. Sie meint, immer noch das Klatschen und Stampfen der Dorfbewohner zu vernehmen.

Morgendunst hing über der Anhöhe. Alle waren gekommen, standen am Straßenrand und verfolgten mit tausend Augen ihren Weg hinauf zum heiligen Hain. Sie mussten zurückbleiben, durften nicht teilhaben am Ritual. Aber beitragen wollten sie etwas. Deshalb fingen sie an, auf den Boden zu stampfen und mit den Händen zu klatschen. Ein sich stetig steigernder Rhythmus. Matto und Albin begleiteten Una, hatten ihr die Hände auf den Rücken gefesselt. Sie richtete sich auf und blickte ihren Verwandten und Nachbarn gerade ins Gesicht. Sie sollten nicht glauben, sie hätte den Mut verloren. Aber leicht war es nicht, den Blicken der anderen standzuhalten. Sie sah Stolz, Mitleid, Neid und bei ihrer Mutter Verzweiflung. Das war das Schlimmste, und ließ sie doch die Augen senken, als sie weiter durch das nicht enden wollende Spalier der Menschen schritt.

Una späht durch die Bäume. Hat sie nicht eben etwas gehört? Schritte? Aber nein, die Nerven spielen ihr einen Streich. Hier ist niemand. Nur ihr Puls pocht in den Ohren.

Sie hatte einen unachtsamen Moment genutzt, um ihnen zu entkommen. Das Messer lag schon bereit, seine Schneide blinkte im ersten Sonnenlicht. Der Priester hatte Matto in den Tempel geschickt, um das Räucherwerk zu holen. Sie ließ er niederknien. Dann hob er seine Hände gen Himmel und sprach mit geschlossenen Augen die Gebete. Nur Albin war noch bei ihr, trat von einem Fuß auf den anderen. Es war seine erste Opferung. Una wusste, wenn sie es versuchen wollte, dann musste es jetzt sein.

Sie drehte ihre Hände in den Fesseln und stöhnte leise. Der Druide ließ sich in seinem Gebet nicht stören, proklamierte nur noch lauter die Anrufung der Großen Göttin. Unterdessen wandte Una ihren Kopf leicht zur Seite, bewegte wieder ihre Hände und sah Albin flehend an. Er zögerte. Sie verzog schmerzvoll das Gesicht. Da beugte er sich zu ihr hinab und lockerte das Lederband. Mit einer raschen Drehung schlüpfte sie aus den Schlaufen, gleichzeitig rappelte sie sich auf. Albin wollte sie fassen, aber sie tauchte unter seinen Händen hindurch und stieß ihn mit aller Kraft zur Seite. Er taumelte, fiel und rollte ein Stück den Abhang hinunter.

Nun erwachte der Druide aus seiner Trance und blickte sie mit glasigen Augen an. Bevor er fähig war, etwas zu sagen oder zu tun, umrundete sie ihn.

Sie musste durch den Eichenhain, den Hügel hinab, weg von Gabreta. Im Geist sah sie schon das Tal vor sich und dann den dichten Wald, der den Berg in eine grüne Decke hüllte. Hoffnung weitete ihr Herz.

Sie hörte die Männer hinter ihr schreien, der Druide verfluchte sie. Una blieb jedoch nicht stehen. Sie wollte sich nicht abschlachten lassen. Sie wollte leben.

Aber nun: Wo soll sie nur hin? Sie fährt sich über die Stirn und hinterlässt eine schmutzige Spur.

Selbst wenn es ihr gelingen sollte, ihren Häschern zu entfliehen, kann sie nie mehr zurück. Ab heute hat sie kein Zuhause, keine Familie mehr. Sie darf nicht an die Schmach denken, die sie ihren Eltern mit der Flucht angetan hat. Das macht sie schwach. Sie muss jedoch stark sein. Und erfindungsreich. Wo könnte sie sich bloß verbergen?

Mit der Hand an der Rinde umkreist sie den Baum. Wirft einen Blick auf die Lichtung. Wendet ihren Kopf nach Westen. Schaut zurück, von wo sie gekommen ist. Blickt nach Osten. Wieder auf die Lichtung.

Diese Waldwiese kennt sie. Den umgestürzten Baumriesen. Das Fingerhutgebüsch. Wie oft hat sie ihren Vater auf der Jagd begleitet? Unzählige Male. Und hier an diesem Platz haben sie Rast gemacht. Das mitgebrachte Brot verzehrt. Aus der Quelle getrunken. Und das Beste: Ganz in der Nähe gibt es eine hohle Buche. Als Kind hat sie sich dort versteckt und ihr Vater musste sie suchen. Welch ein Vergnügen.

Das ist ihre Chance.

Sie muss den Baum finden.

Noch einmal hält sie Ausschau. Horcht. Schüttelt den Kopf. Sie sieht nichts von den Männern, hört nichts. Vielleicht hat sie Glück und die beiden abgehängt.

Hoffentlich. Sie darf sich nicht vorstellen, was passiert, wenn die Männer sie einfangen.

Sie läuft am Rande der Lichtung entlang. Ihre Schritte sind wieder leichter. Die Schuhe berühren keinen Ast. Auf der anderen Seite der Wiese bahnt sie sich einen Weg durch das Brombeergestrüpp. Es kümmert sie nicht, dass die Ranken nach dem Saum ihres Kleides greifen. All ihr Streben ist darauf gerichtet, den hohlen Baum zu erreichen. So entgeht ihr, dass die Dornen ein Dreieck aus dem dünnen Stoff reißen. Unwissend lässt sie dieses Zeichen zurück, weiß leuchtend zwischen den dunklen Blättern.

Hier muss es irgendwo sein. Buchen dominieren das Waldstück. Sie blickt sich um. Begutachtet die Dicke der Stämme. Sie war schon lange nicht mehr in diesem Gebiet, aber die Fichte mit den drei Wipfeln meint sie, zu erkennen. Und dann, weiter links. Da muss doch ... Rasch eilt das Mädchen in die Richtung, in der es das Versteck vermutet. Ja, da ist es! Epona sei Dank!

Mächtig erhebt sich die alte Buche und streckt ihre Äste zur Sonne empor. Die umstehenden Bäume ducken sich unter der ausladenden Krone und neigen sich respektvoll zur Seite. Die Zweige sind mit Vögeln bevölkert und Eichhörnchen springen im Geäst. Sicherlich wohnt in jeder Astgabel eine Elfe.

Una lächelt. Sie hat ihre Zuflucht gefunden.

Da trägt der Wind eine Stimme durch den Wald. »Albin, hier. Ein Fetzen von ihrem Kleid.«

Die junge Frau zuckt zusammen. Das sind sie!

Sofort schlägt ihr das Herz wieder bis zum Hals. Sie darf keine Zeit mehr verlieren, muss versteckt sein, bevor die Männer kommen. Sie hastet zur Buche und findet den Spalt, der zum Hohlraum führt. Wenn sie sich auf Zehenspitzen stellt, kann sie hineinsehen. Ein schmaler Eingang in eine hölzerne Höhlung, dunkel und feucht. Als Kind war es ganz einfach, dort hinaufzugelangen. Sie erinnert sich. Schnell legt Una ihre Hände in die Vertiefung und spannt die Muskeln an. Sie stemmt die Füße gegen den Stamm, aber sie rutschen ab. Immer wieder. Wieso gelingt es ihr nicht, hinaufzuklettern? Wieso? Wieso?

Die Männer poltern durch den Wald. Nun müssen sie nicht mehr darauf achten, unbemerkt zu bleiben. Sie wissen, dass Una ganz in der Nähe ist und wollen sie aus ihrer Deckung treiben. Geräuschvoll brechen sie Äste ab, reißen Pflanzen aus, die ihnen den Weg versperren. Wie Wildschweine pflügen sie sich einen Pfad durch das Holz.

»Una, wo bist du?«, schreit einer von ihnen. Wahrscheinlich Matto. »Komm raus, wir tun dir nichts.«

Die junge Frau glaubt ihm nicht. Natürlich nicht. Mit aller Gewalt versucht sie, sich emporzuziehen. Krallt die Fingernägel in das Holz. Vergebens. Immer wieder setzt sie an, aber sie findet keinen Halt. Tränen laufen ihr übers Gesicht.

»Una?«, ruft jetzt der andere.

Sie schluchzt auf. Sie sind schon so nah. Panisch streift sie die Schuhe von den Füßen. Ihre Finger sind blutig, die Nägel eingerissen, aber sie achtet nicht darauf. Beißt die Zähne zusammen. Ihre Haare kleben an der schweißnassen Stirn.

„Bitte, Epona, hilf!", flüstert sie. „Bitte, Große Göttin, verzeih mir! Bitte, bitte! Ich opfere dir ein Lamm statt meiner. Bitte!" Sie bohrt ihre Zehen in die Rinde. Presst sich an den Stamm und umfasst ihn mit den Händen. Während sie inbrünstig Gebete murmelt, geschieht das Wunder.

Sie kann sich ein Stück hinaufziehen. Noch eines. Dann einen Fuß in den Spalt klemmen.

Sie weint, jetzt vor Erleichterung. Bald hat sie es geschafft. Die Götter sind auf ihrer Seite. Sie hat es gewusst. Tief atmet sie ein, fasst nach, schiebt sich hoch. Noch ein wenig höher – gleich ist sie in Sicherheit!

Ein Geräusch lässt Una erstarren.

Von hinten umschließen sie Arme, hart wie Buchenholz, und pflücken sie vom Baum.

DR. KLAUS PAFFRATH

aus Elleben
* 1961
Verwaltungsjurist

Klaus Paffrath studierte Rechtswissenschaften in Trier, arbeitete von 1990 bis 1992 als Forschungsreferent in Speyer und wurde an der Hochschule für Verwaltungswissenschaften Speyer promoviert.
Ab 1993 ist er als Verwaltungsjurist in Thüringen tätig.
In seiner Freizeit schreibt er Kurzgeschichten und Romane. Begonnen hatte er unter dem Pseudonym Johannes Goettsche mit dem Roman *Kanzlerbonus*. Unter seinem bürgerlichen Namen gewann er mit dem Thüringen-Krimi *Sonne, Wind und Tod* den Thüringer Krimipreis 2014. Die Fortsetzung erscheint jetzt unter dem Titel *Mordskunst*.
Ferner sind zahlreiche Kurzgeschichten in Anthologien veröffentlicht worden.

GESCHÄFTSMODELLE

Die Leute reden gut über mich, ich trüge das Herz auf der Zunge. Ich hätte ein offenes Wesen, halte Blickkontakt und begegne Fremden ohne Vorbehalt. Deshalb wundert es mich nicht, dass der Mann mit dem hellen Blouson mich anspricht, als ich im Vorgarten den Weg harke. Er trägt ein Klemmbrett unter dem Arm, als wolle er Zähler ablesen. Dass ich tageslichttauglich aussehe, tut ein Übriges, und so stelle ich die Harke mit den spitzen Zinken zur Hauswand gerichtet ab und gehe zum Gartentor. Ob er das Freilichtmuseum suche, frage ich ihn. Wenn die Leute von Freyung kommen, fahren sie gerne am Hinweisschild vorbei, besonders im Sommer, wenn listiges Grün alles verschlingt und keine Rücksicht nimmt auf Ortsunkundige. Dann fahren sie und fahren, denken, in dem Straßendorf, das nicht enden will, sieht alles irgendwie nach Museum aus, dann kommt der dunkle Wald und wenn sie nicht aufpassen, liegt Finsterau weit hinter ihnen und sie sind an der tschechischen Grenze.

Er schüttelt den Kopf, langsam, bedächtig, als sei ihm jetzt erst eingefallen, dass er das Museum doch nicht sucht, bestimmt, weil er mich gesehen hat, mit meinem figurbetonten T-Shirt und der perfekt sitzenden Jeans.

Nein, sagt er, ob ich Nina Keller heiße und am sechsten April 1978 geboren wurde. Ich lächle ihn freundlich an, weil ja heute sowieso alle an die Daten kommen, die sie brauchen und sage ja. Ich würde mich bestimmt wundern, was ich gar nicht tue, warum er mein Geburtsdatum kennen würde, aber das Einwohnermeldeamt müsse ihm, der Kriminalpolizei, die Daten herausgeben. Er gehe eine Liste von Namen ab, die mit einer vermissten Person in Zusammenhang stehen könnten.

Von einer vermissten Person, frage ich zurück, und von einer Liste würde er reden. Wie heißt denn die Person und was ist das für eine Liste, präzisiere ich meine Frage, bleibe aber freundlich und überlege, ob ich den jungen Mann, den nur der Blouson älter gemacht hat, nicht auf einen Kaffee einladen sollte.

Er zeigt mir ein Foto, was gleichermaßen aus einem Personalausweis oder von einem Fahndungsplakat stammen könnte, so unbeteiligt, blass und schwarz-weiß blickt der Abgebildete trübe in die Kamera. Hermann Josef Schüler würde er heißen. Ich sage, ich würde keinen Mann mit diesem Namen kennen, aber die Person auf dem Foto würde exakt dem Frank gleichen. Mit den Worten ziehe ich ihm das Bild aus der Hand und blicke auf Frank, der genauso verschlafen wirkt wie an den Tagen, an denen er neben mir aufwachte, aus dem Tiefschlaf durch meinen Wecker geschreckt. Der Arme, weg sei er jetzt? Der junge Mann von der Kripo wird plötzlich ernst und bittet, das Gespräch im Haus fortzuführen. Er blickt dabei die leere Straße hoch und runter und tut so, als habe er Angst vor der Stille der kleinen Dorfstraße und brauche Schutz innerhalb meiner vier Wände. Dabei liegen die spärlichen Höfe rechts und links von der Straße so possierlich in der Sonne wie mein Stubentiger, der vor einem Mauseloch eingedöst ist. Der Kripomensch beginnt, mich an Frank zu erinnern. Sie sehen jünger aus, sagt er, als wir am Küchentisch sitzen, und könnte damit im Chor der anderen mitsingen. Das machen die langen blonden Haare, sage ich. Auch, aber bestimmt ihr Urlaubsteint, schwärmt er. Wie alle. Wann ich den Frank oder wie auch immer ich ihn nenne, das letzte Mal gesehen hätte? Na, so vor zwei Wochen, antworte ich und wirke dabei nicht besonders sorgenvoll. Frank war immer mal wieder für ein paar Tage oder ein oder zwei Wochen weg. Einsatzbesprechungen, zuletzt auch Verhandlungsrunden mit Gläubigern, die ganz schön hartnäckig sein könnten, wie er sagte. Und wie stünde ich zu ihm, sei er mein Partner, fragt er mich. Einen Augenblick lang habe ich den Eindruck, er hätte zum Wort „auch“ angesetzt, sei er auch mein Partner, aber im letzten Moment verschluckt er das Wort. So verschluckt, wie die Welt Frank sich einverleibt hat, ohne ihn wieder heraus zu spucken. Ich bin mit ihm befreundet, sage ich, das gibt es schon mal bei einer jungen Frau. Wieder lächle ich ihn an, weil ich ein gewinnendes Lächeln habe und dabei eine gesunde weiße Zahnreihe zeige.

Ob ich ihm denn Geld gegeben hätte, fragt er weiter und geht anscheinend mit dem Gespräch, was ich schon für beendet hielt, in die Verlängerung. Na ja, mal hier und da, er hat ein gut gehendes Geschäft, habe er mir immer versichert, aber ein Kunde mit Großauftrag sei die letzte Rate schuldig geblieben. Seine Mitarbeiter wollen ihren Lohn und so habe ich ihm die Zeit überbrückt, bis die Außenstände wieder drin waren. Wieder drin gewesen sein sollten, ergänze ich. Das heißt, ausgeglichen hat er die Leihe nicht, fasst er nach. Wenn sie es so sehen wollen, nein, sage ich zu ihm. Ja, er kratzt sich am Hinterkopf, was mir sofort signalisiert, dass jetzt ein großartiger Moment kommt, der seinen Besuch erforderlich macht. Ja, und wieder kratzt er sich am Kopf als zweite Ankündigung von etwas ganz Großem, es sei nun mal so, dass es da eine Liste gäbe, die er Eingangs erwähnte. Es seien alles nette Damen, so wie ich, die dem Herren, der sich bei jeder anders nannte, beträchtliche Summen zur Verfügung gestellt hätten. Quasi so ohne Sicherheiten, wie es ansonsten Banken abfordern würden. Ist derjenige weg, wäre in der Regel auch das Geld, er zuckt und sucht nach einem anderen Wort als ein knappes, unspektakuläres „weg“, wäre es futsch! Und das wäre nun eingetreten, ein paar Vermisstenanzeigen, die die Kommissariate irgendwann abgleichen und feststellen, dass es sich immer um ein und dieselbe Person handeln müsse, eben besagter Hermann Josef Schüler. Auf und davon würde er sein. Ich sah ihn offenbar ratlos an. Tröstend legt er seine warme, feuchte Hand auf meine. Ich werde, so begann ich, ein ernstes Wort mit ihm reden müssen, wenn er in den nächsten Tagen zurückkomme.

Gewiss, meint der Kommissar, mich unter Schock wähnend, er werde wieder auf mich zukommen, wenn ich mich gefangen und den Schmerz überwunden hätte. Ja, es gäbe diese Menschen ohne Anstand und Moral, die sich an anderen bereichern und deren Treue und Güte auszunutzen wüssten. Auch wenn es mich schmerzen würde, ein Schnitt wäre jetzt in der Beziehung mit Schüler notwendig. Eine Betroffene sei aus Kummer und Scham über den feigen Betrug bereits aus dem Leben geschieden. Und wie ich es aus den Kriminalgeschichten kenne, reicht er mir seine Visitenkarte. Falls er zwischenzeitlich auftauchen würde, wovon nicht auszugehen sei, über seine Kontaktdaten könne ich ihn sofort alarmieren. Er nickt mir stumm zu, und als er die Hand von meiner löst und der Durchzug im Haus über den Kondensfleck streicht, den seine Hand auf meinem Handrücken hinterlässt, fährt mir rechtzeitig ein kalter Schauer über den Rücken, der in einem bangen, deutlich sichtbaren Zittern um meinen Mund verebbt. Das Bild einer am Boden zerstörten jungen Frau nimmt der Kommissar mit zum nächsten Termin.

Ich sehe ihm hinterher, greife nach der Harke und setze meine Arbeit fort. Ich harke feinen Split vor den Beeten. Mit Buchsbaum habe ich im Garten das Wegenetz begleitet und die Wege mit der Stahlharke so beharkt, dass ein feines Liniensystem aus spitzen Höhen und Tiefen der Fläche eine Dreidimensionalität verleiht, die ich in Bildbänden fernöstlicher Gärten gesehen hatte. Jeder Harkentyp hinterlässt eine eigene, unterschiedliche Struktur. Nach einigen Versuchen habe ich mich für eine bestimmte Harke entschieden, die kontrastreich im Querschnitt spitzdreieckige Erhöhungen und dramatisch tiefe Senken hinterlässt und die Anschlüsse zwischen zwei Harkenbahnen kaum erkennen lassen. So gestalte ich die Wege mit einer Oberflächenkunst, die Scheu vor dem Betreten erzeugt. Meine Besucher sehen zwar von dem Haustürpodest auf den hübschen Garten, auf Buchsbaumsäume und Rosen, Kornblumenbeete, Cosmea und Ringelblumen, vermeiden aber, ihren Fuß auf den Splitweg zu setzen und damit einen Fußabdruck zu hinterlassen. Es gibt im Ort nur eine einzige Stelle, die eine gleich beharkte Struktur aufweist. Ein alter aufgegebener Bauernhof liegt nicht weit von meinem Haus, das Haus leer, die Stallungen eingefallen, der Heuboden leer, alles leer, bis auf die Güllegrube. Die ist voll bis oben. Grüne Halme ragen wie schmächtige Arme hilfesuchend aus der Krustenhaut der Gülle. Bevor darauf ein grüner arglos wirkender Teppich wächst, der zum Betreten einlädt und sich zum dauerhaften Verschwinden eignet, zerstoße ich mit der Harke den Schorf, lege die Wunde offen, harke in Staub und Split um die Güllegrube herum und merke an der Unberührtheit der zarten Linien, dass ich die einzige bin, die auf den Spaziergängen dem verlassenen Gehöft und der Grube nahe kommt.

Ein paar Tage später steht der Kommissar wieder an der Tür. Ob ich gut über den ersten Schrecken hinweg und bereit sei, ihm ein paar Fragen zu beantworten. Ich nicke und denke, jedes Nein wirke wie eine Bremse auf dem Weg, der so schnell wie möglich überwunden werden möchte. Wie es denn angefangen hätte mit Hermann Josef oder Frank und mit welchen Kniffen er das Geld erschwindelt habe. Er fragt vor und zurück und ich antworte mit meiner unerschütterlichen Freundlichkeit. So schnattert es lieb und nett aus meinem Mund, und ich baue im Kopf des Kommissars ein kuscheliges Nest für den Neuanfang einer betrogenen Frau, die sich gefangen hat und über den Schmerz hinweg optimistisch in eine geklärte Zukunft schaut. Und der Kommissar fällt herein auf das kuschelige Nest, auf meine Bereitschaft, mit einem anderen, starken Partner, der fest im Leben steht, eine Beziehung aufzubauen. Als er mir das Du anbietet, imitiere ich das herzergreifende Schluchzen einer sensiblen Schauspielerin in einem Hollywood-Drama. Ich bin zwar über den betrügerischen Freund hinweg, aber nicht hin und weg – wenn er wüsste, was ich damit meine. Er nickt zustimmend und fügt sich seinem Stolz, der ihn aus dem Haus treibt. Ich überlege, ob es ausgereicht hat, ihn nach dem verabreichten Korb eine Weile auf Distanz zu halten, die ich brauche, um wieder auf Kontaktanzeigen zu antworten. Ich möchte weder meine Intuition noch meinen Auftrag verlieren, die Welt ein wenig sicherer zu machen.

Bei Kontaktanzeigen falle ich immer auf die gleiche Masche herein. Ich nehme nicht den Witwer oder den nach großer Enttäuschung Zurückgelassenen, deren erwachsene Kinder aus dem Haus sind, sondern den erfolgreichen Unternehmer, der mangels Gelegenheit auf diesem für ihn ungewöhnlichen Wege ein weibliches, vorzeigbares Gegenstück sucht. Der Kontaktsuchende gibt deshalb den Beruf des Unternehmers an, weil nur dieser über unregelmäßige Arbeitszeiten verfügt, öfter zu Geschäftsreisen unterwegs sein muss und irgendwann einen Engpass durch unzuverlässige Geschäftspartner erleiden würde. Einem Engpass, aus dem ich gerne helfen könnte, denn der erfolgreiche Unternehmer sucht sich ja aus Gründen der Parität eine ähnlich erfolgreiche Frau. Die Sympathien fliegen mir als lebende Pheromonfalle förmlich zu, es ist nicht sonderlich schwierig, dem ersten Kontaktanbahnungsgespräch weitere folgen zu lassen.

Neben meinem gewinnenden Wesen, das gewiss eine Art Eintrittkarte darstellt, sind zu erwähnende teure Fernreisen und ein insgesamt gehobener Lebensstil wichtig, um das Spiel am Laufen zu halten. Der Unternehmer fasst sehr schnell Vertrauen zu mir und ich scheinbar auch zu ihm. Bald schon offenbaren sich bei ihm Finanzlücken, die ich nur kurz überbrücken möge. Zu dieser Zeit habe ich die Aufklärung bereits weit vorangetrieben. Immer dann, wenn eine längere Dienstreise ansteht, fahre ich heimlich hinterher. So erfahre ich, wie viele andere Betörte ihm in klammer Zeit zur Seite stehen, und ich rechne hoch, was in seiner schwarzen Kasse zu finden wäre. Zu späterer Zeit werden die erbetenen Summen größer. Das ist alles eine Gefühlsfrage, wann die finale Summe vor seinem Abseilen erreicht sein dürfte. Sie ist jedenfalls deutlich größer als die Summen zuvor. Dann ist der Zeitpunkt der Ernte erreicht, denn gesät habe ich lang genug.

Die Literatur stellt sich dabei als willkommene Hilfe heraus. Ich rede von den Romanautoren, die anregende Fesselspiele so plastisch darstellen, dass mein teurer Freund meinem Wunsch gerne nachkommt, die eine oder andere Szene nachspielen zu wollen. Jetzt erst kommt mein verlassener Hof ins Spiel, denn Rollenspiele wirken am überzeugendsten auf fremdem Terrain.

Das Rollenspiel beginnt am Hof. Ich habe mir den leider kürzlich vom Pech verfolgten Unternehmer als Callboy bestellt und locke mit einem Geldbündel. Das wirkt wie eine Wurstscheibe vor dem Wachhund. Was auch immer gut funktioniert ist Nacktheit. Wer nackt ist, offenbart sich, kann nichts im Schilde führen, legt sich offen. Er wird zu Wachs in meiner Hand. Bereitwillig setzt er sich auf den Stuhl, der inmitten der geharkten Sandfläche vor der Grube steht. Diesmal macht es ihm nichts aus, Spuren in die Strukturen zu treten. Schließlich will er ja mehr verletzen als nur die albernen Linien eines Mädchen-Feng-Shui-Esoterik-Gehabes.

Manchmal denke ich, Männer zerstören gerne fein ziselierte Gebilde als seien nur sie dazu geschaffen, Dinge vollends zu durchdringen wie die Jungfräulichkeit. Mir macht es nichts aus, denn eine Harke liegt bereit. Damit ziehe ich mit Hingabe die Linien nach. Es gefällt mir, wenn wenigstens ein kleiner Fleck auf dem verwahrlosten Hofareal gepflegt aussieht, so gepflegt wie das Freilichtmuseum am anderen Ende von Finsterau. Mit Kabelbindern fessele ich ihn an einen der schweren Metallstühle, die ich in Mengen auf dem Hof gefunden habe und leite damit den Höhepunkt ein, den sich mein Unternehmer mit stierem Blick auf meine Brüste anders vorgestellt hat.

Denn jetzt trage ich die Sporttasche näher, aus der ich das Geldbündel zog, das zu seiner Enttäuschung genauso schnell wieder in einer Seitentasche verschwindet. Aus dem Hauptfach entnehme ich einen in Folie vakuumverpackten Einweg-Overall, zerreiße die Folie und schlüpfe in den weißen Overall, umkreise ihn auf dem Stuhl wie eine weiße Made und zaubere erneut etwas Folienverpacktes aus der Tasche, das wie das Einwegbesteck im Flugzeug aussieht. Ist aber keine Gabel, kein Löffel, kein Messer mit einer ultrakurzen und stumpfen Klinge, es ist ein rattenscharfes Skalpell.

Komisch, die Überlegenheit, wie er dem Kindchen in den letzten Wochen Geld abgeschwatzt hatte, diese schmierige Überheblichkeit, wie leicht man dem naiven Blondchen das Geld aus der Tasche ziehen konnte, es ist plötzlich wie ausgeschaltet. Er windet sich auf seinem Stuhl und merkt zu spät, dass jede Bewegung die Kabelbinder um Beine und Handgelenke straffer zuzieht, dass er sich bald nur noch mit dem Hals bewegen kann.

Na, frage ich ihn, wie steht es mit der großen und einzigartigen Liebe, wie viele gibt es denn davon, ich meine gleichzeitig? Wie, was, versucht er mich hinzuhalten, aber da habe ich schon die hauchdünne Klinge getestet, die so scharf ist, dass er erst durch die hellen Blutstropfen erkennt, wie nahe ihm die weiße Made gekommen ist.

Die Quälerei macht mir keinen Spaß, ihm erst recht nicht. Ich muss an die Leidensgenossinnen denken, die er bis zur Privatinsolvenz ausgenommen hat, dann geht es. Aber als harmoniesüchtiger Mensch möchte ich so schnell wie möglich ein Ergebnis. Dazu sind manchmal harte Einschnitte notwendig. Lange halten sie es ohnehin nicht aus, sie denken, sie könnten einen zum Komplizen machen und verraten relativ schnell, wo sie das Geld der anderen ausgenommenen Freundinnen gebunkert haben. Dann gebe ich dem Stuhl einen Tritt zum Abschied, der glucksend durch den geronnenen Schorf der Kloake bricht und versinkt. Das geht so schnell, dass nichts mehr vom Stuhl und dem darauf Sitzenden zu sehen ist, wenn ich mit dem Musterharken fertig bin. Dann wickle ich einen dicken Stein in den weißen Overall und werfe ihn in die grünbraune Brühe. Meistens wachsen beim nächsten Mal wieder grüne Halme auf dem Gülleschorf.

Diesmal soll sich jedoch einiges anders entwickeln. Mein kleiner wimmernder Unternehmer hat mir soeben das Versteck und die Zahl der Geliebten verraten, als der Kommissar hinter mir auftaucht. Er ist so freundlich wie ich zu ihm und in einem netten Ton macht er mir deutlich, dass er als Organ der Rechtspflege mein Verhalten missbilligen, jedoch anerkennen müsse, dass der auf dem Stuhl Sitzende einiges auf dem Kerbholz und so ziemlich viele ins Unglück gestürzt habe. Er könne sich daher vorstellen, an meiner Geschäftsidee mitzuwirken. Ich muss ihn fragend angesehen haben, denn er beeilt sich, seine Gedanken näher zu erläutern. Er könne das Grobe übernehmen und tippt dabei auf sein Pistolenholster, dann müsse ich nicht diese unangenehme Kärrnerarbeit verrichten.

Sie seien sein Retter, ruft derweil der Unternehmer, der an die Obrigkeit appelliert, diese sadistische Frau umgehend festzunehmen und ihn von den Fesseln zu befreien. Mein Kommissar ruft überraschen lapidar und längst nicht mehr so konziliant, wie ich in kennen gelernt hatte, er solle die Klappe halten. Wir sollten teilen, die höhere Marge sei für ihn. Bevor hier verhandelt würde, meldet sich der Unternehmer wieder zu Wort, solle er ihn freilassen, dann würde er einige Dinge aufklären können, wer hier der gefährlichere Täter sei, dabei rollen die Pupillen nach unten, gefesselt seine einzige Möglichkeit, auf die tropfenden Wunden hinzuweisen.

Dann geht es plötzlich schnell. Der Kommissar öffnet das Holster, zieht die Waffe heraus und will offensichtlich bei mir

Eindruck schinden und den Unternehmer bedrohen, zielt auf dessen Kopf und geht mit einigen energischen Schritten auf ihn zu, übersieht durch seinen fokussierenden Blick die Harke, die ich mit den spitzen Zinken nach oben in den Sand gelegt habe, da es keine Wand zum Anlehnen gibt. Der Kommissar tritt mit einer Wucht in die Zinken, dass sie sich durch die Sohle in den Fuß bohren. Zugleich entfacht der Tritt eine fatale Hebelwirkung. Der Stiel schnellt nach oben und verpasst ihm eine klaffende Platzwunde am Haaransatz. Er schreit auf, krampft mit den Fingern, die durchgeladene Waffe sondert ein Geschoss ab, das der Unternehmer mittig mit der Stirn auffängt.

Der Stoß der kinetischen Energie – und ich höre meinen seligen Physiklehrer, der sagt, Energie wird nie verbraucht, sie wandelt sich nur um – reißt den Unternehmer samt Stuhl um, der hinterrücks in der Grube verschwindet.

Der Kommissar hüpft mit dem zerstochenen Fuß, an dem die Harke wie ein monströs aufgespießter Angelhaken hängt, rumpelstilzchengleich umher, bis ein Fuß in die Grube tritt, die er durch die den Tanz entfachte Staubwolke und das ins Auge rinnende Blut nicht sieht. Kopfüber stürzt der Kommissar dem Unternehmer hinterher, der Harkenstiel blockiert quer die Öffnung, ein Umstand, der aus Sicht des Kommissars vor einigen Augenblicken noch nützlich gewesen wäre und ihm das Leben hätte retten können, doch der Fuß wird durch den Ruck im ungünstigsten Augenblick von den spitzen Zinken befreit und schlüpft mit dem restlichen Körper dem Betrüger hinterher.

Quer liegend bleibt die vom Fuß verlassene Harke über der Öffnung zurück. Von den beiden Verschwundenen taucht zäh und schwerfällig eine Luftblase nach oben, verweilt einen Moment mit grünlichen Schlieren auf der Haut und platzt lautlos wie auch der Stall eine Stille von sich gibt, die mich jedes Mal umhaut, wenn ich an den unwürdigen Lärm denke, der noch vor Sekunden den Raum ausfüllend beherrschte. Ich harke alles fein akkurat, hülle einen Stein in den Overall und werfe ihn in die Grube. Ein verebbendes Glucksen ertönt wie eine freudige Zugabe und letztes Erinnern an das Gewesene.

Als alles wieder ruhig ist, die grün-braune Brühe ein geschlossenes Ganzes darstellt und ich das Geldversteck noch im Kopf habe, gehe ich heim. Am Donnerstag erscheinen wieder die überregionalen Kontaktanzeigen. Aber vielleicht sollte ich mir mal Urlaub gönnen. Da lernt man manchmal nette Leute kennen. Unternehmer, die bald etwas klamm werden.

EVELYN LEIP

aus Laveno Mombello, Italien
* 1965
Soziologin

Evelyn Leip ist Mutter von zwei Kindern. In Mainz hat sie Soziologie studiert. Sie hat immer schon gerne geschrieben und in den letzten Jahren mehrere Kurzgeschichten in Anthologien veröffentlicht und war damit für kleinere Literaturpreise nominiert.

DAS JAHRHUNDERTHOCHWASSER

Dass man mit geschlossenen Augen nichts sieht, stimmt nicht. Ich schließe oft die Augen. Dass es die anderen Sinne schärft, ist jedem bewusst. Man hört besser, man nimmt Gerüche anders wahr. Differenzierter. Plastischer. Wer sich Mühe gibt, findet einen besseren Zugang zu seiner Wirklichkeit, wenn er visuelle Reize aussperrt.

Ich sitze auf einer Bank auf der Halser Insel. Heute wäre das Sommerfest. Es ist ausgefallen. Das Hochwasser vor ein paar Wochen hat Spuren hinterlassen. In der Stadt, auf der Insel. In meinem Leben.

Ich lege den Kopf in den Nacken. Auch mit geschlossenen Augen sehe ich etwas. Das Sonnenlicht dringt durch die dünne Haut, die sich über meinen Augäpfeln spannt, und malt zartrosa Schatten. Dann wird es dunkel. Ich öffne die Augen. Wolken ziehen über den Himmel. Mir ist schlecht.

Als die Geschichte anfing, hielt ich es für ein nettes Spiel. Einen Zeitvertreib. Als sie weiter ging, war ich zu neugierig um es zu beenden. Ich wollte sehen, wie weit ich gehen kann. Dann war es zu spät.

Ich lernte Veronika Thalbach an einem Mittwochabend kennen. Ich hatte eine Anzeige in den Passauer Nachrichten geschaltet. Erfahrenes Medium berät bei Lebensfragen. Kartenlesen, Wahrsagen, Kaffeesatz. Ich war nicht davon ausgegangen, dass Menschen das ernst nehmen würden. In den vergangenen Jahren war ich bei Festen oft als Medium aufgetreten. Ich schien eine Begabung dafür zu haben und der Gedanke, mit diesen Diensten etwas zur Finanzierung meines Studiums beitragen zu können, gefiel mir. Mein Vater hatte sich vor ein paar Jahren von meiner Mutter getrennt und daraufhin waren seine Zahlungen an mich geschrumpft, was ich weder verstehen noch entschuldigen mochte.

Veronika Thalbach schrieb mir eine Mail, fragte nach dem Preis, und bestellte mich auf meine Antwort hin für den Mittwochabend zu sich nach Hause.

Ich fuhr mit dem Rad. Veronika Thalbach wohnte in Hals. Ich kannte den Stadtteil nicht gut, die Burg hatte ich zu Beginn meines Studium natürlich besichtigt, auch auf dem Inselfest war ich im ersten Studienjahr gewesen, hatte es aber eher uninteressant gefunden.

Jetzt im November war die Idylle einem Nebelgrau gewichen, in dem die Burg drohend über dem kleinen Stadtteil schwebte. Es hätte mir eine Warnung sein dürfen. Tatsächlich schauderte es mich kein bisschen, als ich mein Rad vor dem alten Haus an den Zaun lehnte, das Schloss einrasten ließ und auf den Klingelknopf neben dem eiseren Tor drückte. Eine Glocke ertönte und auch sie jagte mir keinen Schauer über den Rücken. Soviel zu meiner Begabung in die Zukunft zu schauen.

Veronika Thalbach war eine hochgewachsene Frau, ich schätzte sie auf Anfang Vierzig, es konnte aber auch sein, dass es sich um eine besonders gut erhaltene Mittfünfzigerin handelte. Sie öffnete die Tür und gleichzeitig sprang das Gartentor mit einem verhaltenen Klick auf.

Der Witz beim Kartenlegen ist, aus den Fragen des Gegenübers auf seine Lebensumstände und die Erwartungshaltung bezüglich der Antworten zu schließen. Nicht jede möchte von einem Prinzen in eine romantische Zukunft entführt werden, manche liebt das Risiko, die andere wünscht, einfach überrascht zu werden. Am liebsten sind mir Kundinnen, die das Wahrsagen witzig finden und sich freuen, wenn ich etwas Unpassendes sage, das sie zum Lachen bringt. Wenn ihnen dann nach kurzer Irritierung das Lachen in der Kehle stecken bleibt, ist mit der Wahrsagerei vielleicht etwas gewonnen.

Veronika Thalbach sah nicht aus wie eine, die dem Wahrsagen Glauben schenken würde. Sie wirkte auf mich selbstsicher und rational, der Typ Frau, der an jedem Horoskop mit einem unwirschen Heben der Brauen vorbeiliest. So kann man sich täuschen. Und soviel auch zur Menschenkenntnis auf einen Blick, derer ich mich bis zu diesem Tag gerühmt hatte.

Als ich das Haus verließ, war ich diejenige, die verwirrt war. Ich war allerdings auch 140 Euro reicher, was mir für vierzig Minuten Arbeit ein fürstlicher Lohn schien. Seltsamerweise waren manche Menschen eher bereit, einem für schwer einschätzbare Dienste zu bezahlen, wenn der Preis hoch war. Sie gingen dann wohl automatisch von einer ebenfalls hohen Qualität der Dienstleistung aus, auch wenn diese in keiner Weise messbar war. Ein interessantes Phänomen.

In meiner Verwirrung hätte ich fast das Rad stehen gelassen. Erst als ich schon am Halser Marktplatz angekommen war und das Kopfsteinpflaster betrat, fiel mir ein, dass ich hier mit dem Rad gefährlich auf dem Herbstlaub in Rutschen gekommen war. Kopfschüttelnd machte ich kehrt. Soviel zum Thema Hellsehen.

Mein Rad stand dort, wo ich es verlassen hatte, einsam und vorwurfsvoll im Nebel, ein wenig eingeknickt. Ich richtete es auf, ließ das Schloss aufschnappen, klemmte die Tasche mit Karten und dunkler Perücke, die ich auf dem Weg zum Markt abgenommen hatte, auf den Gepäckträger und schwang mich auf den Sattel. Meine Unkonzentriertheit störte mich, und während ich in Gedanken darum kreiste, was sie verursacht haben konnte, erfuhr ich einen empfindlichen Stoß, der mich mit einem Ruck von Rad warf, und fand ich mich auf feuchtem Straßenbelag wieder.

„Haben Sie sich verletzt?"

Die Stimme über mir klang weit weg. Ich rieb mir über Stirn und Augen und bewegte vorsichtig die Schultern. Jemand bückte sich über mich.

„Es tut mir sehr leid. Können Sie aufstehen?"

Die Stimme wurde etwas deutlicher. Ich richtete den Oberkörper auf und tastete nach dem linken Ellenbogen. Neben mir kniete ein Mann im Anzug. Ich stand auf. Er erhob sich ebenfalls.

„Es ist schon in Ordnung“, sagte ich. „Ich habe einen Moment nicht aufgepasst.“

„Soll ich Sie ins Krankenhaus fahren?“

Er schien besorgt. Ich schüttelte vorsichtig den Kopf. Er tat ein wenig weh, aber ich ging nicht davon aus, dass ich bleibenden Schaden genommen hatte.

„Ich kann sie auch nach Hause bringen.“

„Und mein Rad?“

„Das stecken wir in den Kofferraum.“

Er deutete auf seinen Wagen. Ein Kastenauto. Mein Rad passte mühelos hinein. An diesem Tag brachte er mich nach Hause. Er reichte mir seine Karte. Ein Juweliergeschäft in der Innenstadt. Am nächsten Tag lag ein Brief in meinem Briefkasten. Er erkundigte sich, ob es mir besser ginge. Im Brief lag ein kleines Fahrrad aus Gold. Ein Anhänger, von dem er hoffte, das er mich bei weiteren Radfahrten beschützen möge. Ich musste lachen. Soviel zum Aberglauben.

Drei Tage später rief ich ihn an. Es wäre vermutlich besser gewesen, ich hätte es nicht getan.

Inzwischen hat es angefangen zu donnern. Es grollt in der Ferne, ein Gewitter zieht auf. Ich sollte mich auf den Weg machen. Ich habe noch etwas in Hals zu erledigen, bevor ich nach Hause fahre und mich für meine Abschlussarbeit an den Schreibtisch setze. Aber die Bank hält mich fest. In jenem November hatte ich noch eine Wahl. Danach nahm es seinen Lauf, das Schicksal. Eine schlechte Ausrede. Die verbirgt, dass ich weiß, dass ich einen Teil der Schuld trage. Wie groß er ist? Eine Frage, um die meine Gedanken kreisen, die ich mir aber nicht stellen möchte.

Ich rechnete nicht damit, dass Veronika Thalbach sich noch einmal bei mir melden würde, aber sie tat es. Mittwochabend schien eine Zeit, die ihr gut passte und da Mittwoch in jenem Semester ein Tag war, an dem ich wenige Veranstaltungen hatte, kam das gut aus. Es war leicht verdientes Geld. Beim dritten Treffen begann Veronika zu erzählen. Private Dinge, die mich nichts angingen. Das ist nicht ungewöhnlich. Ungewöhnlich ist eher, dass sie bei den ersten beiden Konsultationen sehr zugeknöpft war. Ich erfuhr von ihrer kinderlosen Ehe, die in eine Phase geraten war, in der sie sich nicht wohlfühlte. Sie brauchte Hilfe um eine Entscheidung zu treffen. Als Medium ist es unabdingbar, zu spüren, was die Kundin hören möchte. Verspürt sie den Wunsch nach Bestätigung, dass alles wieder in Ordnung kommt oder möchte sie in Richtung Trennung geschubst werden? Bei Veronika Thalbach war ich überrascht, dass sie diese Entscheidung nicht allein treffen konnte. Sie wirkte verunsichert, als traute sie ihrer eigenen Urteilskraft nicht. Ihre Ehe schien auf einem sehr pragmatischen Fundament zu stehen, bei dem es leicht zu beurteilen sein sollte, ob es noch tragfähig war oder nicht. Stattdessen kamen ihr Gefühle dazwischen, mit denen sie nicht gerechnet hatte. Wenn sie davon sprach, dass sie glaubte ihren Mann zu lieben, schien sie überrascht, solche Gefühle überhaupt empfinden zu können.

Ich begann ihr vorsichtig klar zu machen, dass das Schicksal nicht wollte, dass sie bei diesem Mann blieb. Ich erwähnte, in welchen Aspekten er nicht zu ihr passte. Ich sagte voraus, wann er sie enttäuschen würde. Ich säte Misstrauen und sah es wachsen. Ich hatte Geduld. Als das Frühjahr kam, schien die Ehe zerrüttet.

Mein eigenes Privatleben dagegen hatte sich positiv entwickelt. Holger Thalbach, der mich an jenem trüben Novembertag mit seinem Wagen kurz vor seinem Haus angefahren hatte, führte mich zum Essen aus, ging mit mir ins Theater und beschenkte mich mit Schmuck, von dem ich annahm, dass er teuer war. In der WG, in der ich wohnte, wollte er verständlicherweise nicht ein und aus gehen und als ich mich beklagte, dass ich mich in einem Hotelzimmer nicht entspannen könnte, kaufte er eine kleine Eigentumswohnung. Es ging mir gut. Mein Studium näherte sich dem Ende und ich erwog, die Beratung von Veronika Thalbach aufzugeben. Die Beziehung der Thalbachs war an einem Punkt, an dem es kaum möglich schien, dass Holger Thalbach sich von mir trennen würde, bevor ich mein Studium abschloss. Ich zögerte.

Im Mai teilte mir Holger Thalbach mit, er wolle sich scheiden lassen und mich heiraten. Ich erschrak. Ich mochte ihn, aber er war ein älterer, langweiliger Mann. Es erschien mir seltsam, dass er davon ausging, ich könnte ihn heiraten.

Dass zu dieser Zeit Veronika Thalbach längst Kontakt zu einem Anwalt aufgenommen hatte und auf seinen Rat einen Privatdetektiv bezahlte, der ihren Mann beschattete, erfuhr ich erst aus der Zeitung. Dass Holger Thalbach das Geld, mit dem er meine Eigentumswohnung gekauft hatte, zwar seinem Talent als Juwelier verdankte, er dieses aber in betrügerischer Weise eingesetzt hatte, erstaunte mich. Dagegen ergab die Analyse des Schmucks, die ich daraufhin vornehmen ließ, dass die schönen Stücke allesamt falsch und nur wenig wert waren.

Bei unserem letzten Treffen Ende Mai war Veronika Thalbach unruhig. Sie berichtete, ihr Mann habe eine Geliebte. Ich sah aufmerksam auf die Karten und bemühte mich, das Zittern meiner Hände unter Kontrolle zu bekommen. Ich wich von meinen Grundsätzen ab und gab ihr einen Rat, den ich nicht aus den Karten zu lesen vorgab.

„Wenn sie ihn noch lieben, sollten sie ihm eine Eheberatung vorschlagen. Vielen Menschen hat eine solche Beratung geholfen, sich ihrer Interessen klar zu werden."

Veronika Thalbach schüttelte den Kopf.

„Dafür ist es zu spät."

Ich versuchte es erneut.

„Zu spät sollte man in einem solchen Fall nie sagen."

Noch hatte ich die Hoffnung nicht aufgegeben, dass wir zu unserem alten Arrangement zurückkehren könnten. Die Beziehung war mir entglitten und ich wollte zurück auf „Los".

„Wenn es nur die Geliebte wäre, das wäre zu verkraften", sagte Veronika Thalbach. „Er hat mich hintergangen. Sagen Sie mir, welcher Tag in der nächsten Woche ist geeignet, damit ich reinen Tisch mache?"

Ich zögerte. Ich wollte nicht, dass sie der Ehe mit Holger ein Ende setzte. Der Gedanke, er würde in meiner kleinen, schönen Wohnung einziehen, behagte mir nicht. Wenn ich mich von ihm trennte, würde ich ausziehen müssen. Am liebsten wäre mir, alles bliebe, wie es war.

Ich starrte in die Karten und dann hörte ich mich sagen:

„Der 02. Am zweiten Juni wäre ein guter Tag um wichtige Entscheidungen umzusetzen."

Veronika Thalbach nickte. Der zweite Juni würde auf einen Sonntag fallen. Holger Thalbach wollte mit mir in die Oper. Die Karten hatte er mir vor ein paar Tagen auf den Frühstückstisch gelegt, als er die Wohnung zu einem Zeitpunkt verließ, an dem ich schlief. Ich hatte keine Lust auf Oper. So würde ich mir diesen Abend ersparen können.

Ich irrte mich. Der Opernbesuch fiel ganz einfach ins Wasser und das hatte nichts mit Veronika und ihren Plänen zu tun.

Ende Mai begann es zu regnen und es hörte nicht wieder auf. Bald war von Überschwemmungsgefahr die Rede, aber niemand hatte eine Vorstellung davon, wie schlimm es werden würde. Es sollte das zweitschlimmste Hochwasser werden, das Passau je gesehen hatte. Jahrhunderthochwasser war ein zu milder Ausdruck. Über fünfhundert Jahre war es her, dass die Stadt so unter Wasser stand. Am vierten Juni blickte ich vom winzigen Balkon meiner Eigentumswohnung auf die Donau und war froh, nicht mehr in der WG zu wohnen. Meine früheren Mitbewohner waren längst evakuiert. In der Stadt waren Soldaten, Feuerwehr und Technisches Hilfswerk unterwegs.

Der Strom fiel aus. Es gab ein paar Tage kein Wasser. Man musste mit Plastikbehältern zu den Ausgabestationen gehen. Es war unvorstellbar.

Am Nachmittag des zweiten Juni war Holger Thalbach überraschend bei mir erschienen. Dass der Opernbesuch nicht stattfinden könnte, hatte er mir bereits am Mittag telefonisch mitgeteilt, es hatte mich nicht überrascht. Er klingelte und überreichte mir einen gefütterten Briefumschlag.

„Ich muss zurück nach Hause“, sagte er. „So wie es aussieht, könnte es die nächsten Tage für mich schwierig werden, in die Stadt zu kommen.“

Ich nickte.

„Kannst du bitte dieses Umschlag für mich aufbewahren. Morgen holt ihn jemand ab.“

Ich nahm den Umschlag entgegen und versprach, am Montag auf den Mann zu warten, der ihn abholen würde. Wir hatten keine Ahnung, wie hoch das Wasser bis dahin steigen würde.

Holger Thalbach fuhr zurück nach Hals. Am Abend war der Stadtteil komplett von der Stadt abgeschnitten. Die Ilz war soweit über die Ufer getreten, dass keine der Brücken benutzbar war. Nur mit dem Boot konnte man noch von einem Stadtteil in den anderen wechseln.

Ich hörte Radio und fragte mich, ob ich wohl in meiner Wohnung bleiben könnte und ob ich meinen alten WG-Genossen Unterschlupf anbieten sollte. Ich saß in meiner Wohnung und wartete auf den Mann, der den Umschlag abholen würde. Es handelte sich um ein Schmuckstück, eine Sonderanfertigung für einen guten Kunden, hatte Holger Thalbach gesagt.

Es handelte sich um das Schmuckstück einer sehr guten Kundin, erfuhr ich später aus der Presse. Edelka von Herbaur hatte die Gewohnheit ihre Perlenkette jeden Sommer vor dem Halser Inselfest reinigen zu lassen. Warum jemand eine echte Perlenkette zu einem Volksfest trug, konnte ich mir nicht vorstellen. Warum sie zu diesem Anlass gereinigt werden musste, schon eher. Es war die Möglichkeit, an einem festen Termin daran zu denken. Regelmäßigkeit, Struktur im Leben. Das war nichts Schlechtes. So wie ich jeden zweiten Mittwochabend für Veronika von Thalbach die Karten legte und an zwei Abenden mit ihrem Mann schlief, so ließ Edelka von Herbaur jeden Sommer einige Wochen vor dem Halser Inselfest ihre Kette reinigen. Und weil sie nur ein paar Häuser von ihrem Juwelier entfernt wohnte, sparte sie sich den Weg in die Stadt und ließ die Kette von ihm abholen.

Holger Thalbach hatte über viele Jahre einen netten Zusatzverdienst, von dem seine Frau nichts wusste. Wenn er Geld brauchte, fertigte er Kopien der Stücke an, die ältere Damen zu Reparatur oder Reinigung brachten und tauschte die Stücke aus. Die echten Schmuckstücke verkaufte er über einen Hehler im nahen Österreich, der Kundschaft aus dem Osten bediente. Veronika Thalbach, die ebenfalls Juwelierin war und mit ihm im Geschäft arbeitete, wusste nichts davon. Bis ich sie in ihrer Unzufriedenheit mit ihrer Ehe bestärkte und sie daraufhin einen Anwalt aufsuchte, der ihr riet, sämtliche Unterlagen und Bankauszüge zu kopieren um für eine eventuelle Trennung gewappnet zu sein. Als aus den Unterlagen klar wurde, dass es ungeklärte Geldflüsse gab, beauftragte Veronika Thalbach einen Detektiv, den ihr der Anwalt empfahl.

Ich weiß bis heute nicht, ob Veronika Thalbach plante, ihren Mann mit seinen Betrügereien zu konfrontieren. Ob sie es vielleicht getan hat und wie er dann reagiert hat. Oder ob sie ganz andere Dinge plante, als sie mich an diesem letzten Treffen bat, ihr einen geeigneten Termin zu nennen um ihr Leben zu ändern.

Am Nachmittag des dritten Juni klingelte an meiner Tür ein Mann. Er nannte mir den gleichen Namen, mit dem ihn Holger Thalbach angekündigt hatte. Heute weiß ich, dass es nicht sein richtiger Name war. Ich gab ihm den Umschlag und er ging seiner Wege. Am Abend rief mich Holger Thalbach aufgeregt an. Was ich getan hätte. Im Umschlag sei die falsche Kette gewesen. Ich verstand seine Unruhe nicht. Ich hatte den Umschlag nicht geöffnet. Eine Verwechslung, dachte ich naiv.

Als am vierten Juni die Kanzlerin in Begleitung unseres Ministerpräsidenten die Stadt besuchte und Hilfe ankündigte, wäre für Holger Thalbach jede Hilfe zu spät gekommen.

In der Zeitung stand, Holger Thalbach habe Betrug in mindestens achtzehn Fällen begangen. Bei seinem letzten Versuch habe er ein gefälschtes Schmuckstück an den Hehler geschickt. Er habe vermutlich doppelt kassieren wollen, um seine Geliebte zu finanzieren, deren Anonymität in der Presse gewahrt blieb. Was ich für eine hervorragende Idee hielt.

Veronika Thalbach bestellte mich vor ein paar Tagen zu einem neuen Termin. Ich zögerte. Dann ging ich. Sie öffnete ganz in Schwarz.

„Mein Beileid“, sagte ich automatisch.

„Ich leide nicht“, beschied sie mir. „Sie haben sicher in der Presse von dem Fall gelesen?“

Ich nickte. Ich wusste nicht, was ich sagen sollte.

„Ich werde aus Passau weggehen“, sagte sie. „Vielleicht können Sie mir helfen, einen geeigneten Ort zu finden. Haben Sie Erfahrung mit Umzügen?“

Ich dachte an meinen Umzug. Die verlorene Eigentumswohnung. Sie konnte nicht wissen, dass ich Sabine Maier war. Sie kannte mich unter Sabrina Meralina. Oder war ich mit meinem Pseudonym zu nah an meinem wirklichen Namen geblieben? Im Impressum stand der Name eines Freundes, der mir mit der Webseite geholfen hatte.

Ich zögerte.

„Ich bin schon ein einige Male in der Vergangenheit umgezogen“, sagte ich schließlich.

„Ich muss das Haus verkaufen“, sagte Veronika Thalbach. „Ich werde das ganze Geld, das Holger mit diesem Betrug verdient hatte, zurückzahlen müssen. Das Haus, die Wohnung seiner Geliebten und das Geschäft dürften gerade so reichen um die Leute zu entschädigen."

Sie sah mich scharf an.

„Hätten Sie das Erbe nicht ausschlagen können?"

Sie schüttelte den Kopf.

„Ich habe einen Ruf zu verlieren. Ich möchte an einem anderen Ort ein neues Geschäft aufbauen. Ich habe schließlich nichts Böses getan."

Ich zuckte zusammen.

Während ich mit dem Aktionsbündnis der Studenten dabei war, die Altstadt von Dreck und Unrat zu säubern, hatte man Holger Thalbach im Keller des Juwelierladens gefunden. Er war die Treppe hinuntergestürzt und hatte sich das Genick gebrochen. Er hatte mir gesagt, der Mann, der die Kette geholt hatte, habe ihn in den Laden bestellt. Ich habe das auch der Polizei gesagt. Seltsamerweise fand man einen zweiten Toten. Den Mann mit dem falschen Namen. Er hatte eine tödliche Schusswunde.

Es gab keine Zeugen, niemand hatte etwas gehört. Die Altstadt war zu diesem Zeitpunkt evakuiert. Holger Thalbach war nach Aussagen seiner Frau am Montag Morgen mit dem Boot zum Juwelierladen gefahren um nach dem Rechten zu sehen. Sie selbst sei in Hals geblieben. Es schien eine Auseinandersetzung gegeben zu haben, bei der Holger Thalbach mit einer Pistole, für die er einen Waffenschein besaß, den Angreifer erschossen und kurz danach auf der Treppe das Gleichgewicht verloren hatte und in den halb überfluteten Keller hinuntergestürzt war. Holger Thalbach hatte schon Jahre vorher einen Einbrecher erschossen. Er konnte mit der Pistole umgehen. Ich hätte die Geschichte gern geglaubt.

Als ich Holger einmal fragte, ob er sich nicht fürchte, wenn er allein im Juweliergeschäft sei, hatte er mir davon erzählt. Und dass er, seit dem das passiert war, keine Pistole mehr anfassen konnte. Er hatte einen Notknopf im Laden unter der Theke, mit dem er Hilfe holen konnte, er besaß eine Pistole, die zu Hause lag, weil seine Frau sich mit der Waffe im Haus sicherer fühlte, und die er nie mehr angerührt hatte. Diese Waffe fand man neben den beiden Leichen.

Inzwischen regnet es. Der Donner ist weitergezogen. Ich schlage den Kragen hoch und mache mich auf den Weg. Auf dem Friedhof stehe ich lange vor Holger Thalbachs Grab. Ich bin mir nicht sicher, inwieweit ich Veronika Thalbachs Entscheidungen beeinflusst habe. Menschen, die sich Wahrsagern anvertrauen, wollen beeinflusst werden. Das sehe ich als lässliche Sünde. Ich verlasse den Friedhof und bemühe mich nicht daran zu denken. Ich nehme mein Rad und fahre zurück auf die andere Seite. Auf dem Marktplatz steht der Pranger, an den man mich im Mittelalter gestellt hätte.

Als ich am Mittwoch vor dem Hochwasser bei Veronika Thalbach war, lag die Perlenkette auf dem Arbeitstisch in der Ecke der Bibliothek, in der wir die Sitzungen abhielten. Daneben lagen eine Lupe, verschiedene Zangen. Sie arbeitete an einer Perlenkette. Die Polizei fand zwei Kopien der Perlenkette im Juwelierladen. Eine, die Holger Thalbach wohl plante, an Frau Edeka von Harbaur zurückzugeben, und eine zweite, die ich dem Hehler überreicht hatte. Die echte blieb verschwunden. Man vermutet, er hat sie an einen anderen Hehler verkauft. Ich glaube das nicht. Holger war nicht dumm. Er hätte gewusst, dass er damit nicht durchkommt.

Meine Eigentumswohnung ist weg, mein Schmuck nur billiger Tand. Hundertvierzig Euro für vierzig Minuten Kartenlegen und Reden ist eine gute Bezahlung. Mein Schweigen kann ich mir vermutlich teurer bezahlen lassen.

ISABELLA ARCHAN

aus Köln
* 1965
Schauspielerin

Nach vielen Jahren als Schauspielerin an Staats- und Stadttheatern in Österreich, der Schweiz und Deutschland, lebt Isabella Archan derzeit freiberuflich in Köln.
Hier beginnt auch ihre Laufbahn als Autorin. Mehrere Kurzkrimis und Theaterstücke wurden bereits veröffentlicht.
Ihr erster Kriminalroman *Helene geht baden* ist im Conte-Verlag erschienen. Ihr neuester Roman *Marie spiegelt sich* steht – ebenfalls im Conte-Verlag – im Herbst 2015 in den Startlöchern.
Neben eigenen Soloabenden ist die gebürtige Grazerin immer wieder im TV zu sehen, unter anderem im Kölner Tatort, in der Lindenstrasse oder der Serie „Diese Kaminskis".

JEDEM ANFANG WOHNT EIN ZAUBER INNE

Hallo – gestresst, atemlos, erschöpft?

Zuviel von allem in Ihrem Leben?
Dann machen Sie eine Pause. Eine Pause von sich selbst.
Setzen Sie sich entspannt hin.
Die Schultern lockern sich,
die Arme werden schwer,
die Füße geben den Druck ab,
der ganze Körper lässt los.
Atmen Sie tief ein und langsam aus.
Und mit dem Ausatmen lassen Sie alles los, was Sie belastet, beschwert, bedrückt.
...
Wunderbar.
Und jetzt gehen Sie mit mir auf eine kleine Reise,
auf eine kleine innere Reise,
auf eine Reise in die Welt Ihrer Vorstellungskraft:

Stellen Sie sich vor,
Sie sind ein junger Mann in der Blüte seiner Jahre.
Karriereknicks, Beziehungssorgen, Vorsorgeuntersuchungen, Hämorrhoiden, Haarausfall, Erektionsstörungen ...liegen noch weit vor Ihnen.
Wir schreiben das Jahr 1994.
Pulp Fiction läuft gerade im Kino, John Travolta und Uma Thurman sind für Sie Kult. In Straubing gibt es ein Gemeinschaftskonzert der Stadtkapelle mit der Blaskapelle Ismaning. In Bars und Kneipen darf geraucht werden, bis die Erstickung droht und Handys sind noch Seltenheit. Man lässt sich die Festnetznummer seiner Eroberung auf den Bierdeckel schreiben.

Sie sind groß, blond, gut gebaut und ja Sie haben einen Stich bei dem weiblichen Geschlecht.

Es ist kurz vor dreiundzwanzig Uhr.

Im alteingesessenen Biergarten ‚Zur schönen Aussicht' in dem Sie sitzen, ist es laut und der Geruch nach Schweiß und Begierde hat in der letzten halben Stunde stetig zugenommen.

Ihr Bier schmeckt schaumig und mit jedem Strich auf dem Bierdeckel wirkt die junge Frau neben Ihnen mehr wie ein Abbild von Aphrodite. Mit ihrem linken Zeigefinger hat sie sich einer ihrer Locken aufgedreht. Sie lässt das Haar los und wie in Zeitlupe wirbelt es nach unten. Ein Seufzer rinnt mit samt all dem Bierschaum über Ihre Lippen.

„….nach dem Studium?"

Oh je! Sie haben nicht aufgepasst und die letzte Frage Ihrer Gesprächspartnerin nicht mitbekommen.

„Entschuldige, aber der der Lärm hier draußen… Ein Bier für deine Gedanken!!"

Das sagen Sie immer und weiß der Teifl warum, in neun von zehn Fällen wirkt es.

Das Mädchen lächelt. Und nicht das verhaltene, vorsichtige Lächeln am Anfang um halb acht, als Sie sie hier im Biergarten angesprochen haben.

Sie blickt auf ihr Glas, es ist leer.

Obwohl Ihres noch halb voll ist, stellen Sie es schnell ab.

„Gehen wir, Liebes? Ja?"

Sie nickt.

Liebes, das gefällt ihr. Das können Sie ihr ansehen.

In Wahrheit ist Ihnen irgendwo zwischen zwei Gläsern der Name entfallen. Er könnte Barbara sein, aber auch Bärbel oder sogar Beate. Es steht eins zu drei und dieses Risiko wollen Sie nicht eingehen. Liebes! Das gefällt auch Ihnen, Sie zahlen und lotsen die junge Frau zwischen die Bierbänke durch auf die Straße vor das Lokal.

Ah!! Sie strecken sich und Ihr Blick geht nach oben. Ein paar

Sterne am klaren Himmel, der Mond eine weiche wiegende Scheibe. Morgen ist er voll. Heute schon von einem Feenkranz umgeben.

Wunderschön!

Mit einem Mal erfasst Sie eine Freude am Leben, am Dasein, an der Welt. In diesem Moment möchten Sie nirgends anderswo sein, als hier in Straubing, auf der Straße vor dem Biergarten, neben dem Mädchen. Und unter dem Mond am Himmel. Sie schicken eine Kusshand da nach oben zur prachtvoll fülligen Frau Luna.

„Bub', bist du aber gut drauf! Hey Süßer!"

Sagt das Mädchen neben Ihnen.

Sie lachen und nehmen die junge Frau spontan in die Arme, heben sie hoch, drehen sich einmal mit ihr im Kreis. Denn ja, Barbara-Bärbel-Beate könnte es sein, die Zukünftige, die Eine, die mit der man Konto und Windelnwechseln teilt. Denn ja, Sie wollen ein moderner Ehemann werden, ein Partner mit geteilter Verantwortung für Kind und Kegel.

Dann gehen sie beide die Straße hinunter, der Biergarten bleibt hinter Ihnen zurück. Der Lärm wechselt zu nächtlicher Stille, die junge Frau in Ihren Armen lässt sich führen, treibt mit Ihnen mit.

Eine Weile gehen sie beide schweigend. Gehen durch die nächtlichen Straßen bis an die Donau, dort, wo der herrliche Fluss von Bäumen und Auen begrenzt wird, die sich um diese Uhrzeit still und dunkel ausbreiten. Das Wasser ist eine schimmernd dunkle Schlange unter dem milden Mond.

Ein kleines Stück vom Uferweg weg, hinter einer Reihe wild gewachsenem Gebüsch steht eine Bank aus Holz, ein wenig vergessen, ein wenig verwittert, aber immer noch stabil. Gerade gestern erst haben Sie dieses lauschige Plätzchen entdeckt und sich den Weg dorthin gemerkt. Wie passend, wie reizvoll!

An der Bank angekommen, setzen Sie sich und ziehen Ihre Eroberung zu sich auf die harte Sitzfläche.

Ein Vogel schreckt auf, ein Windhauch raschelt durchs Geäst, es ist fast magisch hier. Der Mond gibt sein Licht, lässt die Locken der jungen Frau wie schwere Tropfen erscheinen. Der Alkohol lässt Sie mutig werden, Sie umfassen mit beiden Händen das hübsche Gesicht, einen Kuss nur, oh ja, und dann vielleicht …

Da biegt sich der lockige Kopf zurück, da drücken Sie kleine Hände unsanft nach hinten.

„Stopp, stopp, stopp, stopp und stopp!!"

Barbara-Bärbel-Beate rückt eine Armeslänge von Ihnen ab.

„Was denn?" fragen Sie enttäuscht. Die Magie ist verschwunden. Das war ja wohl nix. Sie stehen auf.

„Hast du denn jetzt gedacht, ich treib' s auf der Parkbank mit dir oder was?"

Die Stimme der jungen Frau kippt in einen aggressiven Ton. Die ganze Situation dreht sich um hundertachtzig Grad. Schnell weg, denken Sie noch. Liebes scheint Ihre Gedanken erraten zu haben.

„Du willst mich jetzt allein hier sitzen lassen, du Bazi, gell?!"

Na gut. Noch zehn Prozent vom netten Kerl können Sie in sich fühlen. Das wird für den Weg auf die Straße zurück reichen.

„Kommst du, Liebes. Ja?!" Auch Ihre Stimme ist jetzt schneidender. Sie strecken Ihre Hand aus.

Doch statt sich Ihnen anzuschließen, steht die junge Frau auf und ihre Hand verschwindet in der Tasche ihrer Jacke.

Der Mond gibt immer noch sein Spotlight auf die Szenerie und Sie können es kaum fassen, was als nächstes geschieht.

Liebes zieht ein Messer aus der Jackentasche.

Der Arm geht nach oben, die Spitze der Klinge zielt in Richtung Ihrer Kehle.

Schlagartig sind Sie nüchtern.

Das Mädchen grinst.

„Wirf mir doch deine Brieftasche rüber, bevor sich unsere Wege trennen, Bub!“

Das kurze Messer wedelt vor Ihrer Nase.

„Na los, ich hab’ nicht die ganze Nacht Zeit, Süßer.“

Da wird Ihnen plötzlich klar, dass auch das Mädchen Ihren Namen nicht mehr weiß, und das Luder alle Süßer nennt, die es abends in einem Biergarten anspricht, abfüllt und in die Nacht hinaus schleift um sie auszurauben.

Da schießen unvermutet Tränen in Ihre Augen, so verarscht, so missbraucht, so beschissen zu werden.

„Du wirst doch jetzt nicht heulen, BUBI?“

...

Die Wut kommt in einer derartigen Geschwindigkeit, dass Ihnen leicht schwindlig wird.

Die Wut ist kalt und hart, kann es locker mit der Klinge des kleinen Taschenmessers aufnehmen.

Ein Schritt und Sie sind bei der jungen Frau.

Ein Griff - und Sie drehen Ihr den Arm um.

Das Messer fällt zu Boden, das Mädchen schreit erschrocken auf.

Ein Tritt - und der Schrei geht in ein dumpfes Röcheln über.

Mit Ihrer linken Hand packen Sie die junge Frau am Genick und ziehen sie nach oben.

Bevor auch nur ein einziger weiterer Laut aus der Kehle des Mädchens kommt, habe Sie diese mit Ihrer rechten Hand umfasst und drücken zu. Quetschen das weiche Fleisch zusammen.

Der Kehlkopf gibt noch Widerstand, aber nicht lange.

Sie beugen sich über das bleiche, zu Tode erschrockene Gesicht von Barbara-Bärbel-Beate und während Sie weiter zudrücken, drücken Sie ihr einen letzten Kuss auf die bläulichen Lippen.

Einen Kuss für die Ewigkeit. Liebes hat keine Stimme mehr um Sie noch mal abzustoppen.

Später legen Sie den Körper auf die Bank, auf den Rücken, lassen das Mädchen mit offenen Augen zu dem fast vollen Mond mit Feenkranz empor starren.

Später heben Sie das Messer auf. Es ist lächerlich kurz und klein, vielleicht zum Schälen eines Apfels geeignet. Trotzdem liegt es gut in Ihrer Hand, die Klinge fühlt sich verführerisch glatt an. Sie stecken es ein und nehmen es mit.

Drei ganze Wochen dauert es, bis das Bild der jungen Frau aus den Schlagzeilen verschwindet. Selbst über Straubing hinaus bringen die Medien Berichte und das Internet ist voller Spekulationen. Die Straubinger Tourismus-Zahlen brechen für ein paar Tage ein, aber das kann die Stadt verkraften.

Sieben Wochen braucht es, bis das Bild in Ihrem eigenen Kopf verblasst.

In der Zeit treffen Sie vier weitere Frauen in diversen Biergärten, die Sie aber alle am Leben lassen. Vorsicht ist die Mutter der Porzellankiste.

Barbara-Bärbel-Beate hieß übrigens Sandra.

Und weiter?

Vielleicht werden Sie die Stadt wechseln. Aufbrechen. Umziehen. Landau ist ein schöner Ort und Passau hat auch so seinen ganz eigenen Charme. Das Wort Neuanfang hört sich verlockend an. Und Sie sind noch jung. Das Leben hat Sie noch nicht gezeichnet, nicht enttäuscht, nicht verbraucht.

Das Leben ist einfach nur schön!

Da draußen gibt es so viele Möglichkeiten, so viele nette Orte und so viele hübsche Mädchen in ihren Betten, dass Ihnen fast wieder leicht schwindlig wird.

Jedem Anfang wohnt ja ein Zauber inne, ned wahr?

Stellen Sie sich vor!

JUDITH GRIDL

aus Berlin
* 1970
Autorin für Magazin- und Dokumentarfilme

Judith Gridl arbeitet als Autorin für Dokumentar- und Magazinfilme (ARD, Bayerisches Fernsehen).
Ursprünglich kommt sie aus dem tiefsten Bayern, lebt aber heute mit ihrer Familie und Hund in Berlin-Mitte.

Mit sieben Jahren entdeckte sie – ohne Wissen ihrer Eltern – die Filme von Alfred Hitchcock und seitdem liebt sie Krimis und Mystery.
Ihre literarischen Vorbilder sind T.C.Boyle, Martin Suter, Stephen King, Edgar Allan Poe und auch Astrid Lindgren. Vor zwei Jahren fasste sie den Entschluss, ein Buch zu schreiben, das allmählich Form annimmt und dabei entstehen auch andere Geschichten, kurze und lange. *Waldesruh* ist die erste, die veröffentlicht wurde.

WALDESRUH

Auf Eriks Geburtstagstisch standen zwei Sektgläser, sein alter Laptop und eine Tüte mit Lakritz. Die hatte er sich selbst gekauft und eine getupfte Schleife herumgebunden. Erik rieb sich seinen Nacken und setzte sich. Er hatte wieder ein Ziehen an der Schulter und leise sagte er: „55 Jahre. Alles Gute!“

Er machte sich an die Arbeit. Um 19 Uhr würde seine Freundin Sheila anrufen. Bis dahin musste alles klappen. Das Wichtigste war die Audiodatei auf seinem Laptop, die ihn nicht im Stich lassen durfte. Er klickte sie an. Partygeräusche kamen aus dem Lautsprecher: Gläserklirren, Stimmen, ein Klatschen. Sheila würde denken, er hätte schon Freunde im Bayerischen Wald gefunden und nur dann würde sie nachkommen. Sie brauchte immer Leute um sich herum. Leute, die sie bewunderten. Völlig zu Recht, wie Erik fand, denn sie war eine aparte, kluge Frau mit wundervollem roten Haar.

Es war kurz vor 19 Uhr und stockfinster. So finster wie es zu Hause in Brandenburg nie sein würde. Dort hängt der Himmel einfach höher als in Bayern. Aber hier unten im Süden verschmilzt er direkt oberhalb der Baumwipfel zu einem schwarzen, undurchdringlichem Tuch.

Sein Smartphone klingelte. Sheila! Erik war bereit und klickte die Audiodatei an. Die Partygeräusche liefen ab; Erik fasste mit der rechten Hand die Sektflasche am Hals und mit links drückte er auf „Annehmen“. Er gab seiner Stimme einen fröhlichen Schwung:

„Ach, Sheila. Was für eine Überraschung!“ Erik ließ den Sektkorken knallen.

„...Danke, Sheila.“ Ihm wurde warm im Bauch.

Er vermisste sie so heftig. Er sah sie vor sich, mit ihren roten

Locken, den grünen Augen und den exakt 42 Sommersprossen.

„...Ja, nur ein paar Kollegen. Sie haben mitbekommen, dass ich Geburtstag hab. Polizisten recherchieren halt.“

Erik lachte.

„...Nette Leute. Wirklich. Die werden dir gefallen.“

Er rief in die Leere seines Zimmers:

„Die Gläser sind rechts oben, Hannes.“

„Weißt du schon wann..?“ fragte er.

„...Ja, klar das versteh ich“. Erik war enttäuscht, wieder kein Datum, das ihm Halt gab. Nicht mal am Wochenende wollte sie ihn besuchen. Er schenkte den Sekt in die Gläser. Ein Großteil lief daneben. Auch egal.

„Ja, und wenn Du dann mal kommst, wandern wir zum Großen Pfahl. So was Schönes hast d...“

Erik zuckte zusammen. Ein forderndes Schrillen an der Haustür. Noch einmal, fast bösartig.

„Da kommt noch jemand. Wer kann das sein..?“ brummte er und sah aus dem Fenster. Aber da war nur das tiefe Schwarz.

„Na, dann...bis später. Mach`s gut...Ich dich auch.“ Es klingelte zum dritten Mal. Erik drückte auf „Beenden“ und öffnete die Tür.

Er hatte sie nicht gleich erkannt; sie war blass wie der Mond über den Fichten und hatte einen wirren Blick. Ganz anders als gestern im Hotel, wo er von der gestandenen, hübschen Marlene Neuner beeindruckt war.

„Ich...ich hab ihn gesehen.“ stammelte sie und ihre Pupillen waren wo groß wie Oliven.

„Wen?“

Marlene sah sich kurz um, doch die Straße war menschenleer.

„Darf ich reinkommen?“ wisperte sie.

„Das ist gerade ein bisschen ungünstig.“

Aber Marlene stand schon mit einem Fuß in der Tür. So hatte er sie in Erinnerung: Tatkräftig und selbstbewusst. Sie bemerkte sofort die seltsamen Aufbauten auf dem Esstisch.

Erik fühlte, wie er rot wurde und um seine Peinlichkeit zu überdecken, fragte er barsch:

„Also? Wen haben Sie gesehen?"

Marlene stand dicht vor ihm; so dicht, dass Erik ihr Shampoo roch. Fruchtig. Er tippte auf Apfel. Sheila benutzte immer etwas Herbes.

„Meinen Vater" schluchzte sie und lehnte sich an Eriks Brust. Erik bezwang den Impuls ihr über das satt-braune glänzende Haar zu streichen. Er war jetzt ganz Polizist. Der, von dem man sagte, er sei hochprofessionell und doch sensibel. Deswegen hatten sie ihn für die Leitung der Kripo in Viechtach vorgeschlagen. Seit zwei Wochen war er hier und der Tod von Marlenes Vater war sein erster Fall.

Erik nahm Marlene sachte an der Hand und führte sie zum Tisch. Den Laptop klappte er zu und angelte nach einem Handtuch, das er auf die Sektlache warf. Er schob ihr das Sektglas hin. Sie wagte ein Lächeln und Erik räusperte sich:

„Das ist ganz normal, wenn man einen Menschen gern hatte. Er verschwindet nicht einfach so aus unserem Leben..."

„Naa, des verstehen Sie falsch. Er war da. In seinem Schlafanzug. Der gestreifte. Er stand an der Straße. Mit einer Sense, so wie er immer am Hang gemäht hat."

„Mit einer Sense?" Erik lächelte sie an. Das Katholische saß bei diesen Menschen tief drin. Ein bildhafter Katholizismus herrschte hier; Felsgrotten mit Marienstatuen und Kruzifixe säumten jeden noch so kleinen Weg.

„Na, ned so wie Sie meinen. Er hat wirklich gemäht. Schwungvoll. Und als ich mit dem Auto vorbei bin, hat er damit aufgehört. Fast wäre ich den Abhang runtergefahren."

„Hmm. Wo war das?"

„Beim Marterl. Da, wo es so steil wird."

Erik kniff die Augen zu. Er hatte ein fotografisches Gedächtnis und sah den Weg Richtung Blossersberg vor sich. Eine enge, schmale Straße. Nicht ungefährlich.

„Ich weiß, was Sie jetzt denken. Aber ich bin nicht verrückt.", schniefte sie.

Erik nickte verständnisvoll und beobachtete fasziniert, wie Marlenes Augen veilchenblau wurden und sie schwungvoll den Sekt austrank. Ihr Tonfall wurde energischer:

„Wo ist mein Vater? Ich mein jetzt? In diesem Moment?"

„In der Rechtsmedizin Regensburg. Der Untersuchungsbericht wird morgen..."

„Sind Sie da ganz sicher?", unterbrach sie ihn.

„Ja?". Erik wusste nicht, worauf sie hinauswollte.

„Und was, wenn er noch lebt?" .

„Also..." Erik holte tief Luft, er war jetzt in seinem Element. Der einfühlsame, aber überaus korrekte Polizist.

„Der Umstand, dass Ihr Vater in der Rechtsmedizin untersucht wird, ist der Staatsanwaltschaft zu verdanken. Aber ich unterstütze das voll. Ein plötzlicher Herzinfarkt lässt sich nur schwer von einem Tötungsdelikt unterscheiden. Wenn man noch hinzuzieht, dass jeder im Hotel ein- und ausgehen kann und der Verstorbene ein beträchtliches Vermögen und Feinde wegen des unbebauten Grundstücks hatte, muss man genauer..."

„Dann ist er wieder auferstanden. Weil er sah aus wie mein Vater. Genau so. Auch wie er die Sense gehalten hat. Rufen Sie morgen mal an in der Rechtsmedizin. Gespannt bin ich auf den Bericht."

Marlene prostete ihm mit dem Sektglas zu, ihre Augen wurden blau wie Salzwasser und sie sagte:

„Der Umstand, dass hier ein Geschenk und unberührte Sektgläser stehen, ist wohl Ihrem Geburtstag zu verdanken. Dann Prost. Auf Sie. Und wenn man noch hinzuzieht, dass Sie den allein feiern, dann sind Sie ein ganz ein armer Hund." Dann stand sie auf und ging zur Tür.

Erik ließ sich Marlenes Spott gefallen. Denn Sheila zog ihn auch gern auf. Zum Ausgleich für all die männlichen Ungerechtigkeiten, wie sie immer sagte. Aber Erik war auch Polizist, er hielt Marlene zurück:

„Sie können nicht Autofahren. Nicht so – wie Sie jetzt..."

Doch in dem Moment kam ein bulliger Radfahrer die Straße hoch. Er saß auf einem viel zu kleinem Rad und strampelte wild auf sie zu. Beinahe hätte er Marlene umgefahren, doch kurz vor ihr stoppte er, stieg ab und drückte sie fest an sich. Alles an ihm war schwer und behäbig; er mochte wie Marlene Mitte dreißig sein und als er zu Erik sah, bemerkte Erik, dass er die gleichen blauen Augen wie Marlene hatte.

„Ich hab meinen Bruder angerufen. Er fährt mich hoch." sagte sie.

Erik nickte. Felix sah gehetzt aus. Schweißtropfen perlten auf seiner Oberlippe und seine Hände zitterten. Er war völlig außer Atem.

„Ich bin so schnell wie ich konnte zu dir.", schnaufte er.

Er strich seiner Schwester über das Haar und sagte:

„Du brauchst Ruhe. Was meinst: Wir fahren nach der Beerdigung weg, an den Gardasee. Da, wo wir mit Papa immer waren?"

„Mit dem BMW?" Marlene kicherte plötzlich und es schien ihr besser zu gehen. Felix legte den Arm um seine Schwester und führte seine Schwester zum Auto.

Erik sah den beiden nach. Ein eingespieltes Team: Marlene half Felix das Rad in den Kofferraum zu verladen. Geschwister, die zusammen durchs Leben gehen. Erik dachte an seinen Bruder, mit dem er sich wegen einer dummen Erbschaftsgeschichte verkracht hatte. Seit Jahren hatten sie keinen Kontakt mehr. Das tat weh.

Erik schloss die Tür. Da stand er nun, einsam mit zwei Sektgläsern und einem stummen Laptop. Er packte die Sektflasche und schüttete den Alkohol in den Ausguss.

Am nächsten Tag in seinem Büro auf der Polizeidienststelle Viechtach fuhr Erik als erstes seinen Computer hoch. Der Untersuchungsbericht kam per mail:

„...Einblutungen in der Herzmuskulatur, fleckige, dunkelrote Verfärbungen mit Streifen...“, also ein Herzinfarkt. Kein Mord. Aber sicher war sicher. Schließlich sagten die Leute, der Neuner-Wirt habe Geld wie Heu. Und es gab einen Riesenstreit um ein Grundstück. Ein Filetstück, wie der Widersacher vom Neuner-Wirt es nannte. Nächste Woche wäre der alte Neuner deshalb beim Notar gewesen.

Jetzt konnte Erik den Fall zu den Akten legen. Eigentlich gut, wenn man es menschlich sieht. Trotzdem war er enttäuscht. Es wäre sein Erfolg gleich nach Dienstantritt gewesen. Er wäre angekommen im Bayerischen Wald.

Erik blickte aus dem Fenster. Er konnte bis zum Kronberg, dem Hausberg der Stadt, sehen. Über dem Berg ballten sich die Wolken zusammen wie eine Faust. Sheila mochte diese wilde Romantik. Er machte ein Foto und schickte es ihr mit vielen roten Herzen. Dann griff er zum Hörer und rief Marlene Neuner an.

Etwas in ihrer Stimme ließ ihn nachhaken und dann gab sie zu, sie hätte ihren Vater wiedergesehen. Wieder am Marterl, wieder mit einer Sense. Ob es möglich wäre, den Untersuchungsbericht schwarz auf weiß zu sehen?

Erik holte sich einen Kaffee aus der Teeküche und während das Wasser durchsippte, frage er seinen Kollegen Hannes Wimmer nach Marlene aus. Jeder in Viechtach kannte sie. Eine Frau, die theoretisch „wegginge wie warme Semmeln“, obwohl sie schon „spinnert“ war. Yoga und so. Zum Schamanen fahre sie auch, extra bis nach Passau. Ihre Mutter war früh gestorben und dadurch sei die Familie ganz eng zusammengerückt. Marlene, Felix und der Vater hatten es verstanden, Haus und „die Sach“ zusammenzuhalten.

„Dic Sach“ war das Hotel „Waldesruh“ , ein Wellness-Hotel mit vier Sternen und einem atemberaubenden Blick über den Bayerischen Wald. Es lief sehr gut und deshalb wollte auch der andere Hotelbetreiber ganz in der Nähe bauen.

Erik fuhr die enge schmale Straße Richtung Blossersberg, wo das Hotel lag, im zweiten Gang. Zwischen den Kurven beschleunigte er und ließ die Reifen quietschen. Es war ein großartiges Gefühl, um das ihn die Kollegen im flachen Brandenburg beneiden würden.

Mitten in der Kurve piepste Eriks Handy und meldete eine neue sms. Von Sheila. Sie hatte ihm auch ein Foto geschickt: Der Grimnitzsee im November-Nebel. „Auch schön“ hatte Sheila daruntergeschrieben. Erik starrte auf das Foto, doch dann riss er das Lenkrad herum. Er hatte keine Bodenhaftung mehr, die Reifen rutschten auf dem ersten Eis, er musste gegenlenken, er sah das schwarze Marterl, den Abgrund, er drehte sich und kam doch zum Stehen. Direkt vor dem Marterl. Und ganz kurz, für den Bruchteil einer Sekunde, hatte Erik das Gefühl, dass hinter dem Marterl ein Sensenmann stehe, der ihm zuwinkte. So als ob er sage: Bis später.

Erik holte mit zitternden Fingern ein Lakritz heraus und fuhr los, langsam und vorsichtig, zum Hotel „Waldesruh“.

Der flauschige Teppich in der Lobby dämpfte Eriks Schritte; er ging auf die Rezeption zu. Niemand war dort. Erik schaute sich um und lugte auf den Schreibtisch. Er war aufgeräumt und sauber. Erik entdeckte hinter dem Drucker eine angebrochene Tafel Schokolade; Trauben-Nuss, seine Lieblingssorte. Er brach sich ein kleines Stück ab.

„Und? Genug gesehen?“. Erik fuhr herum. Hinter ihm stand Marlene, die ihn spöttisch ansah. Die Schokoladentafel fiel mit einem Klack auf den Schreibtisch. Erik wusste, dass er rot wurde, und um Zeit zu gewinnen, zog er langsam seine Lakritz-Tüte heraus und bot Marlene davon etwas an.

„Eine norddeutsche Spezialität. Salziges Lakritz.“

„Na, einen Bärendreck mag ich nicht. Und einen salzigen schon gleich drei Mal nicht. Aber wenn Sie wollen können Sie sich noch ein Ripperl Schokolade nehmen. Auch wenn die noch vom Papa ist.“

Erik nahm sich schnell etwas aus seiner Tüte, denn die Schokolade schmeckte auf einmal schal und er schlug seinen geschäftsmäßigen Ton ein:

„Eigentlich können Sie jetzt die Beerdigung vorbereiten.“ Er gab ihr den Untersuchungsbericht. Sie las ihn aufmerksam.

„Eine Verwechslung ist ausgeschlossen?“ fragte sie leiser und nicht mehr so forsch.

„Ausgeschlossen. Die Leichname in der Rechtsmedizin haben ein Namensschild am großen Zeh und noch eins am Leichensack. Außerdem haben die Mediziner die Akte mit allen Daten über Ihren Vater. Außer...“

Marlene sah ihn hoffnungsvoll an.

„Außer Ihr Vater hat einen Zwillingsbruder. Und der liegt jetzt im Leichensack. Das bekommen die nicht so schnell heraus.“

„Aber das ist doch ein ausgemachter Schmarrn!“, rief eine Stimme hinter ihm. Erik drehte sich um. Felix. Erst jetzt fiel ihm auf, wie stämmig er war. Und eine Spur zu dick. Er schnaufte und sagte erbost:

„So ein Blödsinn. Zwillingsbruder! Noch so einer wie er. Das wär ja noch schöner.“

„Ich wollte doch nur sagen, dass man in der Rechtsmedizin niemanden so leicht verwechselt.“

Felix stampfte mit dem Fuß auf, entriss Marlene den Bericht

und warf ihn Erik vor die Füße. Er hatte die gleichen blauen Augen wie Marlene, nur füllten sie sich jetzt mit Eiswasser.

„Sie lassen meine Schwester das lesen? In ihrem Zustand? Ein bisschen mehr Verstand hätte ich Ihnen schon zugetraut. Gehen Sie bitte. Sofort!" Das letzte Wort brüllte er.

Erik schlich aus dem Hotel. Er fuhr langsam den Berg hinunter. Wahrscheinlich hatte Felix Recht. Ein Bericht aus der Rechtsmedizin ist für nahe Angehörige zu drastisch und verletzend. Der Fall, der kein Fall war, lief immer blöder.

Erik beschloss, noch einmal in sein Büro zu fahren. Denn bei ihm daheim war es leer und still und es tat weh, wenn heute wieder keine Geschenk von Sheila in der Post war. Wenigstens ein Buch hätte sie ihm schicken können.

Von seinem Büro aus rief Erik in der Rechtsmedizin an; fragte, ob wirklich alles in Ordnung war mit Neuner, Matthias, geboren am 25.11.1925. So weit alles in Ordnung mit einem Toten sein kann, war die Antwort. Unwirsch. Erik hatte bei seiner Frage den falschen Ton getroffen. Wieder einmal. Erik spürte sein Ziehen an der Schulter.

Und trotzdem hatte er ein Gefühl, dass etwas nicht stimmte. Die eiskalten Augen von Felix gingen ihm nicht aus dem Kopf, ebenso wenig wie seine heftige Reaktion auf den Zwillingsbruder. Er beschloss, noch ein Detail zu klären, bevor er den Fall zu den Akten legte.

Erik fuhr zur St. Augustinus-Kirche, klingelte den Pfarrer heraus und bat um Einsicht in das Kirchenbuch. Unter den Eintragungen des Jahres 1925 fand er, was er suchte: Matthias und Andreas Neuner. Zwillinge. Beide geboren am 25.11.1925. Sein Instinkt hatte ihn nicht getrogen.

„Wussten Sie, dass der alte Neuner – Gott habe ihn selig"- fügte Erik noch schnell hinzu „einen Zwillingsbruder hatte?"

Der Pfarrer blätterte wortlos zum Jahr 1932 und zeigte Erik

die Spalte: „Andreas Neuner, gest. am 25.11.1932“. Er brummte:

„Masernepidemie. Den Leuten ging es dreckig. Die Kinder starben weg die Fliegen, aber der Matthias, der war schon immer ein zäher Hund.“

Der Pfarrer stand auf und sperrte das Buch weg. Erik sank in sich zusammen. Aus. Vorbei. Der Zwilling war tot und der Fall war kein Fall. Erik spürte, wie seine rechte Schulter sich verkrampfte. Der Pfarrer verschränkte die Arme und wartete, dass er endlich ging.

Aber Erik blieb sitzen und fragte: „Marlene Neuner? Was wissen Sie von ihr?“

„Mei, eine Fesche. Aber leider auch eine damische Urschel. Mit ihren Schamanen, Coachings und dem Yogazeugs. Aber so sind die Frauen von heut“.

„Und früher? Wie war sie früher?“

„Mei.“ Der Pfarrer zuckte mit den Schultern. „Bisserl ängstlich. Ich hab ihrem Bruder mal eine geschallert, weil er sie in der Kirche mal erschreckt hat.“

Eine laut piepsende sms auf Eriks Handy unterbrach ihn und Erik hetzte nach draußen. Ein Handygespräch in der Kirche gehörte sich nicht. Bestimmt war die sms von Sheila. Vielleicht würde sie ihn doch noch am Wochenende besuchen; er würde sie gleich anrufen. Aber die sms war von Marlene. Ob sie ihn nach Dienstschluss noch sprechen könne? Sie sei unten bei der Apotheke. Erik hatte wieder sein Ziehen an der Schulter.

Schon von weitem sah er Marlenes schönen BMW, ein 7er BMW E38, um die 15 Jahre alt, schätzte Erik. Es fing an zu regnen. Ein Regen, der bald in Schnee übergehen würde. Erik schlug den Mantelkragen hoch und stieg zu ihr. Sie sah grimmig aus, ihre Finger umklammerten das Lenkrad so fest, dass ihre Fingerknöchelchen ganz weiß wurden.

„Ich seh keine Gespenster.“, sagte sie trotzig und fuhr mit einem Ruck los. Die Reifen quietschten.

„Wieso? Haben Sie schon wieder ihren Vater gesehen?“

Sie nickte. Die Tachonadel schnellte auf 70 km/h hoch. Noch waren sie in der Innenstadt. Eine Fußgängerin konnte gerade noch zur Seite hüpfen. Erik schob sich ein Lakritz in den Mund. Marlene drückte auf das Gaspedal. Sie kam immer mehr auf die linke Straßenseite. Weiter vorn zeichneten sich die Umrisse eines Busses ab und wenn sie so weiterraste, wäre ein Zusammenstoß unvermeidlich. Erik würgte an dem Lakritz. Der Busfahrer blinkte auf und hupte. Doch da hatte Marlene schon den Wagen herumgerissen. Mit Tempo 90 fuhren sie dicht am Bus vorbei.

„Dass diese Busfahrer immer so weit rüberkommen“, sagte Marlene mit fester, normaler Stimme als wäre nichts gewesen.

Erik blinzelte, und für Sekunden meinte er, Sheilas Silhouette im Bus ausgemacht zu haben. Er schluckte seinen Lakritzbrei herunter und presste hervor:

„Jetzt werd ich auch schon verrückt.“

„Wie verrückt? Was soll das heißen?“, fragte Marlene scharf.

„Schon gut.“ Erik atmete tief aus und schob sich ein weiteres Lakritz in den Mund. Er brauchte einen klaren Kopf. Erst jetzt fiel ihm auf, dass eine Packung Schlaftabletten auf der Ablage des Armaturenbrettes hin- und herrutschte. Die musste Marlene in der Apotheke gekauft haben. Erik wurde übel. Marlene fuhr die Abzweigung nach Blossersberg hoch. Viel zu schnell.

„Ist das eigentlich der BMW von Ihrem Vater? Der, mit dem Sie und Ihr Bruder zum Gardasee wollen?“

„Ja, Felix durfte den BMW nie fahren. Zu wertvoll. Den kann er nicht beherrschen, hat unser Papa gesagt. Aber jetzt, jetzt kann er ihn haben. Ich kauf mir lieber ein e-Bike.“

Erik beobachtete die Tachonadel, die sich langsam aber sicher der 100 näherte.

Das würde schiefgehen. Er musste jetzt absolute Ruhe ausstrahlen.

„Ich bin nicht verrückt. Vielleicht übernächtigt. Aber nicht verrückt." Marlene streifte Erik mit einem kurzen Seitenblick. Erik nickte und lächelte sie an:

„Trotzdem könnten Sie langsamer fahren." sagte er.

„Ich hab ihn aber gesehen. Gestern Abend, als ich hochgefahren bin. An der gleichen Stelle. Am Marterl!"

Erik rutschte näher zu ihr und berührte sachte ihre Hand am Lenkrad. Er roch ihr Apfel-Fruchtshampoo.

„Wir haben alle Bilder im Kopf: Menschen, die wir lieben.."

„Na. Das war mein Papa in seinem Schlafanzug. Er hat sich so bewegt, wie der Papa. So mit der Sense...", Marlene machte eine Bewegung, als ob sie eine Sense hielte und ließ für Sekunden das Lenkrad los. Erik wurde blass. Sie redete munter weiter und wandte Erik ihr Gesicht zu:

„Ich weiß doch, wie mein Papa sich bewegt. Ich kenn ihn."

Erik atmete auf, als sie wieder beide Hände am Lenkrad hatte. Aber es stimmte, was sie gesagt hatte. Menschen haben ihre eigenen, typischen Bewegungen. Sheila beispielsweise würde er immer wiedererkennen. Sie bewegte sich weich und fließend, als ob sie durchs Leben tanze...

„Aber eines wissen Sie noch nicht!," sagte sie mit einer Spur von Triumph in der Stimme.

„So? Was weiß ich noch nicht?", fragte Erik betont heiter.

„Der Schlafanzug vom Papa fehlt. Der ist weg. Einfach weg."

„Und das heißt...?" fragte Erik. Er fingerte ein weiteres Lakritzstück aus der Tüte. Ihm war jetzt speiübel.

„Gleich sind wir beim Marterl. Sie verstecken sich. Na los!"

„Ich soll was?"

„Sie sind vielleicht begriffsstutzig. Runter mit Ihnen!" Marlene drückte auf seine Schultern und Erik leistete keinen Widerstand. Er rutschte nach unten Richtung Fußraum und linste zur Windschutzscheibe hinaus. Da vorn war der Abgrund mit dem Marterl, auf den sie mit 80km/h zurasten. Erik schrie auf, doch Marlene stieg schon auf die Bremse.

„Ich hab das im Griff. Bin ja nicht verrückt.“, rief sie. Das Auto drehte sich, rummste gegen die Felswand und kam zum Stehen. Erik spürte den Klumpen Lakritz in seinem Hals, der wieder herauswollte, doch ansonsten war er unversehrt. Marlene dagegen lag eingesunken auf dem Fahrersitz.

„Marlene?“ Erik rappelte sich hoch, aber Marlene drückte ihn kräftig hinunter.

„Still!“ zischte sie. Und jetzt hörte es Erik auch. Schritte. Erik duckte sich so gut es ging. Alles, was er sah, war ein gestreifter Pyjama am Fenster bei Marlene, die sich ganz ruhig hielt. Jemand ging um das Auto herum und mit einem Mal schaukelte das Auto und bewegte sich Richtung Abhang. Schneller und immer schneller.

„Raus hier“ rief Erik.

Bei der Futterkrippe im Wald holte Erik ihn ein. Erik war schneller als die schwere, schnaufende Gestalt auf dem viel zu kleinen Rad. Er fasste ihn am Oberarm, doch dabei riss der alte Schlafanzugstoff. Aber am Hosenbund erwischte er ihn. Zwei blaue Augen blitzten ihn an. Keine Sorte Blau, die ihm gefiel. Sie waren eisig.

Eine Stunde später saß Marlene in Eriks Büro. Ihre Augen waren blass wie Briefpapier. Erik sagte leise:

„Er hat sich nicht gewehrt. Er konnte nicht mehr. Er war völlig außer Atem.“

„Ja, Felix hatte die Statur vom Papa. Bullig und langsam.“, sagte Marlene traurig. Sie nahm Eriks Hand und hielt sie fest. Erik ließ es zu, während Marlene erzählte:

„Mein Bruder hat mich mal in der Kirche eingesperrt. Und mich erschreckt, als verkleideter Sensenmann. Das Kostüm war von den Dr. Eisenbarth-Festspielen von früher, aus den 50ern. Er hatte es am Dachboden unserer Tante gefunden. Ich hab alle zusammengeschrien vor Angst. Der Pfarrer hat dann meinen Papa geholt und der hat Felix angebrüllt, dass nie etwas aus ihm wird. Dass er zu nix taugt. Und das vor dem Pfarrer, kurz vor der Kommunion. Dem Papa war nie was Recht, was der Felix gemacht hat. Felix wollte das Hotel allein; das war mir klar, aber ich hab nicht gedacht, dass er soweit geht. Ich hab gedacht, alles wird besser, wenn der Papa tot ist.“, schluchzte Marlene.

„Und den BMW durfte er auch nicht fahren.“, sagte Erik nachdenklich. Marlene rutschte noch näher zu Erik und klammerte sich an ihn. Fest und innig. Erik roch ihr Apfelshampoo und dieses Mal gab er nach und strich ihr sachte über ihr glänzendes Haar. Als er wieder aufblickte, stand Sheila im Türrahmen. Sie trug ein großes Geschenk unter dem Arm, starrte ihn fassungslos an und sagte:

„Ich wollte dich überraschen. Das ist mir ja gelungen.“ Und nun liefen auch Sheila Tränen über die Wangen.

MARLIES KALBHENN

aus Espelkamp (NRW)
* 1945
Verlegerin - Autorin - Vorleserin

Marlies Kalbhenn wurde in Bad Salzuflen-Schötmar geboren. Sie erlernte in Hamburg den Beruf der Buchhändlerin und arbeitete danach in verschiedenen Buchhandlungen und einer Hochschulbibliothek in Münster/Westfalen. Nach einem Studium der Erwachsenenbildung arbeitete sie rund fünfunddreißig Jahre freiberuflich, unter anderem als Volkshochschul-Dozentin.
Ende der 1990er Jahre begann sie zu schreiben und Gedichte und Kurzgeschichten in eigenen Büchern oder in Anthologien zu publizieren. 2010 gründete sie den Marlies Kalbhenn Verlag. Sie erhielt mehrere Auszeichnungen, zum Beispiel 2011 den NORD MORD AWARD, den ersten schleswig-holsteinischen Krimipreis.

ES KANN VOR NACHT LEICHT ANDERS WERDEN

Eigentlich hatten wir heute Mittag nach Konzell fahren wollen, um dort anlässlich unseres siebten Hochzeitstages ein Wellness-Wochenende zu verbringen. Zwei Tage ausspannen, das hätten wir beide bitter nötig gehabt. Außerdem wollte ich die kleine Auszeit nutzen, um mit Karin über unsere Ehe zu sprechen, in der ich mich schon lange nicht mehr wohl fühlte. Immer wieder einmal hatte ich mir vorgenommen, endlich Tacheles zu reden, aber immer kam etwas dazwischen. So auch diesmal.

Karin, Mathematiklehrerin am Anton-Bruckner-Gymnasium, erfuhr bereits gestern, dass heute Nachmittag nach dem Unterricht noch „weiß der Kuckuck was" in der Schule stattfinden sollte. Irgendetwas war immer, das Karin auch nach Unterrichtsschluss in der Schule festhielt: eine Konferenz, Gespräche mit Schülern oder Eltern oder beiden, Vorbereitungen von Ausflügen, Klassenfahrten, Schulfesten, Wettbewerben. Und, als reiche das noch nicht, eine „Besprechung" mit Kollege X oder Kollegin Y – wobei der Name des Kollegen X immer häufiger ins Spiel kam.

Nun liegt Konzell zwar nur ein, zwei Katzensprünge von Straubing entfernt, so dass wir auch am Abend noch hätten fahren können, aber Karin hatte die Lust verloren. „Lass es uns verschieben, Johannes", sagte sie.

„Lass uns das morgen entscheiden", antwortete ich.

Das endgültige Aus für eine Massage mit weißer Schokolade und einem Wohlfühlbad à la Cleopatra kam heute Morgen, als Sybille mich anrief und mir mitteilte, dass sie erkrankt sei und ich am Wochenende den Bereitschaftsdienst übernehmen müsse. Seit dem Tod ihres Mannes vor drei Jahren bin ich so etwas wie die rechte Hand in ihrem Bestattungsunternehmen und damit rund um die Uhr im Dienst beziehungsweise dienstbereit, sieben Tage in der Woche; denn gestorben wird immer, und der Tod schert sich nicht darum, ob er kalendarisch in den Kram passt. Natürlich haben alle Angestellten Anspruch auf Urlaub und freie Wochenenden; aber auch Grippeviren scheren sich nicht darum, ob es denen, die sie heimsuchen, in den Kram passt oder nicht.

Meine Chefin mit hohem Fieber im Bett, eine Kollegin im Urlaub, also blieb mir nichts anderes übrig als zuzusagen. „Tut mir leid, Johannes“, krächzte Sybille.

Einen Moment hatte ich den Eindruck, dass Karin erleichtert war. Und so rief ich, nachdem sie gegangen war, das Hotel an und sagte ab.

Heute Vormittag hatte ich zunächst wie vorgesehen eine Trauerfeier inklusive Traueransprache auf dem Michaelsfriedhof. Als Trauerredner bin ich im Kommen; denn auch in Bayern gibt es immer mehr Beisetzungen, bei denen keine konfessionelle Begleitung gewünscht wird, aus welchen Gründen auch immer.

Nach der Beerdigung nahm ich am Trauermahl teil, weil ich auch dabei eine Rede halten sollte. Ich bin ein „begnadeter“ Redner. Das hatte Karin jedenfalls gemeint, als sie sich bei mir für die Ansprache bei der Beisetzung eines Kollegen bedankte, der wohl mehr als ein Kollege für sie gewesen war. Bei dieser Gelegenheit haben wir uns übrigens kennengelernt und ein Jahr später geheiratet. Heute vor sieben Jahren.

Als ich nach dem Trauermahl ins Büro kam, waren gleich zwei neue Sterbefälle hereingekommen. Und so machte ich noch zwei Hausbesuche, die sich bis in den frühen Abend hinzogen. Zwischen den Besuchen besorgte ich sieben rote Rosen für Karin und eine Flasche Sekt. Etwas anderes fiel mir auf die Schnelle nicht ein.

Als ich nach Hause kam, war Karin noch nicht da. Ich legte meine Arbeitskleidung – schwarzer Anzug, weißes Hemd, schwarze Krawatte – ab und zog, nachdem ich geduscht hatte, Jeans und T-Shirt an. Ich freute mich auf einen langen lässiglegeren Fernsehabend. Doch dann entdeckte ich den gedeckten Tisch im Esszimmer. Und als ich mir ein Weißbier aus dem Kühlschrank nehmen wollte, sah ich, dass Karin – wann nur? – kalte „Schmankerln und Spezereien" besorgt hatte. Das Wasser lief mir im Mund zusammen.

Es ist jetzt zwölf Jahre her, dass ich der Liebe wegen von Niedersachsen nach Niederbayern gezogen bin. Als die Liebe beziehungsweise die Liebste weiterzog, blieb ich hier, längst verzaubert „vom Flair der alten Herzogsstadt an der Donau" und dem Charme ihrer Menschen, deren heitere Grundstimmung mir das Gefühl vermittelt, im Süden zu sein. Auch die Schmankerln und Spezereien sind nicht ganz unschuldig daran, dass ich blieb.

Und dann kam Karin, meine zweite Liebe, die bald zur ersten wurde und – wie ich glaubte, hoffte, liebte – auch die letzte sein würde. „Bis dass der Tod euch scheidet!"

„Hast du dir das gut überlegt, Johannes?"

„Eine so kluge Frau!"

„Akademikerin!"

„Dir intellektuell haushoch überlegen!"

„Und das nicht nur in Mathematik!"

„Du dagegen: weder Abitur noch Studium!"

Diese und ähnliche Warnungen von Freunden und Verwandten schlug ich in den Wind. Und meine innere Stimme brachte ich mit der Beteuerung, dass Liebe bekanntlich Berge versetzen könne, zum Schweigen.

Unser Glück schien vollkommen, als wir die Wohnung im ersten Stock eines dieser noblen Patrizierhäuser am Theresienplatz bekamen, unweit des Rathauses und des spätgotischen Stadtturms.

Ich liebe Häuser, die drei-, fünf- oder siebenhundert Jahre alt sind. Was ist ein Menschenleben – „wenn's hochkommt, achtzig Jahre", dank der modernen Medizin inzwischen „wenn's hochkommt" auch neunzig und mehr – gemessen am Alter dieser Häuser? „Lehre uns bedenken, dass wir sterben müssen, auf dass wir klug werden!" – Aber ich schweife ab.

Angesichts der Vorbereitungen, die Karin getroffen hatte, um mit mir den siebten Hochzeitstag, wenn auch in abgespeckter Weise, zu feiern, legte ich die sogenannte Feierabendkleidung wieder ab und zog ein frisches weißes Hemd an und darüber die schwarze Samtweste – ein Geschenk Karins zu unserem ersten Hochzeitstag.

Als sie endlich kam, gab sie mir einen flüchtigen Kuss und überreichte mir „zur Feier des Tages" eine Schachtel Pralinen und eine Flasche Sekt, etwas anderes sei ihr auf die Schnelle nicht eingefallen. Sie war wie meistens in der letzten Zeit müde und gereizt. Immerhin hatte sie an meinem Äußeren nichts auszusetzen. Und die Rosen rangen ihr sogar ein Lächeln und ein leises „Danke" ab.

Beim Abendessen besserte sich Karins Stimmung. Und als ich mit ihr auf die nächsten sieben Jahre anstieß, dachte ich, dass wir noch eine reelle Chance hätten, bis sie den aktuellen Känguru-Wettbewerb erwähnte, an dem ihre Klasse wieder einmal sehr erfolgreich teilgenommen habe, und mir prompt eine Aufgabe stellte: „Stell dir vor, Johannes: Schneewittchen hat siebenundsiebzig Pilze gesammelt, die sie nun unter den sieben Zwergen aufteilt. Zuerst bekommt der kleinste Zwerg seine Pilze, dann der zweitkleinste, der einen Pilz mehr erhält. Der drittkleinste bekommt wiederum einen mehr als sein Vorgänger und so weiter und so weiter … Am Schluss ist Schneewittchen froh, dass die Rechnung aufgeht und sie auch dem größten Zwerg noch die ihm zugedachte Menge geben kann und damit alle siebenundsiebzig Pilze verteilt sind. – Was denkst du, Johannes, wie viele Pilze der größte Zwerg erhielt?"

Mein Schätzchen, dachte ich, wenn wir das nächste Mal im

Bayerischen Wald sind, werde ich Pilze sammeln, für jedes Ehejahr eine Sorte – Azurblaue Kahlköpfe, Bauchweh-Ziegenbärte, Dottergelbe Klumpfüße, Grüne Knollenblätterpilze, Langstielige Samthäuptchen, Weidentintlinge und Zipfellorchel zum Beispiel – und dir daraus ein samtiges Pilzsüppchen kochen, das du garantiert nur einmal essen wirst, mein Schatz.

Karin schob meinen Teller zur Seite, legte die weiße Stoffserviette an seine Stelle, drückte mir einen Kugelschreiber in die Hand und sagte: „Na los, worauf wartest du?"

Ich unternahm gar nicht erst den Versuch, die Aufgabe zu lösen. Aus meiner Rechenschwäche habe ich von Anfang unserer Beziehung an kein Geheimnis gemacht. Und Karin hat sich auch nicht daran gestört, schließlich, so sagte sie, hätte ich ja „andere Qualitäten". Aber irgendwann fing sie an, mir Aufgaben wie diese zu stellen, die, wie sie jedes Mal betonte, schon Fünft- oder Sechstklässler zu lösen in der Lage seien.

Zunächst nahmen wir beide ihre fruchtlosen Bemühungen, aus mir doch noch so etwas wie ein kleines Mathegenie zu machen, mit Humor. Aber peu à peu wurde aus Spiel Ernst. Bitterer Ernst. Für mich.

Geburtstage, Hochzeiten, Jubiläen, Kindtaufen, Kommunions- und Konfirmationsfeiern im Familien- und Freundeskreis: Kein Anlass schien Karin mehr ungeeignet, mich mitsamt meiner Dyskalkulie in den Mittelpunkt zu stellen – am Beispiel solcher Aufgaben, die für die anderen reizende Denksportaufgaben waren, die sie anstelle der sonst auf solchen Feiern üblichen Gesellschaftsspiele gern lösten. Am Schluss war ich immer der Dumme. Von meinen „anderen Qualitäten", die Karin anfangs zu meiner – oder ihrer? – Entschuldigung mit einer gewissen Anzüglichkeit in der Stimme erwähnte, sprach sie bald auch nicht mehr.

„Lass gut sein, Johannes", schnurrte Karin plötzlich wie ein Kätzchen. „Es gibt ja noch Nachtisch. Eis. Deine Lieblingssorte: SESAM ÖFFNE DICH."

Sie stand auf, küsste mich leichthin auf die Stirn und verschwand in der Küche.

Ich atmete auf. Aber ich hatte mich zu früh gefreut.

„Um dir vier Kugeln davon kaufen zu können, fehlen dir genau 80 Cent“, sagte Karin zwischen zwei Löffeln des italienisch-orientalischen Eistraums aus tausendundeine Nacht. „Du kaufst dir also nur drei Kugeln und hast noch 30 Cent übrig. Wie teuer ist eine Kugel Eis?“

Ich stand abrupt auf. „Ich bin müde, Karin“, sagte ich, „heute war ein anstrengender Tag. Gehen wir ins Bett.“

Nachdem ich sie – zu unser beider Überraschung – von meiner noch vorhandenen „anderen Qualität“ überzeugt hatte, wollten wir nach dem Motto „Ende gut – alles gut“ unseren siebten Hochzeitstag mit Pralinen und Sekt ausklingen lassen.

Ich steckte mir gerade die erste Praline in den Mund, als Karin sagte: „Stopp, Johannes“, mir die Praline aus dem Mund nahm und auf den Nachttisch legte.

„Was soll das, Karin?“

„Wie viele Pralinen sind jetzt noch in der Schachtel?“

Ich zählte langsam nach. „Siebzehn“, sagte ich unsicher. „Oder …?“

„Genau!“

„Karin, was soll das? Ich bin müde …“

„Stell dir vor, du müsstest diese Pralinen unter unseren drei Patenkindern aufteilen. Und zwar so, dass Sigrid die Hälfte bekäme, Corinna ein Drittel und das Nesthäkchen Anna-Katharine ein Neuntel.“

„Karin, bitte! Es ist schon spät. Und ganz nüchtern bin ich auch nicht mehr!“

„Eben“, sagte sie.

Weil ich kein Spielverderber sein wollte, gab ich mir alle Mühe, die siebzehn Pralinen so aufzuteilen, wie Karin es wünschte. Aber es ging nicht. Das heißt, es wäre vielleicht gegangen, wenn ich die Pralinen durchgeteilt hätte. Doch davon wollte Karin nichts wissen.

„Stell dir vor, es wären keine Pralinen, sondern Kamele, mein kleiner dummer Jan. Also nochmal von vorn bitte!“, befahl sie.

„Ich denke ja nicht daran“, sagte ich, mehr zu mir als zu ihr, stand auf, nahm mein Glas und die noch halbvolle Flasche Sekt und brabbelte, während ich zur Tür ging: „Trinke ich eben allein weiter: Auf die nächsten verflixten sieben Jahre!“

Als sie „Feigling“ hinter mir her höhnte, brannte bei mir die Sicherung durch. Ich drehte mich um, warf Flasche und Glas Karin an den Kopf und torkelte in die Küche.

Da sitze ich nun …

„Im Affekt mit Sekt erschlagen!“

Was für eine Schlagzeile!

„Du bist vielleicht meschugge!“, sagt Karin, als sie in die Küche kommt. „Der ganze Sekt ist ausgelaufen. Ich musste die Betten neu beziehen …“

„Du blutest, Karin“, sage ich.

„Wo?“

„An der Schläfe. Ich hole Verbandszeug.“

„Nicht nötig, Johannes. Hier im Küchenschrank liegt Pflaster. Zweite Schublade von oben.“

Da ich keine andere finde, nehme ich die Küchenschere, um einen Pflasterstreifen in der passenden Größe abzuschneiden. Dazu komme ich aber nicht, weil Karin, die sich inzwischen an den Küchentisch gesetzt hat, anfängt, die Pralinen auf dem Tisch auszubreiten. Siebzehn Stück.

„Das ist jetzt nicht dein Ernst, Karin“, sage ich.

„Mein absoluter Ernst!“

„Aber du hast doch gesehen, dass es nicht geht.“

„Natürlich geht es!“ Sie legt demonstrativ neben die siebzehn Pralinen die von mir bereits im Mund gehabte achtzehnte und fordert mich auf, noch einmal zu rechnen.

„Wieso achtzehn? Vorhin hast du gesagt, siebzehn seien aufzuteilen."

„Lass das Fragen und fang einfach an!"

„Karin, du hast von Anfang an gewusst, dass ich eine Rechenschwäche habe. Trotzdem hast du mich geheiratet."

„An seinen Schwächen kann man arbeiten. Also mach schon, Johannes!"

„Ich denke nicht daran!"

„Wie viele Pralinen soll Sigrid bekommen?"

„Die Hälfte …?"

„Gut. Die Hälfte von achtzehn ist …?"

„Die Hälfte von achtzehn ist … ist … neun."

„Brav!", sagt Karin und legt neun Pralinen zur Seite. „Kommen wir zu Corinna! Wie viele …?"

„Ein Drittel …?"

„Achtzehn geteilt durch drei – macht …?"

Schweiß tritt mir auf die Stirn. „Ich bin nicht dein Schüler, Karin!"

„Achtzehn durch drei – macht …? Macht …?"

„Sechs … glaube ich."

„Mathematik ist keine Glaubenssache", belehrt Karin mich und legt sechs Pralinen zur Seite. „Bleibt Anna-Catherine."

„Ein Neuntel …?"

„Achtzehn durch neun – gleich …?"

„Zwei", sage ich wie aus der Pistole geschossen.

„Bist du sicher?", verunsichert sie mich.

„Ziemlich sicher – oder?"

Karin grinst diabolisch, während sie Anna-Catherines zwei Pralinen zur Seite legt.

„Aber … da ist ja … da ist ja noch eine … Du hast falsch gerechnet, Karin, da ist ja noch eine Praline übrig!"

„Deine, mein Dummerjan, die achtzehnte …"

„Das verstehe ich nicht."

„Neun plus sechs plus zwei gleich …?“

„Neun plus sechs gleich fünfzehn plus zwei gleich – siebzehn!“, sage ich stolz.

„Geht doch!“

„Ich hasse dich“, sage ich.

Karin lacht, steht auf und umarmt mich. Als sie mir die achtzehnte Praline in den Mund stecken will, steche ich mit der Küchenschere zu …

Diesmal ist es mehr als eine Platzwunde. Die Schere steckt tief in Karins linker Brust. Ich kann zwar, wie sie behauptet, eins und eins nicht zusammenzählen, aber „lechts und rinks velwechser“ ich nicht. Habe ich noch nie verwechselt, verehrter Ernst Jandl!

Kurz vor Mitternacht. Was für ein Tag, der in diesen Minuten zu Ende geht …

„Es kann vor Nacht leicht anders werden,
Als es am frühen Morgen war;
Denn weil ich leb auf dieser Erden,
Leb ich in steter Todsgefahr.“

Ob man mir gestatten wird, bei Karins Beerdigung die Trauerrede zu halten? Mag ich auch in Mathematik schlecht sein: In Trauerreden bin ich gut, sehr gut sogar …

ANNA SCHNEIDER

aus Gauting
* 1966
Autorin

Anna Schneiders Verbindung zum Bayrischen Wald wurde ihr bereits in die Wiege gelegt, denn die Familie mütterlicherseits stammte aus Osterhofen in Niederbayern, sie selbst wurde im Bergischen Land geboren. 2008 schrieb die Autorin ihre erste Krimikurzgeschichte und gewann damit unmittelbar den 1. Preis eines Kurzgeschichten-Wettbewerbes. Im folgenden Jahr gehörte sie zu den Nominierten für den ersten deutschsprachigen Krimi-Hörbuchpreis. Weitere Kurzgeschichten entstanden und wurden in verschiedenen Anthologien veröffentlicht. Zu den wichtigsten Auszeichnungen gehört weiterhin das Stipendium „Tatort Töwerland".
Seit 2010 schreibt Anna Schneider hauptberuflich Krimis und Thriller für Jugendliche und Erwachsene. Ihr Debüt *Blut ist im Schuh* erschien 2013 bei Planet Girl (Imprint des Thienemann Verlags, Stuttgart), ebenso wie ihr zweiter Jugendthriller *Bald wird es Nacht, Prinzessin*, der 2014 erschienen ist. Unter Pseudonym erschien 2014 weiterhin ein Krimi im Ullstein Verlag. Derzeit arbeitet die Autorin an neuen Jugendthrillern sowie an Spannungsromanen für Erwachsene.

PANTA RHEI - ALLES FLIESST

Ich liebe meinen Mann. Wirklich. Zuallererst war es sein Name, der mich faszinierte. Gerome Baptist Benedikt Heusler. Sehr französisch. Sehr fein. Vorne herum. Der Nachname sehr traditionell; seine Bedeutung sollte ich weitaus später erkennen.

Für mich, die geborene Zitzelsperger, versprach schon dieser Name eine fremde, aufregende Welt. Eine Zukunft fernab vom bäuerlichen Alltag, der in Thundorf auf mich wartete. Kein Aufstehen mit dem Hahnenschrei, keine Rückenschmerzen von der Kartoffelernte, keine schwieligen Hände, kein Gestank von Schweinen und Hühnern.

Er speiste eines Tages in dem Landgasthof in Osterhofen, in dem ich an jedem Sonntag aushalf. Ich bekam jede Menge Trinkgeld. „A fesches Madl", sagten die Kerle. Alles musste ich daheim abgeben. „Jeder hilft hier mit", sagte mein Vater.

Warum sich der Mann mit dem teuren Auto und dem feinen Leinenanzug mit mir abgab, verstand ich nicht. Er war anderen Umgang gewöhnt, das merkte man an seiner Art in reinstem Hochdeutsch zu sprechen. Mir verschloss es die Lippen und ich wagte nicht, in meinem platten Niederbayrisch zu antworten.

Geschämt hätte ich mich. Stattdessen lächelte ich. Und schlug die Augen nieder, wenn er mich mit Komplimenten bedachte. Er musste sich nicht anstrengen, damit ich mit zu ihm aufs Zimmer ging. Was hatte ich schon zu bieten, außer meinem Körper? Ich wusste, dass es meine Sinnlichkeit war, die Gerome gefiel.

Er flüsterte mir ins Ohr, dass er meine runden Formen liebe, meine wohlgeformten Brüste und mein langes Haar, das in blonden Wellen fast bis zu meiner Hüfte reichte, wenn ich den Zopf öffnete. Gedanken um meine Zukunft machte ich mir in dem Moment nicht: Ich wollte nur fort - hinein in diese neue, unbekannte Welt, die mir dieser Mann zu versprechen schien. Wenn auch nur für Minuten.

Nach dieser Nacht sorgte ich mich. Was, wenn alle seine Versprechungen, die er mir zwischen den Laken zugeraunt hatte, gelogen waren? Vom Hof wusste ich genau was Fortpflanzung bedeutete. Bei Kühen, Schweinen, Kaninchen und Hühnern hatte ich zugesehen. Auch wenn ich nicht einmal 17 war machte ich mir keine Illusionen darüber, was mit mir passieren würde, wenn ich mit einem Balg dastand. Aber ich hoffte inständig, einmal in meinem Leben Glück zu haben. Warum sonst hätte mir der Heiland diesen Mann geschickt.

Meine Gebete halfen: Unsere Zusammentreffen wiederholten sich und eine Schwangerschaft blieb aus. Viele Wochen lang. Es sollte mein ganzes Leben so bleiben, aber ich ahnte damals noch nicht, dass ich unfruchtbar war.

Am Ende des Sommers hielt er um meine Hand an. Ein Segen! Meine Eltern wollten mich nicht ziehen lassen, obwohl die Ernte eingefahren war. Nachdem Gerome mit meinem Vater in der Stube gesprochen hatte, war dann doch alles besiegelt. Er hatte mich gekauft. Aber das wusste ich damals nicht. Ich himmelte ihn an: Für seine Entschlossenheit, seinen Mut.

An meinem Geburtstag fand die Trauung statt. Die Dorfkirche war voll, alle trugen die besten Kleider. Die Feier war die größte, die es im Umkreis gab und natürlich fand sie in dem Gasthof statt, in dem unsere Liebe begann. Von seiner Familie sahen wir niemanden. Aber das störte mich nicht.

Etwas anderes ärgerte mich mehr: Sein namentlicher Glanz färbte nicht auf mich ab: Aus Maximiliane Zitzelsberger wurde Maximiliane Heusler. Kein Hauch von Extravaganz. Zugegeben, ich hatte sicher das teuerste Kleid, das je eine Braut im Dorf getragen hatte. Aber am Ende des Tages ist auch das von braunen Rändern gesäumt ist, der Glanz dahin. So war es mit meinem Kleid und auch mit mir. Ich blieb, was ich war. Und er blieb, wie er war. Unerreichbar.

Wir zogen nach Passau. Das passte besser zu uns, sagte er. Die Hochzeit war der letzte Tag, den ich in meinem Heimatdorf verbrachte. Es gab nichts, was mich noch dorthin zog. Meine Eltern, schien es mir, hatten mich immer nur als willkommene Arbeitskraft gesehen – erst als Aufpasserin für die Geschwister, später für alle Arbeiten und zuletzt als Goldesel. Wenn ich mich sehen ließ – immer dann, wann es Anstand und Sitte gebot - fuhr ich allein. Gerome wollte nicht. Er passte auch besser in die Stadt mit seinen beigen Schuhen und der Bügelfalte in der Leinenhose.

Ich kam mit meinem winzigen Koffer, in dem meine Kleider steckten, die man an einer Hand abzählen konnte. Die Mutter hatte sich die Aussteuer gespart - es war ja ohnehin alles vorhanden, hatte sie gesagt.

Das erste, was ich wahrnahm, war der Geruch: frisch und sauber. So wie die ganze Wohnung. Die ersten Tage verbrachte ich daheim: Ich badete, frühstückte stundenlang, kämmte mein Haar und schaute aus dem Fenster. Nach einiger Zeit ging ich auch im sonnigen Passau spazieren. Ich wusste, dass mir die braune Haut gut stand, denn so kam meine ungewöhnliche Haarfarbe besser zur Geltung. Am späten Nachmittag machte ich mich hübsch und bereitete eine Mahlzeit vor. Ich konnte kochen, was ich wollte. Die einzige Bedingung, die Gerome stellte: Warm musste es sein. Ich probierte allerlei Gemüse, Fleisch und Fischgerichte. Dann wurde ich mutiger, bereitete Wild zu, nahm exotische Zutaten. Er aß kräftig und schien zufrieden. Trank einen Wein dazu, las in der Zeitung. Er erzählte hin und wieder von seinem Tag im Büro. Steuern, Wirtschaft und all diese Themen waren mir fremd und unverständlich. Aber zuzuhören hatte ich gelernt. Später gingen wir zu Bett. Die einzige Bedingung: ihm dort zu Diensten zu stehen. Wenn er es brauchte.

Die Weinmenge, die Gerome trank, nahm stetig zu. Mit den Monaten verebbten die Gespräche, aber da ich nie viel verstanden hatte, fehlte mir das nicht. Stattdessen las er die Zeitung oder wir saßen vor dem Fernseher. Immer häufiger ging er aus. Alleine. Dafür sagte er immer seltener mit seiner tiefen Stimme: „Rutsch näher, Maxi“. Dafür rutschte seine Hand immer öfter aus.

Ich brachte das eine mit dem anderen in Zusammenhang. Wenn er betrunken in die Federn sank, hatte er eben kein Interesse mehr daran, mit mir zu turteln. Und wenn doch, dann war er betrunken nicht mehr er selbst.

So gingen Monate ins Land. Ich blieb meist daheim und am liebsten allein. Freunde hatte ich keine. Ich suchte sie aber auch nicht. Seine Welt war mir fremd und bei den wenigen Gelegenheiten, zu denen er mich ausführte, musste ich nur schön aussehen, ihn bewundernd betrachten und schweigen. Ich bekam jedes Mal ein neues Kleid mit tiefem Ausschnitt. In dunklem Blau oder strahlendem Grün, weil das am besten mein dickes, strohblondes Haar strahlen ließ. Gerome sprach gerne und viel bei solchen Anlässen. Ich hörte ihm zu. Und genoss es, Teil des Glanzes zu sein, den er sich erschuf. Zurück in der Wohnung bedankte er sich bei mir, wenn ich mich zu seiner Zufriedenheit verhielt. „Du machst mich noch schöner“, sagte er dann. Und ich freute mich über dieses Kompliment, denn es hieß, dass er mich brauchte. Und ich ihn für das sorglose Leben, das er mir beschert hatte.

Ich arbeitete daran, meinen bayrischen Dialekt zu verlieren. Wenn ich in der Küche werkelte, sprach ich die Stimmen aus dem Radio nach. Ich wurde schnell immer besser. Nur mein rollendes „R“ wurde ich nicht los. Aber ich wollte mich nicht länger für meine Herkunft schämen. Ich gehörte an Geromes Seite – das wollte ich beweisen.

Ich suchte keine Kontakte. Auch nicht in meinem Alltag, im

Haus oder bei meinem Streifzügen durch die Passauer Parks und Straßen. Ich hatte Freunde: Die Gesichter in den Zeitungen, die ich mit Vergnügen las. Sie genügten mir, waren mir Vorbild wie Gesellschaft gleichermaßen. Die schönen Frauen in den Modemagazinen, denen ich nacheiferte. Denn das wollte er von mir: Schön zu sein. Das war ich ihm schuldig. In meinen Tagträumen erfand ich immer neue Situationen, in denen er stolz auf mich war. Mich wie ein kostbares Schmuckstück präsentierte. In seiner Welt hatte ich einen Wert: Meinen Körper, der ihn faszinierte. Und ich liebte das, was er mir gab: Den Schmuck, die Kleider, Tücher, Taschen und Schuhe. Gerome suchte meine Kleider aus. Ich musste mich drehen und wenden, er prüfte meinen Körper und das Kleid, meine Ausstrahlung, wenn ich es trug. Zog er die Augenbraue hoch oder lächelte er lüstern, wusste ich, er würde Nicken. Dann war es mein. Auf den Preis achtete er nicht. Ich war es ihm wert.

Eines Tages kam Gerome früher als gewohnt von der Arbeit nach Hause. Er verfrachtete mich wortlos in den schwarzen Porsche 911 und brauste eilig aus Passau raus. Wir fuhren eine kurze Strecke über Land. In Windorf hielt er vor einem großen Haus, das ganz oben auf dem Hügel lag. Einem wirklich großen Haus. Er grinste wie ein Schuljunge, nahm einen Drücker aus seiner Hosentasche, hielt ihn auf das große Eisentor, das sich wie von Geisterhand zur Seite schob und die von Bäumen gesäumte Zufahrt zu dem prächtigen Haus frei gab. Mit einem „Voilà“ stieg er aus dem Wagen aus und öffnete mir die Beifahrertür.

„Dein neues Zuhause. Mediterraner Stil. Mit Pool.“

Ich wusste nicht, was ich sagen sollte.

„Unsere Sachen kommen morgen“, sagte er noch. Er schien mein Schweigen als Begeisterung auszulegen. Mir aber hatte es die Sprache verschlagen: Er setzte mich einfach um. Wie eine Puppe. Er nahm mich, wann er wollte. Er zog mich an, wie er wollte. Zeigte mich seinen Freunden oder ließ es bleiben. Beim Betreten bemerkte ich noch, dass er die Puppenstube bereits eingerichtet hatte. Er musste mich nur noch hineinstellen.

Ich zählte langsam von zehn bis null herunter. Atmete tief in den Bauch. Ballte die Fäuste, um mich zu konzentrieren. Aber welche Alternative hatte ich? In meine Passauer Wohnung zurück, die seine war? Ich war von ihm abhängig. Finanziell, emotional, körperlich. Die einzige Alternative wäre Niederbayern gewesen. Der Schweinehof meiner Eltern. Ich krallte meine manikürten Nägel in meine Handflächen. Die dunkle Stube, in der es nach den vergangen drei Generationen roch? Schon gelang mir ein Lächeln.

Er gab mir einen Kuss auf die Wange, dann zwinkerte er mir zu. „Wer was ist, der wohnt hier. Wenn er es sich leisten kann.“ Er lachte laut und ging mit ausgebreiteten Armen durch die riesige Eingangshalle, aus der seine Stimme tausendfach widerhallte.

Unser neues Haus lag auf einem Hügel, der sich über die Stadt erhob. Mit Blick auf den Fluss und das Bergpanorama. Der Garten glich einem Park. Inklusive einem beleuchteten Schwimmbad. Zehn Zimmer und vier Bäder nur für uns. Werktags jeden Tag ein anderes, erklärte mir Gerome, erneut mit diesem Lachen. Und alle zwei Wochen wieder von vorn. Er lachte. Zu meinem Puppenhaus gehörten auch Menschen: Eine Putzhilfe, ein Gärtner und der Chauffeur, der auch die Großeinkäufe und Besorgungen erledigte. Kochen durfte ich weiter.

Ein Traum, sagte er. Es gab im Ort nicht viel: Kirchen, ein paar Touristen, die Donau. Keine Geschäftszeilen, über die ich flanieren konnte.

Einmal ließ ich mich nach Starnberg chauffieren. Einfach so. Aber die Reichen und die Möchtegerns ödeten mich ebenso an wie die betrunkenen Penner, die am Bahnhof lagerten, der gleichzeitig den Zugang zur Uferpromenade darstellte. In dem

Durchgang roch es nach Urin und Armut. Aber das hatte ich hinter mir gelassen.

So änderte ich mein Leben. Die Spaziergänge unternahm ich auf unserem Grundstück, durch unser Haus. Ich stand oft auf dem Balkon mit einem Glas Wein in der Hand. Schaute in die Ferne. Ich grüßte freundlich, wenn mir die Angestellten begegneten, die mich respektvoll und manchmal auch mitleidsvoll anschauten, wenn ich mich nicht getraute, die Sonnenbrille abzusetzen, so lange sie ihren Dienst verrichteten. Immer häufiger starrte ich in den Spiegel, in mein bizarres Puppengesicht. Meine Freundinnen aus den Zeitungen wurden mir fremd. Ihre Blicke hatten sich verändert. Und sie schienen mir so viel jünger zu sein, als ich es war.

Gerome war beruflich erfolgreich. Er hatte sich spezialisiert und das trug nun bares Geld in seine Kasse. Die Steuerkanzlei wuchs, die Kunden wurden immer schwergewichtiger – und damit verwöhnter. Er geriet unter Stress, wurde fahriger und nervöser. Gleichzeitig genoss er seine Macht - sein Wissen um die kleinen Geheimnisse seiner Klienten. Es gab ihm ein Gefühl von Allmacht. Und die Aura seiner Kunden färbte auch auf ihn ab. Die Einladungen häuften sich. Und er nahm sie mehr und mehr alleine wahr.

Das Kochen, das mir lange eine angenehme Tätigkeit gewesen war und die ich in dieser fantastischen Küche noch besser bewerkstelligen konnte, machte mir immer weniger Freude. Es lohnte nicht die Mühe, wenn man anschließend alleine am Tisch saß. Pralinen wurden meine große Leidenschaft. Ich hatte mir ein Abonnement von Elly Seidl eingerichtet und bekam meine Lieblingspackung monatlich geliefert. Ein köstlicher Service. Allerdings musste auch der Chauffeur immer häufiger stundenlang nach Starnberg fahren, um mir weitere Mischungen zu besorgen. Oder Macadamiabruch. Oder Miniflorentiner.

Während ich immer mehr aß, trank Gerome immer mehr. Je

mehr er trank, umso mehr schwand sein Benehmen, sah ich die hässliche Seite seiner Person. Eines Abends stand er in der Türe, als ich gerade aus dem Bad stieg: „Fett bist du geworden. Dein Busen hängt dir fast bis zum Bauchnabel." Er schob mich vor den Spiegel, hob mein Gesicht hoch. „Glaubst du wirklich, ich würde dich noch einmal anfassen?" Mit diesen Worten schubste er mich von sich weg in Richtung des Spiegels, meine nackte Brust klatschte an die kalte Oberfläche. Oft hatte er mich geschlagen. Aber nun war ich nicht verletzt. Verletzungen vergingen. Es war Scham, was ich fühlte. Und die verging nicht.

Er betrat unser Schlafzimmer nie wieder. Er blieb oft in der Münchner Wohnung, die er seit neuestem besaß. Neben die Scham trat nun meine Angst: Wenn mein Körper ihm nicht mehr gefiel, was hatte ich dann noch, um ihn zu halten?

Ich setzte mir ein Ziel: Meinen Mann zurückzugewinnen. Auf dieselbe Art, mit der ich ihn damals in Osterhofen für mich eingenommen hatte. Mein Körper war erschlafft und ich hatte ein paar Pfunde zugelegt, aber ich war nicht wirklich dick geworden. Ich kannte mich aus – nun erwies sich das Studium der Zeitschriften als Goldgrube.

Ich lief durch den Wald. Kilometer um Kilometer. Hin zu einer neuen Figur, zu meiner alten Welt. Ich machte Übungen mit Wasserflaschen. Stilles Wasser. Mein Hauptgetränk und Nahrungsmittel. Ich würde es schaffen. Zwei Mal war er auf Stippvisite in der Villa gewesen. Immer dann, wenn ich gerade frühmorgens meine erste Runde durch den Wald machte. Dann fehlten Anzüge und einige Schuhe im Ankleidezimmer. Er mied es, mich zu treffen. Das war gut, denn umso verblüffter würde er sein, wenn er mich sah.

Ich wartete. Verdammt lange. Zehn Tagen hatte er sich nicht mehr sehen lassen. Eines Abends setzte ich mich in meiner knielangen Leggins, die ich wieder ohne mich zu schämen tragen konnte, vor den Fernseher. Ich knabberte an meiner

Möhre. Plötzlich sein Gesicht im Fernsehen. An seiner Seite zwei Mädchen, die aussahen, als hätten sie gerade das Abitur gemacht. Wobei sie vermutlich zu keiner schulischen Ausbildung fähig waren. So bitter es war: Ich kannte ja seinen Geschmack.

Ein Interview: Fragen zu einer neuen Empfehlung, die er der Landesregierung für eine Steuerreform gemacht hatte. Er äußerte sich souverän. Dann, mit Blick auf die jungen Frauen, die Frage des Reporters, ob er nicht liiert sei. Ich hielt den Atem an.

„Kein Kommentar", sagte Gerome jovial, grinste breit und blickte vielsagend zu seinen Begleiterinnen – die zu ihm aufsahen, so wie ich es einst getan hatte.

Schon lange hatten mich die Nachbarn angeschaut, getuschelt. Obwohl sie nichts von den Schlägen wissen konnten. Auch die herablassenden Blicke unserer Bediensteten verstand ich. Sie alle hatten das längst vor mir gewusst: Dass meine Zeit endlich war.

Ich kroch schnüffelnd durch seine alte Wäsche, die er beim letzten Besuch achtlos in die Ecke geworfen hatte. Die Putzfrau hatte sie nicht mitgenommen. Wieso eigentlich nicht? Ich sog den Geruch ein. Da war er. Der Geruch fremden Parfums, fremder Schweiß. So oft hatte er mich verletzt und gedemütigt. Die Äußerlichkeit waren nur halb so wild. Aber meine Gedanken höhlten mich aus, zog mich in einen Strudel, der nicht enden wollte, aus dem es kein Entrinnen gab. Ich wurde kleiner und kleiner, fühlte mich zurückkatapultiert in eine andere Realität. Bei einer Trennung würde ich nicht mehr Teil dieser Welt bleiben, seiner Welt. Ich hatte von Frauen gelesen, die ihren Gatten das Geld aus den Taschen zogen. Aber ich kannte keine brillanten Anwälte. Auf diesem Spielfeld würde er gewinnen.

Also änderte ich meinen bisherigen Plan. Mein Spielfeld war die Natur. Da kannte ich mich aus. Ich begann wieder zu kochen. Vornehmlich Wild. Trainierte weiter. Hart. Und besorgte alles, was ich brauchte. Selbst einen Besuch auf dem elterlichen Hof scheute ich nicht. Ich las, ich probierte, ich übte. Bis alles klar war und saß.

Den Angestellten gab ich frei. Es war mir egal, ob sie ihr Geld fürs Nichtstun bekamen. Niemand würde sich darüber beschweren. Dann machte ich Termine in Passau: Friseur, Kosmetik, Maniküre, Arzt, Solarium.

Neue Klamotten mussten her. Hohe Stiefel, kurze Röcke, heiße Oberteile. Lederjacken. Gerome mochte Leder, er fand das sexy – in Verbindung mit nacktem Fleisch.

Ich hungerte, spürte aber keinen Mangel. Mein Hass bot mir alle Nahrung, die ich brauchte. Ich kam rasch in Form und hatte beinahe einen perfekteren Körper als damals, als wir geheiratet hatten.

Mit festem Griff nahm ich das Telefon in die Hand und wählte seine Nummer. Seine Sekretärin stellte mich durch. Ob die dralle Kleine auch zu seinen Opfern gehörte?

„Maxi, du? Hätte nicht gedacht, noch einmal von dir zu hören“, unterbrauch er meine Gedanken.

Er hatte mich also einfach aus seinem Leben eliminiert. Geparkt, abgestellt, vergessen. Aber ich würde seine Erinnerung wecken.

„Ich habe gekocht. Um der alten Zeiten willen“, sagte ich. Mehr nicht. Einen Hauch von Verführung hatte ich in den zweiten Satz gelegt. Ich hatte es oft genug geübt.

In der Leitung herrschte Stille. Hatte er aufgelegt?

„Du verblüffst mich. Wann?“

„Ich bin hier, wann immer du willst“, antwortete ich devot. Ich wusste worauf er stand.

„Morgen. 18 Uhr.“

Morgen.

„Aber das bleibt unser Geheimnis”, gurrte ich.

Ich hatte ein schönes Essen zubereitet. Aus meiner Heimat. Als Vorspeise Erdäpfelkas. Lauwarm. Mit frischem Schnittlauch drin. Brot hatte ich selbst gebacken. Innen saftig, außen kross gebacken. Ich wusste, das würde ihm schmecken. Er aß gerne. Nach so vielen Tagen im Lokal würde er mein Essen jedem anderen vorziehen. Danach Schweinebraten mit Semmelknödeln. Der Braten würde im Rohr von alleine fertig werden und die Knödel hatte ich schon vorbereitet. Zur Nachspeise gebratenen Apfel mit Nüssen, Marzipan und einem Hauch Alkohol. Perfekt.

Während der Braten das ganze Haus mit Duft erfüllte, hatte ich mich angezogen. Meine schwarze Bluse war ein Hauch von Nichts unter der dünnen Lederjacke, die wie eine zweite Haut saß. Genau das bisschen Verpackung , das die Gier auf den Inhalt steigerte. Ein schwarzer Bleistiftrock, der meine nun schmalen Hüften betonte und hautenge schwarze Stiefel mit Pfennigabsätzen. Nur durfte ich auf den Fliesen nicht ausgleiten, wenn es feucht würde. Ich hatte Haarspray darunter gesprüht, aber dennoch blieb es ein Wagnis.

Als ich gerade den letzten Hauch Rouge auflegte, klingelte es. Warum benutzte er nicht den Schlüssel?

Ich lief die Treppe herunter und erschrak, als Gerome bereits in der Halle stand. Er hielt den Schlüssel in der Hand. Umso besser. Ich musste den Auftritt nutzen, den er mir beschert hatte. Ich hauchte ein „Guten Abend“ in seine Richtung. Dann ging ich die letzten Schritte langsam und gemessen hinab und zog die Klammer aus meinem blonden Haar, so dass wie ein Mantel um meine Schultern fiel. Ich kannte die Wirkung meiner Haare im Zusammenspiel mit schwarzen Klamotten, roten Lippen und Nägeln. Er hatte nie mit seinen Vorlieben hinterm Berg gehalten. Klirrend fielen seine Schlüssel zu Boden.

Ich hauchte ihm im Vorbeigehen einen Kuss auf die Wange – nur damit er das „Poison“ riechen konnte. Das hatte er mir einmal geschenkt, aber für gesellschaftliche Anlässe verboten, weil er sich sonst nicht konzentrieren konnte. Während ich in die Küche schlenderte warf ich ihm noch ein „Du weißt sicher noch, wo der Tisch ist“ über die Schulter.

Ich richtete den Teller an. Ganz wie er es mochte. Auf das Wesentliche reduziert. Etwas Brot fächerförmig angerichtet, den Kas im kleinen Topf darunter gestellt. Bevor ich das Esszimmer betrat, schaltete ich das Knödelwasser an. Als ich die Türe öffnete, knallte der Korken der Champagnerflasche. Ich erschreckte und musste darauf achten, nicht die Teller fallen zu lassen.

„Auf meine Frau, die ich wirklich unterschätzt habe“, sagte Gerome und reichte mir ein Glas. Am Ende hat er es doch noch eingesehen. Leider zu spät.

„Ich hatte den Champagner eigentlich ...“, ich tunkte den Finger in den Kas und leckte ihn sinnlich ab, „... für danach vorgesehen.“

Er lachte, trank sein Glas in einem Zug leer.

Dann hat er gegessen. Und gestiert. Auf meine Brüste, die mein Atem seinem Blick entgegen wachsen ließ. Im Fernsehen hatte ich das gesehen: Viele BHs übereinander. Was sonst. Ich wusste, Gerome würde sie nicht anfassen. Nicht mehr.

Beim Hauptgang hat er schon seltsam und erstaunt geschaut. Weg war seine Souveränität. Erst recht, als ihm der Sabber aus dem Mund lief, als das Gift begann zu wirken, das ich in den Erdapfelkäs und die Knödel gemischt hatte. „Ein Rezept aus meiner Heimat“, hatte ich ihm verraten. Was stimmte – wir hatten es früher den Deckrammlern gegeben, wenn sie zu alt waren, um ihre Dienste zu verrichten. Eine gute Parallele und ich war erfreut gewesen, dass ich noch Reste vom Pentobarbital im Stall zwischen dem Futtermittel fand. Es war alt. Aber Nebenwirkungen würden nicht stören. Ich hatte genug beigemischt. Wegen des Champagners verzögerte sich die Wirkung. Aber schließlich sank er in sich zusammen.

Ich rief rasch noch seine Sekretärin an: „Mein Mann fühlt sich nicht ... Ja, er ist überarbeitet ... Sagen Sie doch erst einmal alle Termine ab ... Ich fahre jetzt zu ihm und schaue, was ich tun kann.“ Ich wünschte einen schönen Abend und legte auf.

Dann hiefte ich Gerome auf das Rollbrett und zog ihn in die Dusche. Die war bodentief und groß genug. Dort begann ich ihn aufzubrechen – so, wie ich es schon als junges Mädchen bei den Sauen gemacht hatte. Nachdem ich die Organe entnommen hatte, löste ich das Feingewebe von den Knochen. Von jedem Finger, den er in alle meine Öffnungen gesteckt hatte, von der Brust, die er so stolz vor sich her reckte, von den Beinen, die er mir beim Sex achtlos in die Seite gerammt hatte. Dann spülte ich ihn das Klo hinunter, Stück für Stück feinstes Gulasch. So schloss sich der Kreis. In der Donau fand man immer öfter Dinge von Wert: Porscheschlüssel, Rolex Uhren, das hatte ich in der Zeitung gelesen. Nun Gerome. Er würde sich wohlfühlen inmitten dieser Werte. Dort passte er hin.

Seine Knochen und seinen Kopf verbrannte ich im Schwedenofen. Eine Weile würde das dauern. Aber wen störte es schon hier oben, wenn zwei Tage der Ofen lief. Wir waren immer alleine gewesen und würden es bleiben. Derweil konnte ich seinen Wagen zurück zur Münchener Wohnung bringen. Ich war dort gewesen, aber geöffnet hatte er nicht. Wer würde daran zweifeln, wo ich zuvor nie dort Einlass fand.

Die Asche werde ich später zu einem Diamant pressen lassen – und als Mahnmal um den Hals tragen. Wer würde einer trauernden Witwe schon ihren Schmuck abnehmen?

Ich liebe meinen Mann. Wirklich. Aber mich liebe ich mehr.

MARIE SCHNELL

aus Lenderscheid
* 1995
Psychologie-Studentin

Marie Schnell lebt auf einem kleinen Bauernhof. Schon während ihrer Schulzeit begann sie Geschichten zu schreiben. So konnte sie 2012 mit „Falten“ einen der dritten Preise und 2013 mit „UnEndlichkeit“ einen der ersten Preise jeweils im Literaturwettbewerb des Jungen Literaturforums Hessen- Thüringen entgegennehmen. Die Texte wurden in der Anthologie Nagelprobe 30 bzw. 31 veröffentlicht.
Für den Ralf-Bender-Preis schrieb sie ihren ersten Kurzkrimi.

EISZEIT

„Man muss einen kleinen, harten Gegenstand in die Hand nehmen, dann ist der Schlag effektiver. Ein Feuerzeug oder so.“ Das war Grundwissen aus der Schule. Aber niemand hatte ihr gesagt, dass der Daumen dabei außen bleiben musste. Jetzt war er gebrochen. Sie keuchte, Himmel, tat das weh! Aber es lag weit Schlimmeres vor ihr. Beziehungsweise zu ihren Füßen.

In der Pension waren sie unangenehm aufgefallen, gestern, am Abend. Natascha musste sich die Tränen verkneifen als sie an die Szene dachte. Vielleicht ist ein Tapetenwechsel gut, hatte sie letzte Woche noch gedacht, etwas Skifahren, nicht kochen, einkaufen, einfach gemeinsam entspannen, vielleicht glättet ein Kurzurlaub unsere gesträubte Beziehung. Sie liebte das Skigebiet Sonnenhang, war als Jugendliche mit ihren Eltern oft dagewesen, als das Leben noch leicht gewesen war und ihr Körper auch, kannte jede Abfahrt.

Aber gleich gestern war Philipp auf der Familienabfahrt gestürzt und hatte sein Knie verletzt. Man sah nichts, es knackte nichts, es schwoll nicht an, aber es tat weh. Sagte er. Sie war mit ihm zur Pension zurückgekehrt, hatte dann aber den Fehler begangen, noch einmal aufzubrechen um Ski zu fahren. Sonne und Schnee – unwiderstehlich.

Sie liebte Skifahren über alles und fuhr weit besser als er; vielleicht hatte hier der Grund für seine Verletzung gelegen. Als sie dann am frühen Abend zurückgekommen war, hatte er bereits mit hochgelegtem Bein im Speisesaal gesessen und sich angeregt mit den drei anderen Pärchen am Tisch unterhalten. Er hatte aufgeblickt, Glitzern in den Augen. Sie kannte den Blick. Alarmstufe.

„Hallo“, hatte sie gegrüßt und gelächelt, „ich zieh mich um und komm' auch gleich. Es ist so schön, wenn man nicht zu kochen braucht!“ Sie blickte in die kleine Runde, lächelte wieder: „Ich koche nicht besonders gut.“

„Natürlich nicht, Liebling. Es gibt gar nichts, das du besonders gut kannst, nicht wahr?“, hatte er erwidert, ihr für ihre Ausdauer applaudiert und betont, wie sehr er sich im Laufe des Tages daran gewöhnt hatte, dass sie wieder mal ihr Ding durchzog, egal wie verletzt er war.

Die anderen hatten auf ihre Teller geschaut und geschwiegen, als er süffisant erklärt hatte, dass sie einen gemeinsamen Urlaub gewünscht hatte und nun doch wieder im Alleingang unterwegs wäre, nicht dass ihn das überraschte.

Als sie sich umgedreht hatte und er sich gedankenverloren ins Leere blickend fragte, ob Skifahren nicht eigentlich gut zum Fettabbau sei, hatte der Wirt, Herr Lederer, sich eingeschaltet und gesagt: „Lassens doch bitte Ihre Frau in Ruh. Das macht man net, jemand schikanieren.“

Daraufhin hatte er dem Wirt unterstellt, sich für sie zu interessieren, aber das hatte sie kaum noch gehört. Er war spät in ihr Zimmer gekommen, voller Wut und Zynismus. Wieder hatte in der Nacht Eiszeit geherrscht.

Jetzt, am Vormittag, schneite es und sie hatte ihn gebeten, dass er mittags mit dem Sessellift zur Geißkopfhütte fahren sollte. Dort wollten sie sich um 13 Uhr treffen. Er hatte nur eingewilligt, weil niemand in der Pension war, abends würde er Ansprache haben, aber bis Mittag nur wenig.

Als er ausgestiegen war, hatte sie gerade ihr Handy gezückt, um ihn zu fragen, wo er bliebe. Inzwischen konnte man die Pistenraupe, die den steilen Berg glättete, kaum noch erkennen, so dicht fiel der Schnee. Es gab kaum Betrieb. Sie fühlte sich wohl auf dieser unwirtlichen Höhe, warm und entspannt. Er war aus dem Sessellift geklettert, mit 15 Minuten Verspätung. Weil sie das geahnt hatte, war sie gerade erst aus der Hütte gekommen. Er hatte sie eines einzigen abschätzigen Blickes gewürdigt, keine Begrüßung. Schweigend stapften sie durch den Schnee weiter, Stimmen, Lachen, Licht drangen aus der Hütte.

Leise hatte er gesagt: „Na, dann wollen wir uns mal einen noch dickeren Hintern im Geißkopf anfressen, nicht wahr, Weißkopf? Färb' dir endlich mal die Haare. Ist das denn zu viel verlangt? Herrje. Alt, weiß, fett."

Sie packte ihr Handy fester.

Er drängte sich an ihr vorbei, sagte abfällig: „Ich mach das nicht mehr lange mit."

Innerhalb von Sekundenbruchteilen hatte sie reagiert. „Stimmt!", hatte sie geantwortet, ihre Stimme brüchig vor Zorn, und er hatte sich überrascht zu ihr umgewandt.

Die Wut war so heiß und flammend in ihr aufgestiegen, dass er vor ihrem Gesichtsausdruck zurück gezuckt war. Aber da hatte sie ihm die Faust schon ins Gesicht geschlagen, hatte diesen Mund treffen wollen, der seit so langer Zeit nur noch Abfälliges zischte. Statt dessen hatte sie ihn auf das Kinn getroffen und er war rückwärts gefallen wie ein Stein. Die Kante des Handys brach ihren Daumen trotz der Handschuhe.

Vier Jahre Gehässigkeit hatten diese Konsequenz gefordert, gleich würde sie nachsehen, welche genau. Der Schmerz in ihrem Daumen war so stark, dass sie sich erbrach und dann sitzen blieb, bis es etwas besser ging. Dann betrachtete sie ihn. Eine Platzwunde am Kinn, sonst nichts. Außer dass er tot war. Sie war nicht einmal erschrocken, fühlte sich hellwach und glasklar. Irgendetwas in ihr schaltete auf Autopilot, übernahm die Steuerung. Sie würde keine Hilfe holen und niemanden informieren. Ein rascher Blick umher, kein Mensch draußen zu sehen. Immer noch mit Handschuhen zog sie ihm seine Liftkarte ab, steckte sie ein, nahm seine Geldscheine aus seinem Portemonnaie und stopfte sie in die Tasche ihres Skianzuges. Etwas in ihr schrie, dass es schnell gehen müsse, blitzschnell, was auch immer sie vorhabe, und es ging schnell, es dauerte nur knapp zwei Minuten.

Nur Sekunden später kam ein Pärchen um die Ecke gebogen und erkundigte sich bei ihr, wo die Halfpipe sei. Sie deutete auf die andere Seite und sagte, sie hoffe, dass man bei dem Schnee überhaupt etwas sehen könnte. Nur höchstens drei weitere Minuten, ehe sie wieder in der lauten, behaglichen Umgebung am Holztisch vor ihrem immer noch warmen Eierlikör mit Sahne saß. Es war ihr dritter und sie freute sich nicht nur an dem Geschmack, sondern auch an dem originellen Namen:„Wuff." Herrlich, so etwas konnte man auch noch bestellen, wenn man bereits hellblau war!

Ein viertes Getränk würde sie sich jetzt nicht leisten; es war viel zu wichtig, dass sie sich hineinversetzte in die Rolle der besorgten Ehefrau, deren Mann nicht kam. Zunehmend unruhig blickte sie auf ihr Handy, rief seine Nummer an. Keine Mailbox. Schickte wenig später eine SMS mit der Frage: „Kommst du nicht zur Hütte? Meld' dich doch mal!" Ging dann zur Tür, vorbei an ihren Tischnachbarn, mit denen sie sich zwanglos unterhalten hatte, und schaute rasch nach draußen.

Als sie zurückkehrte, erklärte sie: „Mein Mann kommt nicht. Er hätte schon längst hier sein wollen und über das Handy erreiche ich ihn auch nicht. Was mach ich denn jetzt?"

Es fiel ihr leicht, mit den vier Männern und der Frau neben ihr ins Gespräch zu kommen, sie waren etwa in ihrem Alter und offen für eine Unterhaltung, sie erzählte kurz von Philipps unseliger Knieverletzung. Alle hielten es für das Sinnvollste, bei dem Wirt eine Nachricht für ihren Mann zu hinterlassen, falls er noch käme, und dann zur Pension zu fahren. Wahrscheinlich sei er dort geblieben. Auf das Angebot, sie zur Pension zu begleiten, ging Natascha nur zu gerne ein. Die steile Abfahrt machte ihr sogar Spaß, reinigte sie, kühlte ihre Stirn.

In der Pension blieben ihre neuen Bekannten so lange an ihrer Seite, bis eins der drei gestrigen Pärchen vorbeikam, das sie gleich in die Beratung ihres weiteren Vorgehens einbezog.

Sie brauchte ein lückenloses Alibi, zeigte sich hilfloser als sie war.

Ihren Hütten-Begleitern dankte sie aufrichtig und verabschiedete sie mit den Worten: „Ich komme morgen zur Hütte und erzähl, wo er war, ja? Danke für die Begleitung, das war sehr nett!", schaute kurz in ihr Zimmer und teilte dem vor der Tür wartenden Pärchen mit, dass sie sich jetzt wirklich Sorgen machte.

Herr Lederer wurde informiert, in der Sauna nachgeschaut, nirgends eine Spur von Philipp. Und draußen wurde es immer eisiger. Dass er über Kniebeschwerden geklagt hatte, hatte sie auch hier erwähnt, aber sie beschloss, dass sie außer immer wieder zwischendurch zu versuchen, ihn auf seinem Handy zu erreichen, lieber weniger besorgt wirken wollte. Man würde erst nach ihm suchen, wenn sie dies forcierte.

„Vielleicht unternimmt Philipp eine kleine Hüttentour irgendwo", sagte sie zu der kleinen, zwanglosen Gruppe, die sie für den Abend auf Bier und Kartenspiel eingeladen hatte, „er hatte ein bisschen die Nase voll von mir in den letzten Tagen..."

Keiner mochte direkt darauf eingehen und so blieb sie bis zwei Uhr in der stetig fröhlicher werdenden Runde und fühlte sich selbst relativ entspannt. Sie ließ sich in regelmäßigen Abständen zu ihrem Zimmer begleiten, nie war er da. Auch als sie schlafen gehen wollte, erfuhren ihre Begleiter, dass Philipp immer noch verschollen war. „Hoffentlich hat er morgen einen Kater", sagte sie,„ als Strafe, dass er nicht mal anruft, wo er bleibt!" In der Nacht war es schwer, sie fand nur bruchstückweise Schlaf. In ihren Träumen sah sie sein stilles Gesicht, fühlte sich zäh und wie unter Wasser. Konnte nicht verdrängen. Und ihr Daumen tat sehr weh.

Als sie um neun zum Frühstück wollte, sah sie eine Polizistin an der Rezeption. Ihr Kollege sprach gerade mit Herrn Lederer. Die Beamtin war schön. Einfach schön. Sie wirkte knisternd lebendig, Natascha beneidete sie um den Schwung ihres Rückens, den kleinen, blonden Pferdeschwanz und sofort fühlte sie sich unattraktiv.

„Mugel“ hatte Philipp sie manchmal genannt, halb Mensch, halb Kugel. Die Erinnerung tauchte auf an seine Frage: „Hast du eine unsichtbare Badekappe auf?“, wenn sie das Haare waschen einmal einen Tag zu lange hinausgeschoben hatte. Sein höhnischer, leiser Applaus zu tausend Gelegenheiten.

Sie bemerkte, dass sie die Luft angehalten hatte und rief sich zur Ordnung. „Befürchte, sie sind wegen Philipp da. Sorg' dich, sei aufgeregt“, lautete ihr selbst verfasstes Drehbuch. Sie fühlte den dunklen Blick des Polizisten auf ihr ruhen. Er war kompakt, stämmig, stark. Eine Liedzeile von Ulla Meinecke flog ihr durch den Sinn: „...mit brennend braunen Augen, die haben viel gesehen und sind trotzdem jung...“

Die Polizisten stellten sich ihr vor, sie kamen von der Polizeiinspektion Freyung, die Schöne hieß Carolin Reuter, der Dunkle Lukas Unterrainer. Ihr Händedruck war fest, seiner sanft. Sie stöhnte leise auf und krümmte sich, weil Unterrainers Hand gegen ihren Daumen gestoßen war; murmelte etwas von einer Verstauchung.

Sie hatten Philipp gefunden, teilten ihr mit, dass es ihnen sehr leid täte. Ihr Mann sei unweit von der Straße im Gebüsch gefunden worden. Niedergeschlagen und getötet oder bewusstlos geschlagen und erfroren. Sie würden bald Genaueres wissen. Vielleicht ein Raubmord.

Natascha war wie betäubt. Alles war so real, er war unwiederbringlich tot, hatte vielleicht noch eine Weile gelebt, würde nie wieder zärtlich sein, nie wieder herablassend. Er hatte vielleicht noch gelebt. Sie hatte ihn nicht getötet vielleicht. Nicht durch den Schlag. Aber danach. Sie hätte sich vergewissern müssen. Hätte Philipps Puls fühlen müssen. Vielleicht hätte sich alles zum Guten gewendet, irgendwann. Seine Zuneigung wäre wieder aufgelebt. Jetzt würde er nicht mehr atmen. Nie mehr. Nun kam das Zittern. Dies war kein Schauspiel, sie weinte haltlos.

Als sie ihn identifizieren musste, war es ein Schock. Er sah aus wie in ihren Träumen. So still sein Gesicht. Sie fühlte sich schwach, klebrig vor Schuld, klammerte sich am Arm der Polizistin fest, musste würgen. Nahm danach dankbar den Kaffee, den diese ihr reichte und fand Trost in dem blauen, sanften Blick der Beamtin. Alles, was sie den Beamten erzählt hatte, wurde später von Zeugen bestätigt. Sogar das Pärchen, das die Halfpipe gesucht hatte, hatten sie ausfindig gemacht. Alles was sie gesagt hatte, war stimmig. Die Knieverletzung, seine Kränkungen. Sie war nur ganz kurz außerhalb der Hütte gewesen, hätte in dieser Zeitspanne garantiert nichts tun können. Hatte ihren Mann versucht anzurufen, sich offensichtlich gesorgt, war keine Sekunde ohne Begleitung gewesen. Bis gegen zwei Uhr nachts nicht, zwischendurch hatte sie immer wieder gebeten, ob jemand mit ihr zum Zimmer gehen und nachschauen könnte, ob Philipp zurück sei.

Der Pensionswirt hatte lange gesprochen mit dem Polizisten mit dem dunklen Blick. Dessen Blick wurde nicht heller, wenn er auf ihr ruhte, während alle anderen geschmolzenes Mitleid waren, auch die junge Polizistin, die sie dann noch um Erlaubnis bat, das Zimmer durchsuchen zu dürfen, was ihr selbstverständlich recht war.

Es war Unterrainer, der ihr später die Ergebnisse der Untersuchung unterbreitete, das Reden übernahm.

„Ihr Mann starb nicht durch den Schlag ans Kinn, auch nicht durch den Aufprall auf dem Hinterkopf. Er erfror, weil er bewusstlos war. Zudem befanden sich an seinem Körper leichtere Stoßverletzungen.“ Er schaute sie weiterhin ruhig an, musterte ihr rundes Gesicht.

„Die war's nicht. Zu sanft, zu gefällig, zu unauffällig“, dachte er, „sie hat nichts Aggressives. Rundlich, vernachlässigt. Unglücklich mit ihrer Figur. Könnte besser aussehen, wenn sie sich Mühe geben würde. Nacktes Gesicht, nicht die leiseste Spur von Make-up. Sie will nicht auffallen. Irgend jemand hat ihr Selbstbewusstsein genommen und sie hat sich's noch nicht zurück geholt."

Seine Gedanken wanderten weiter zu seiner Frau. Lisa hatte eine ihrer geliebten Statistiken erstellt, sie mit Bleistift auf die Fensterbank geschrieben, weil gerade kein Blatt zur Hand war. 87% aller Morde wurden vom Partner begangen, so lautete ihr Fazit. Grundlage ihrer Erkenntnisse waren die fünf Mordfälle, die er in den letzten beiden Jahren gelöst hatte. Bei einem davon war es nicht der Partner beziehungsweise die Partnerin gewesen. Er musste ein Grinsen unterdrücken, als er an Lisas Erklärungsmodelle dachte, mit denen sie ihre errechneten 87% hartnäckig und fantasievoll gegen seine vorgeschlagenen 80% verteidigte.

Er räusperte sich. „Ruhen Sie sich aus, Frau Zinser. Lassen Sie uns aufhören für heute. Es ist aber wichtig, dass Sie hierbleiben und erreichbar sind. Könnten Sie morgen um 12 Uhr ins Präsidium kommen, damit wir noch offene Fragen klären können?"

Natascha nickte und senkte den Kopf, erwiderte, dass sie da sein würde.

Sein Händedruck war wieder sanft, sein Abschiedsgruß klang freundlich, beides beruhigte sie irgendwie. Innerlich hatte sie Abschied genommen von Philipp in der Nacht. Hatte geweint, gegrübelt, sich versucht zu erinnern, wie alles begonnen hatte, die schleichende Entfremdung bis hin zu seiner tödlichen Verachtung. Ihre Mutter hatte ihn nie gemocht.

„Er schaut dir nicht gut in die Augen, mein Kind", hatte sie gesagt, „er sieht dich nicht genug. Und es wird noch weniger werden. Sieh ihn dir gründlich an, bevor du Ja sagst."

Genau das hatte sie nicht getan, war zu begeistert gewesen, dass der gutaussehende Philipp, der jede hätte haben können, ausgerechnet sie wollte! Und dann war unmerklich sein Überschwang abgeflaut, hatte sich eine Art Ermüdung eingestellt. Daran waren ihr Übermut, ihr Lachen zugrunde gegangen. Sein wachsendes Desinteresse hatte sich über ihr Leben gebreitet und jeden Schwung erstickt. Sie hatte dieser Entwicklung zu wenig entgegensetzen können, war zu wenig selbstbewusst gewesen, hatte nur Trost in langen Abenden auf der Couch und in Gängen zum Kühlschrank gefunden. Ihre Mutter hatte recht gehabt. Er hatte sie nicht mit guten Augen gesehen.

Um 8 Uhr am nächsten Morgen war Unterrainer der erste am Lift. Er tat das, was er immer tat, ging alle Wege, die Verdächtige gegangen waren, ließ alle Eindrücke auf sich wirken, seine Gedanken schwebten müßig umher, spielten miteinander, hinterließen spinnwebfeine Spuren in ihm, die darauf warteten, dass er ihnen folge. Verdammt schön war es hier. Abseits der Pisten lag der schneebedeckte Wald in der Morgensonne, schroffe, zerklüftete Felsen überall, wie von Riesen festgestampft. Hieß ja auch Sonnenhang. Vor der Geißkopfhütte eine junge Bedienung, die ein großes Vogelbecken mit Wasser füllte.

„Servus", grüßte er, „was machens denn da? Hier hats doch genug Wasser für die Vögel?"

Sie lachte: „Das is für die Hunde, die wer'n oft mitgnomme herauf."

Mit einem kleinen Winken eilte sie wieder in die Hütte und Unterrainer sah ihr schmunzelnd nach. Ob sie auch die Eiszapfen am Dach ordentlich entfernte? Auf der einen Seite waren jedenfalls keine. In der Hütte trank er einen Kaffee, aß eine kleine Auszogne, unterhielt sich auch heute kurz mit dem Wirt und der Bedienung und lehnte bedauernd ein Schmankerl ab. Dann fuhr er mit dem Sessellift wieder ins Tal, denn er hatte heute freinehmen müssen bis 12 Uhr, hatte einen Termin mit Lisa. Kurze Zeit später saß er brav im Auto und begleitete Lisa zu ihren Eltern. Seine Schwiegermutter war hellwach, aber sein Schwiegervater litt an starker Demenz. Es fiel Unterrainer schwer, sich mit dieser Krankheit auseinanderzusetzen, nie wusste er so recht, was er mit seinem Schwiegervater anfangen konnte. Lisa dagegen ging dies leicht von der Hand. Sie spielte mit ihrem Vater „Ratterbahn“: Zwei selbst genähte Purzelmänner aus einer kleinen Papprolle und Filz, mit Gesichtchen und Zipfelmütze absolvierten auf der Ratterbahn, einer Schräge aus Legosteinen, einen Purzelbaum nach dem anderen, weil in ihrem Kopf eine Murmel war, die die Bahn hinabrollte. Sah niedlich aus.

Unterrainer grinste und spielte mit. Er half, die Filzpüppchen vorsichtig oben auf die Bahn zu legen und freute sich gemeinsam mit seinem Schwiegervater über ihre Turnkünste. Fast war er ein bisschen unglücklich, als sein Schwiegerpapa ein Purzelmännchen vorsichtig mit dem Finger die Bahn hinunter schob. Wieder und wieder. Der andere Purzelmann saß da und lachte Unterrainer aus.

Der sprang auf wie von der Tarantel gestochen, küsste schnell und wahllos seinen Schwiegervater, Lisa, den Hund, die Haushälterin und seine Schwiegermama auf die Wange, wusste, dass er wegen der Reihenfolge noch in schweren Erklärungsnotstand geraten würde, schrie: „Ich hab's!“, und war weg.

Lisa würde verstehen. Sie verstand alles. Sondereinsätze, seine edle männliche Psyche, alles. Noch im Sprung hinter den Fahrersitz rief er Reuter an, brüllte: „Carolin, treffen uns im Präsidium, halbe Stunde. Besorg' dir einen Durchsuchungsbefehl, bitte, bring ihr Handy mit, irgendwie!“, und fuhr los.

Das Radarfoto später zeigte ihn mit fast ausgerenktem Unterkiefer und fröhlich, so dass Lisa ihn hocherfreut fragte, ob er exzessiv Kaugummi gekaut hätte oder sehr laut gesungen. Er hatte gesungen! Und wie. Und Grund dazu gehabt.

Als Natascha um 12 Uhr auftauchte, bot er ihr eine dicke Jacke an, die sie ablehnte.

„Bitte ziehen Sie sich warm an, Frau Zinser. Meine Kollegin und ich möchten gern jetzt mit Ihnen zur Geißkopfhütte hochfahren."

Natascha fror innerlich trotz der Sonne, aber sie wusste, dass sie einen klaren Kopf behalten musste. Unbedingt. Es gab keine Zeugen, niemand konnte ihr etwas nachweisen, es existierten keine Fakten, die gegen sie sprachen.

Unterrainer sah sie an. Sie hielt seinem Blick stand.

„Da", dachte er, „da war es. Ein Anflug von Triumph in ihren Zügen. Von wegen zu sanft, zu gefällig."

Natascha fuhr alleine im Sessellift, Frau Reuter saß neben ihrem Kollegen, beide unterhielten sich für sie unhörbar.

Unterrainer ging zielstrebig auf die Hütte zu, verharrte dann ungefähr an der Stelle, an der sie Philipp niedergeschlagen hatte.

Leise sagte er:„ Herr Lederer hat mir berichtet, wie abfällig Ihr Mann Sie behandelt hat. Die drei Paare aus der Pension haben das bestätigt. Sie waren zu seinem Todeszeitpunkt nicht allein, konnten unmöglich nach unten fahren, Ihren Mann töten und dann wieder mit dem Lift nach oben fahren. Es sieht aus wie ein zufälliger Raubmord."

Sie nickte und putzte sich die Nase.

„Wir haben uns kundig gemacht", fuhr Unterrainer fort, „niemand hat Ihren Mann hier oben gesehen. Bloß gibt es etwas Merkwürdiges an der Geschichte. Nirgends gibt es eine Liftkarte."

Natürlich nicht; die war in kleinen Fetzen in der Geißkopfhütten-Toilette gelandet.

„Es gibt ein leeres Vogelbecken in dieser Geschichte. Und es gibt keinen einzigen Eiszapfen hier an dieser Seite des Hüttendachs."

Natascha zuckte die Schultern. Ihr Blick war teilnahmslos.

„Interessant finde ich auch, dass hier verscharrtes Erbrochenes liegt. Nach Knochenbrüchen übergibt man sich häufig.

Sie sind mit Ihrer Handverletzung zu keinem Arzt gegangen, schonen aber Ihre Hand. Vielleicht war der Knochenbruch sekundär für Sie, trotz der Schmerzen. Vielleicht gab es Dringlicheres."

„Was erzählen Sie mir denn da von Vogelbecken und Eiszapfen", sagte sie leise, „mein Mann ist umgebracht worden! Hören Sie auf, sich merkwürdig zu benehmen und finden Sie den Täter!"

„Das tue ich gerade", erwiderte Unterrainer, „ich erzähle Ihnen nur ein paar meiner Gedanken. Hier könnte man gut einen Körper wie auf einem Schlitten den Berg hinabrutschen lassen. Die Leiche würde viel weiter weg vom Tatort und sehr viel später erst gefunden. Verstehen Sie jetzt, warum wir uns über die Stoßverletzungen, die Vogeltränke und die Zapfen wundern?"

„Vögel trinken Vogelbecken leer. Wirte vergessen, sie aufzufüllen. Kinder brechen Eiszapfen ab. Hat denn jemand seine Skier oder einen Schlitten vermisst? Oder wurden Skier oder ein Rodel bei Philipp gefunden?", fragte Natascha.

„Gedemütigte Ehefrauen könnten so abgrundtief traurig werden, so die Nase voll haben von Kränkungen und Beleidigungen, dass ihnen die Sicherung durchbrennt", entgegnete Unterrainer ruhig, ohne auf ihre Fragen einzugehen, „sie könnten das Eis aus einem großen, flachen Vogelbecken wie einen Schlitten unter Gesäß und Rücken ihres niedergeschlagenen Ehemannes schieben, könnten dicke Eiszapfen unter seine Knöchel, Kniekehlen, Oberschenkel, Arme, Nacken legen und dann kräftig anschieben. Der Hang ist lang und steil. Der Ehemann würde ein paar Knuffe abbekommen, wenn er am Ende der Piste im Unterholz landet. Der Eisschlitten und die Zapfen würden irgendwo am Rand der Piste liegen; sie würden keinen Verdacht erregen. Aber das Opfer könnte dort erfrieren. Ohne aus seiner Bewusstlosigkeit erwacht zu sein. Und niemand wüsste, dass er je an der Hütte gewesen ist."

Natascha lachte hell auf und schüttelte verächtlich den Kopf. Selbst in ihren eigenen Ohren klang das Lachen ein wenig schrill. Carolin Reuter schaute sie an und schwieg.

Dann fragte sie: „Und die Liftkarte?"

„Die könnte die Ehefrau vernichtet haben, weil so niemand wissen würde, dass der Ehemann tatsächlich zu ihr auf den Berg gekommen ist?", schlug Natascha vor. Sie wusste, dass es keine Spuren gab. Der Schnee und das Eis hatte ganze Arbeit geleistet.

Unterrainer nickte. „Das einzige Problem ist Ihr Handy. Frau Reuter hat es vorhin aus Ihrem Zimmer genommen, bevor wir uns getroffen haben. Sie haben es sicher gesucht."

Das hatte sie tatsächlich.

„Wenn man so stark mit einem Handy in der Hand zuschlägt, kann man sich dabei den Daumen brechen. Dann kann es sein, dass man sich übergibt. Man sollte das Handy aber schon noch einmal kontrollieren. Vielleicht hat man beim Zuschlagen versehentlich ein Foto geschossen?"

Natascha schaute ihn entsetzt an.

„Oder eine Sprachnachricht aufgenommen", ergänzte Reuter, „Sie haben ja Whatsapp und wir haben Profis im Revier, die jedes Handy knacken können."

Unterrainer richtete seinen ernsten Blick auf sie, entsperrte Nataschas Handy und drückte eine Taste.

Philipps Stimme:„s nicht mehr lange mit."

Ihre: „Stimmt!"

Würgegeräusche, Klirren. Keuchen.

Unterrainers Stimme:„Ihr Mann war hier oben. Genau hier. Den genauen Zeitpunkt zeigt die Nachricht an. Der Liftboy erinnert sich an Ihren Mann, weil er so ziemlich der einzige war, der ohne Skier nach oben wollte. Und es war wenig Betrieb. Sie sind verhaftet, Frau Zinser. Sie brauchen einen Anwalt."

BRIGITTE GRUBER

aus Heilbronn
* 1965
Projektmanagerin in
einer Kunstgalerie

Marie Schnell lebt auf einem kleinen Bauernhof. Schon während ihrer Schulzeit begann sie Geschichten zu schreiben. So konnte sie 2012 mit *Falten* einen der dritten Preise und 2013 mit *UnEndlichkeit* einen der ersten Preise jeweils im Literaturwettbewerb des Jungen Literaturforums Hessen- Thüringen entgegennehmen. Die Texte wurden in der Anthologie Nagelprobe 30 bzw. 31 veröffentlicht. Für den Ralf-Bender-Preis schrieb sie ihren ersten Kurzkrimi.

DER NEBELMÖRDER VON PASSAU

November 1662

Sie wusste, dass es gefährlich war. Aber trotzdem musste sie durch diese verdammt engen Gassen hindurch, um nach Hause zu kommen. Sie stolperte und im gleichen Moment schlug vom Stephansdom die Nachtglocke mit zwölf Schlägen die Mitternachtsstunde an. Sie hasste diese Novembernächte voller Nebel, wenn das Hafenviertel zum Labyrinth wurde. Höllisch aufpassen musste man, um nicht verloren zu gehen. Ihre Hände zitterten, ihr Herz pochte wie wild. Der Nebel war so dicht, dass die schmiedeeisernen Laternen oben an den Häuserfassaden vergeblich versuchten, die graue Dunkelheit zu durchdringen. Sie sah fast nichts, hatte die Arme nach vorne gereckt, um den Weg mehr zu ertasten als mit den Augen zu erkennen. Als plötzlich ein Mann wie aus dem Boden gewachsen vor ihr stand. Sein Gesicht war eigentümlich verzerrt und es war etwas so furchtbar Böses in seinem Blick, das sie zutiefst erschreckte. Und wie er so vor ihr stand und mit den Händen nach ihren Schultern griff, blieb ihr der Schrei im Hals stecken.

Am nächsten Morgen wurde das erste Opfer des Nebelmörders, das siebzehnjährige Serviermädchen Sofie Huber flussabwärts im Schilf gefunden. Treidler zogen ihren leblosen Körper aus dem eiskalten Wasser und legten sie vorsichtig auf die Uferböschung. Einer der Männer rannte los, um den Leichenbeschauer zu holen. Die anderen standen stumm und hielten angemessenen Abstand zu dem Mädchen. Wie sie so dalag, mit ihrem zerrissenen Unterkleid, der durchschnittenen Kehle und dem kalkweißem Gesicht bot sie einen solch gotterbärmlichen Anblick, dass die derben Mannsleute die Hände ineinander falteten und ein Stoßgebet zum Himmel schickten.

Als fünf Tage später erneut der Nebel langsam aus der Ilz, dem Inn und der Donau kroch, ging die Angst um und niemand blieb unnütz auf seinem Weg stehen. Als es dann Abend wurde und der Nebel zum Schneiden dick war, eilte jeder der sein Tagwerk vollendet hatte nach Hause, verriegelte die Türen hinter sich und lauschte nach draußen.

Nicht so im Hause der noblen Familie Lehnstein. Die Herrschaften der einundzwanzigjährigen Eva Kürschner hatten an diesem Abend Gäste zu Tisch gebeten und ein ausgiebiges Festmahl mit Wildkarpfen und Zander servieren lassen. Die junge Küchenmagd stand im grauen Leinenkleid vor dem Waschstein und schrubbte mit Eisenwolle über den letzten verkrusteten Rest von Erbsenbrei, spülte mit klarem Wasser nach und trocknete den Dreifußtopf mit einem blütenweißen Geschirrtuch aus. Ihre Wangen glühten und unter ihrer Kochhaube krochen rötliche Haarspitzen hervor, die sich im heißen Dunst zu lustigen Kringeln rollten. Sie wischte sich den Schweiß von der Stirn, band ihre Schürze ab, lugte mit besorgtem Gesicht aus dem Küchenfenster hinaus in die graue Dunkelheit und schlich dann zögernd zum Dienstbotenausgang hinaus in die Rosengasse. Mit dem Rücken zur Hauswand schaute sie zunächst nach allen Seiten, schluckte schwer und ging dann mit hastigen Schritten los.

Als der Nebel sie vollkommen umhüllte, war es als ob all ihre Sinne bis auf Äußerste geschärft seien. Von fern wie durch Watte hörte sie das Klappern von Hufen, die quietschenden Räder eines Fuhrwagens und die Peitschenhiebe eines Kutschers. Sonst herrschte eine fast unerträgliche Stille in der alten Stadt. Als eine Ratte plötzlich ihre Füße streifte, schrie sie mit erstickter Stimme auf und rannte kopflos in eine Seitengasse.

Zur gleichen Zeit ruderte der Fährmann mit langsamen, aber kräftigen Zügen durch die Wellen der Donau vom Anger herüber zum Donaukai. Er hielt immer wieder inne und lauschte. Denn er wusste, dass die größte Gefahr für Schiffe in starkem

Nebel der Zusammenprall mit anderen war. Einmal hatte er deshalb sein Boot verloren und war nur knapp Gevatter Tod von der Schippe gesprungen. Seit diesem Tag war er vorsichtig geworden. Wieder lauschte und stierte er in die wallenden Nebelmassen. Kaum konnte er die Hand vor Augen sehen. Alles war still, nur das gleichmäßige Rauschen der Wellen war zu hören. Er war alt und erfahren, aber jetzt war er doch froh, als das Heck mit einem Poltern am Ufer landete. Das Boot schaukelte und ein Schwall kaltes Wasser schwappte auf den einzigen Passagier.

Aber der saß wie versteinert in der Mitte des Kahns und blickte finster auf die im Nebel versunkene Stadt. In der Innentasche seines schwarzen Mantels trug er gut verwahrt sein messerscharfes Beil und den Lohn seiner heutigen Arbeit. 300 Silbertaler hatten ihm die Hinrichtung des in Grafenau geborenen Raubmörders Wolfram S. eingebracht. In seinen Ohren meinte er immer noch die Armsünderglocke zu hören, die vom Anfang bis zum Ende der Hinrichtung geläutet hatte.

Die ganze Handlung von der Vorführung des Verurteilten bis zur vollendeten Hinrichtung dauerte zwei Minuten, von der Übergabe an ihn bis zur Trennung des Kopfes 25 Sekunden. Vor seinem inneren Auge spielte sich die Szene immer wieder von neuem ab. Immer und immer wieder strömte das Blut und er bemerkte nicht wie der Fährmann ans Ufer sprang und das Tau um den Poller legte.

„Aussteigen Neidhardt! Sonst geht es wieder zurück!“

Ein Zucken, wie ein Erwachen aus tiefem Schlaf lief durch den massigen Körper des Mannes und im nächsten Augenblick räusperte er sich, griff er nach seinem spitzen Filzhut, setzte ihn auf seinen wilden Haarschopf und erhob sich. Der Kahn schaukelte, aber mit sicheren Schritten sprang er ans Ufer, zog ein paar Münzen aus der Tasche, warf sie dem Fährmann ins Boot, hob wortlos die Hand zum Gruß und verschwand.

Der Fährmann stand und wartete auf einen neuen Fahrgast.

Dabei schüttelte es ihn vor Kälte, seine alten Knochen spürten die Feuchtigkeit und das Rheuma meldete sich mit Schmerzen. Jetzt zog er seine wollene Mütze tiefer über die Ohren und stapfte von einem Fuß auf den anderen. Und während er so stand, neben ihm das Wasser rauschte und er seinen Gedanken nachhing, tauchte eine struppige Ratte wie aus dem Nichts direkt vor seinen Füßen auf. Sie drehte sich im Kreis, biss in ihren eigenen Schwanz und verschwand wieder so plötzlich wie sie aufgetaucht war. Und obwohl der Fährmann schon an die sechzig Jahre zählte, überlief ihn ein Schauer und seine Haut überzog sich mit Gänsehaut.

„Fährmann hol über!“ hallte es plötzlich vom anderen Ufer herüber und er schwor sich, dass dies seine letzte Fahrt in dieser Nacht sein würde. So sprang er also in seinen Kahn und ruderte los. Aber noch bevor er das andere Ufer erreicht hatte, hörte er einen gellenden Schrei. Er hielt die Luft an und lauschte. Stille. Keine Stimmen, kein Schreien mehr, nur noch Stille und das Rauschen der Wellen.

„Oh Gott – wer schreit denn so entsetzlich?“, dachte zur gleichen Zeit ein junger Mann, der ein Reisebündel am Buckel trug und verzweifelt herumirrte und das Gasthaus „Zum Güldenen Anker“ suchte. Er fasste sich ein Herz und rannte in die Richtung, aus der der Schrei gekommen war. Und er fand ein Mädchen, nur wenige hundert Meter entfernt, in einer Seitengasse, mit verrenkten Gliedern am Boden liegend. Die Küchenmagd Eva Kürschner röchelte und zuckte wild mit den Beinen, als sich der junge Mann über sie beugte, hörte er das Todesrasseln.

Sofort begriff er die Lage: „Ganz ruhig! Alles…wird gut!“

Sie sah ihn mit schreckensweiten Augen aus einem kalkweißen Gesicht unter ihrer weißen Haube hervor an. Aus ihrem Hals pulsierte das Blut in immer langsamer werdenden Stößen. Sie wollte ihm etwas zuflüstern, aber ein Schnitt quer über ihren schlanken Hals hatte sie zu schwer verletzt.

Ihr blieben nur noch wenige Sekunden.

„Vater unser im Himmel…“, begann der junge Mann zu beten, als er im gleichen Moment an den Schultern gepackt und in die Höhe gerissen wurde.

„Hab ich dich! Du Schurke...auf frischer Tat ertappt!“, fauchte eine dunkle Stimme.

„Schschscht…geheiligt werde dein Name…“, die Augen des Mädchens drehten nach oben und ihr Kopf kippte zur Seite.

„Du bist der Mörder!“ fauchte die dunkle Stimme.

„Nein, nein. Unsinn!“ Der junge Mann riss sich los, kniete sich wieder nieder und drückte der jungen Frau sanft die Augenlider zu. Und murmelte: „Amen.“

„Dafür wirst du hängen!“

Bei diesen Worten drehte sich der junge Mann um, schaute dem Mann zum ersten Mal ins Gesicht. Es lief ihm eiskalt den Rücken hinunter. Über ihm stand ein Mann in Henkerstracht, der vor Zorn sprühte und wild entschlossen schien. Zwischen beiden Händen spannte er eine kurze Doppelschnur aus Hanf, die sehr weich und eingeseift war.

„Äh, langsam, langsam…ich weiß nicht mal wie das Fräulein heißt…ich habe sie nur gefunden! Wir sollten nach der Polizei rufen!“

Aber der Henker Kaspar Neidhardt packte ihn blitzschnell am Nacken, riss ihn in die Höhe und schob ihn mit brutaler Gewalt vor sich her. Der junge Mann schaute verzweifelt nach links und rechts, kein Mensch schien noch unterwegs zu sein.

„Ich brauche Hilfe! Aber ganz ganz schnell!“, schrie es in seinem Hirn. „Oh Herr hilf mir!“

Er spürte Neidhardts feuchte schnelle Atemzüge im Nacken. Dicht an seinen Ohren vernahm er nie gehörte bitterböse Flüche. Mit ruckartigen Bewegungen versuchte er, sich aus Neidhardts Griff zu befreien, aber dessen Kraft war übermächtig.

Nur wenige Atemzüge später stieß Neidhardt den jungen Mann in eine nur schulterbreite Gasse hinein. Dort roch es nach altem Fisch und Unrat. Die Häuser standen eng, schief und halb verfallen. Die Mauern feucht von unzähligen Hochwassern. Plötzlich hörten sie die Klänge einer Mundharmonika und sahen ein fahles Licht hinter schmutzigen Fenstern. Sie standen vor einem besonders schiefen Haus.

Über der Tür hing ein halb verwittertes Holzschild: *Spelunke zum alten Kapitän.*

Als Neidhardt die Tür aufstieß, schlug ihnen der Geruch von Grutbier entgegen.

„Schaut alle her: So sieht der Nebelmörder aus! Ich hab ihn erwischt! Auf frischer Tat! Die Leiche ist noch warm!"

Es wurde totenstill im Raum, der niedrig war und düster. Der Boden schmierig vor Dreck. Von der Decke hingen Netze mit gewaltigen Fischzähnen darin. Überall an den Wänden Seemannsknoten, Flaschenschiffe und an die Wand genagelte Kapitänsmützen. An den Tischen saßen Matrosen, Treidler, Handwerksburschen und ein halbes Dutzend leichtbekleideter Damen, die im schummrigen Licht eng auf den Männern saßen. Alle starrten auf die Beiden im Türrahmen.

Der junge Mann wurde sich mit einem Schlag bewusst, dass er Blut an seinen Kleidern hatte. Dunkelrot und frisch. Er zog den Atem zischend ein und versuchte mit schnellen Bewegungen die Flecken abzuwischen:

„Äh...Das Blut ist dem Mädchen aus dem Hals gespritzt...als ich...ihr helfen wollte...ehrlich...sie war schon verwundet...ich war es nicht!"

„Den Schrei haben wir alle gehört!" sagte der Wirt und schaute in die Runde.

Ein Mädchen stand auf: „Das ist der Nebelmörder! Immer schneidet er die Kehlen durch!", schrie sie und warf ihren Kelch mit voller Wucht auf den jungen Mann.

Ein Raunen ging durch die Spelunke, die Männer standen von ihren Stühlen auf und schwankten näher. Die Hände zu Fäusten geballt. Der junge Mann bebte am ganzen Körper.

Kurz vor Morgengrauen suchte sich eine betrunkene Rotte, an deren Spitze ein massiger Mann mit spitzem Filzhut wankte, ihren Weg von der unteren Donaulände über die Höllgasse bis hin zur Milchgasse ins Scharfrichterhaus. Unter lautem Gegröle schleiften sie ein Bündel an Mensch zwischen sich am Boden entlang. Halbtot und bewusstlos von unzähligen Schlägen.

Im Keller dann warfen sie ihn in eine winzige Arrestzelle, die ein Überbleibsel des berüchtigten Prislig-Gefängnisses war. Eine uralte Holzpritsche, ein wackliger Tisch und ein dreibeiniger Stuhl, samt rostiger Wasserschale und Eimer. Von außen mit Schloss und Riegel verschließbar. Alles was der junge Mann noch spüren konnte waren Schmerzen und die kalte Feuchtigkeit schimmelnder Mauern.

Kurz nachdem die Tür ins Schloss gefallen war, hörte er das freudige Fiepen der Ratten, die ohne Zögern über ihn herfielen. Am Morgen dann, als der Nebel sich langsam lichtete, fand die Polizei direkt neben der toten Küchenmagd das Reisebündel des jungen Mannes, der in der Mordnacht laut Zeugenberichten im Hause des Scharfrichters Neidhardt verwahrt worden war. Unverzüglich begab sich die Polizei dorthin, um den Mordverdächtigen abzuholen. Als aber die beiden Polizisten die Zelle öffneten, fanden sie den jungen Mann tot, mit weit aufgerissenen Augen am Boden liegend vor.

Am selben Tag noch karrte Neidhardt die grausam zugerichtete Leiche zum Marktplatz, wo die Passauer Bürger unter Jubelrufen die Verbrennung des Nebelmörders feierten. Junge Frauen tanzten und hüpften übermütig, drehten sich im Kreis, froh und befreit.

Und als am Abend wieder der feuchte Nebel langsam über die Flüsse waberte, übers Ufer hinauskroch und sich wie ein Dieb in die Gassen schlich, fürchtete sich niemand mehr.

Auch die neunzehnjährige Näherin Anna Bader nicht. Sie setzte den letzten Stich am Ausschnitt des Hochzeitskleides, das am nächsten Morgen die Tochter des Goldschmieds abholen wollte. Zufrieden betrachtete sie ihre Arbeit. Dann warf sie ihren wollenen Umhang über, zog die Ladentür hinter sich zu, drehte zweimal den Schlüssel im Schloss um, rüttelte nochmal am Türgriff und trat dann leichtfüßig in den Nebel hinaus.

„Ach“, dachte sie, „wenn der Hans sich endlich ein Herz fassen und mich fragen würde! Ich würde mein eigenes Meisterstück nähen. Die schönste Braut wäre ich mit dem schönsten Gewand! Alle würden staunen!“

Sie lächelte vor sich hin und stolzierte als ob elegante Hochzeitsschuhe ihre Füße schmücken würden. Selbst als sich mit dumpfen und schnellen Schritten jemand von hinten näherte, ahnte sie noch nichts.

Der Fährmann hörte wenige Atemzüge später ein lautes Klatschen, ähnlich einem Schwan, wenn er mit den Flügeln beim Losfliegen auf die Wasseroberfläche schlägt.

„Aber es ist doch tiefe Nacht“, dachte er bei sich, „da fliegt doch kein Schwan mehr…vielleicht hat jemand Unrat in den Fluss geworfen?“

Das spurlose Verschwinden der jungen Näherin brachte zunächst niemand in Verbindung mit den Morden im Nebel. Als jedoch nur vier Tage später wieder der gellende Schrei eines Mädchens durch die Gassen von Passau hallte, sollte alles anders kommen. Luisa, die erstgeborene Tochter des Schuhmachers, lag in ihrem warmen Bett, als mitten in der Nacht der Vater an ihren Schultern rüttelte:

„Lauf so schnell du kannst ins Sankt-Johannis-Spital. Gib diesen Zettel dem Doktor. Schnell! Lauf!“

Die neunte Niederkunft der Mutter war seit Stunden in vollem Gange, aber nichts war wie sonst. Luisa stieg hastig aus ihrer Kammer die Holzstiegen hinab und spürte an der beklemmenden Stille im Haus, dass die Mutter in großer Gefahr schwebte. Sie streifte den Mantel über das Nachthemd, schlüpfte in die Schuhe, ohne sie zu binden und rannte los.

Durch die nebligen Gassen, kopflos, voller Sorge, meinte in ihren Ohren die Mutter wimmern zu hören, als sie plötzlich mit einem Mann zusammenstieß. Luisa fiel der Länge nach auf den Boden, blieb für den Bruchteil einer Sekunde liegen, sprang flink wieder auf die Beine und stammelte: „Verzeihung der Herr!"

Aber wie sie in seine Augen sah, fingen ihre Arme und Beine das Schlottern an und es wurde ihr Angst und Bange ums Herz. Da war etwas so furchtbar Böses in seinem Blick, das sie zutiefst erschreckte. Der schwarze Mann starrte auf ihren Hals, lächelte bestialisch und zückte, noch bevor sie einen einzigen Schritt tun konnte, ein silberglänzendes Beil aus dem Mantel. Und als er sie am Mund packte und so fest ihre Wangen zusammendrückte, dass sie Blut schmeckte, kratzte sie wie eine wilde Katze blitzartig mit ihren Fingernägeln in seine Augen. Sofort schwappte ein Schwall Flüssigkeit über ihre rechte Hand und ein lautes Grunzen stieg aus seinem Rachen auf. In dem Augenblick, als er sie losließ, rannte sie wie ein gejagter Hase davon.

Zwei Stunden später drückte der Arzt Jakob Nufer der Hebamme den schreienden neugeborenen Fritz in die Arme und machte sich mit ernstem Gesicht daran, die Bauchdecke der toten Mutter wieder zuzunähen. Still und vollkommen regungslos saß vor der Tür auf einer handgeschnitzten Truhe der Schuhmacher. Der Arzt berührte beim Verlassen des Hauses nur sanft seine Schulter und sagte leise:

„Die Wege des Herrn sind unergründlich".

Auf dem Rückweg ins Sankt-Johannis-Spital grübelte er dann über das nach, was die kleine Luisa ihm anvertraut hatte. Vor seinen Augen entstand ein klares Bild des Geschehens und er sah es als seine Bürgerpflicht an, gleich am nächsten Morgen Meldung darüber zu machen. Als er jedoch im Spital ankam und die Nachtschwester ihm mit eiligen Schritten entgegenlief: „Schnell werter Herr Doktor, schnell in den Spitalsaal!", öffnete er die Tür, warf einen Blick hinein und zögerte. Da saß ein Mann mit blutüberströmtem Gesicht.

„Schwester, bereite sofort einen Schwamm mit Mohn, Alraunen, Bilsenkraut – hochdosiert!", und ganz leise, kaum hörbar: „...und dann eile und hole sofort jemanden von der Polizei! Aber pschscht..."

Er drehte ihr sofort den Rücken zu, steuerte mit entschlossenem Schritt in den Krankensaal.

„Ich erkenne dich! Du bist Neidhardt der Henker, nicht wahr? Wie ist das denn passiert? So mitten in der Nacht?"

„Dieser verdammte Nebel...ein Ast...direkt ins Auge..."

„Aha...warum bist du im Nebel unterwegs?"

29 Neidhardt antwortet ihm nicht.

Der Arzt wetzte sein Skalpell: „Der Nebelmörder war auch immer im Nebel unterwegs...wie du"

Neidhardt sprang auf: „Was soll das heißen?"

Blut tropfte aus seiner Augenhöhle.

„Nichts! Setz dich hin! Ich will dein Auge versorgen!"

Neidhardt setzte sich zögernd auf ein leeres Bett. Der Arzt tupfte mit einem weißen Linnen um das Auge herum das Blut ab, als die Schwester hereinkam. Mit dem tropfenden, betäubenden Schwamm in der einen und einer flackernden Kerzenlampe in der anderen Hand sagte sie:

„So, hier ist die Medizin. Gleich verschwindet der Schmerz! Und ich, Herr Doktor eile jetzt zu Polizei!"

Neidhardt zuckte wie vom Blitz getroffen, sprang auf, stieß den Arzt zur Seite, riss der Schwester die Kerzenlampe aus der Hand, schleuderte sie auf eine Frau im nächstgelegenen Bett und stürmte wie ein wild gewordener Stier hinaus ins Freie.

Sofort züngelten die Flammen über die Decke, ergriffen das Kissen und die Haare der Frau, die bis eben tief geschlafen hatte. Die Schwester rannte wie von einer Tarantel gestochen, hilflos mit hochgestreckten Armen, kreuz und quer durch den Saal und schrie schrill. Der Arzt unterdessen zog die Frau aus dem brennenden Bett auf den Boden hinunter und versuchte die Flammen mit einer Decke zu ersticken.

Dabei schrie er aus voller Kehle: „Wacht alle auf! Raus hier! Alle raus! Raus! Raus! Raus!"

Sekunden später hatten seine eigenen Kleider Feuer gefangen und er rannte wie eine brennende Fackel von Bett zu Bett und schüttelte seine Patienten wach: „Raus! Ihr müsst raus hier!"

Innerhalb kürzester Zeit brannte das Spital lichterloh mitsamt dem Dachstock, der mit berstendem Knall einstürzte.

Das Feuer griff mit rasender Geschwindigkeit auf die dicht an dicht stehenden Nachbarhäuser über, fraß sich durch das Holz wie eine gierige Raubkatze und riss ahnungslos schlafende Menschen aus dem Schlaf. Laut schreiend gelang einigen die Flucht aus dem Flammenmeer, die meisten erstickten jedoch qualvoll im dichten Rauch.

In den nächsten Stunden wurde Passau von einer der schlimmsten Katastrophen seiner Geschichte heimgesucht. Todesschreie aus hunderten Kehlen hallten durch die Nacht.

Noch im Umkreis von rund fünfzig Kilometern Entfernung konnte man die hoch in den Nachthimmel schlagenden Flammen sehen, als der Stephansdom und das Kloster Mariahilf lichterloh niederbrannten.

14 Tage später kümmerten sich die Überlebenden um die Toten. Entweder waren die Menschen verbrannt oder durch Rauch erstickt, ein Einzelner jedoch war ermordet worden. Man fand die Leiche des Fährmanns am Ufer der Donau mit durchschnittener Kehle. Von seinem Kahn fehlte jede Spur.

Im österreichischen Linz zeigte sich der November im darauffolgenden Jahr zunächst klar und trocken. Als Mitte des Monats jedoch das Wetter umschlug und Nebel aus der Donau aufstieg, tötete ein Unbekannter in immer kürzeren Abständen junge Frauen mit einem messerähnlichen Gegenstand. Immer des Nachts und in einsamen Gassen.

LISA STRAUBINGER

aus Köngen
* 1993
Industriekauffrau

Lisa Straubinger lebt in der Nähe von Stuttgart. Ihre Familie ist in den 1960er Jahren aus dem Bayerischen Wald nach Köngen bei Esslingen gezogen, wo Lisa aufgewachsen ist. Nach ihrer Ausbildung zur Industriekauffrau arbeitet sie momentan als Logistikerin und schreibt an ihrem ersten Jugendroman.
Die Kurzgeschichte für den Ralf-Bender-Preis ist ihre erste Veröffentlichung.

DIE KURZGESCHICHTE

PicAsso ist online*

Domi ist online

glorious73 ist online

Blossom ist inaktiv

PicAsso [13.05.2015, 19:40 Uhr]: Ich wünschte, es würde mal was passieren.

Lisa ist online

Lisa [13.05.2015, 19:46 Uhr]: Leute!! Es gibt eine Literaturausschreibung, an der ich unbedingt teilnehmen muss.

glorious73 [13.05.2015, 19:47 Uhr]: thema?

Domi [13.05.2015, 19:48 Uhr]: Jetzt fängt das wieder an... v_V

Lisa [13.05.2015, 19:51 Uhr]: Es geht um eine Krimikurzgeschichte, die im bayrischen Wald spielen sollen. Also auch in Straubing

Domi [13.05.2015, 19:52 Uhr]: O.o Weiß ich da was nicht wegen eines Umzugs? Was hast du denn mit Bayern zu tun?

Lisa [13.05.2015, 19:53 Uhr]: Manchmal muss ich mich schon wundern, warum ich mit dir befreundet bin. :-D

Domi [13.05.2015, 19:57 Uhr]: ;-;

glorious73 [13.05.2015, 20:01 Uhr]: das versteh ich irgendwie nicht

Lisa [13.05.2015, 20:01 Uhr]: Ich heiße mit Nachnamen Straubinger. Wäre das nicht die Gelegenheit, was aus diesem Namen zu machen??

glorious73 [13.05.2015, 20:02 Uhr]: wusst ich gar nicht ... und was hast du geplant?

Lisa [13.05.2015, 20:03 Uhr]: Bis jetzt noch nichts. Krimis sind nicht mein Genre, aber es wäre eine riesige Chance.

Domi [13.05.2015, 20:05 Uhr]: Für dich ist alles eine riesen Chance. ;)

glorious73 [13.05.2015, 20:10 Uhr]: weißt du schon, wer stirbt?

Lisa [13.05.2015, 20:16 Uhr]: Leider nicht. Vielleicht der Gärtner…?

PicAsso [13.05.2015, 20:18 Uhr]: Die sind normalerweise der Mörder.

Domi [13.05.2015, 20:22 Uhr]: Es sollte irgendwas mit deinem Namen zu tun haben… ;)

Lisa [13.05.2015, 20:23 Uhr]: Schon klar. Aber was? Ich war noch nie in Straubing.

glorious73 [13.05.2015, 20:25 Uhr]: das ist … ungünstig wie weit ist das von euch weg?

Lisa [13.05.2015, 20:29 Uhr]: ca. 330km

Domi [13.05.2015, 20:32 Uhr]: Das fahr ich ohne Pinkelpause. :-p

Lisa [13.05.2015, 20:45 Uhr]: Mach doch. Ich hab leider keine Zeit … :/

glorious73 [13.05.2015, 20:46 Uhr]: was wenn du was mit dem Schriftzug „straubinger" klaust in deiner geschichte ist das dann nicht auch eine art krimi

Domi [13.05.2015, 20:49 Uhr]: Das ist eine richtig coole Idee!

PicAsso [13.05.2015, 20:56 Uhr]: Fehlt da nicht das Blut?

Lisa [13.05.2015, 21:03 Uhr]: Muss es in Krimis immer Blut geben?

PicAsso [13.05.2015, 21:07 Uhr]: Zu einer guten Geschichte gehört immer Blut

Lisa [13.05.2015, 21:12 Uhr]: Hm. Ich muss ein bisschen plotten … Bis dann!

Lisa ist offline

glorious73 [13.05.2015, 21:17 Uhr]: wie realistisch sind ihre träume denn??

Domi [13.05.2015, 21:25 Uhr]: Sie hätte es auf jeden Fall verdient, alles zu schaffen, was sie will…

glorious73 [13.05.2015, 21:26 Uhr]: das klingt sooo süß, domi! <3 ich verabschiede nich dann auch

Gloriou73 ist offline

Blossom ist inaktiv

PicAsso [14.05.2015, 02:17 Uhr]: Domi?

Domi [14.05.2015, 02:25 Uhr]: Entweder, es geht um Leben und Tod, oder … oder ich leg mich wieder hin. Was gibt's? *gähn*

PicAsso [14.05.2015, 02:27 Uhr]: Ich hab über Lisas Kurzgeschichte nachgedacht.

Domi [14.05.2015, 02:30 Uhr]: Willst du etwa auch unter die Schreiberlinge gehen?

PicAsso [14.05.2015, 02:31 Uhr]: Ich wohne in Straubing, vielleicht ist das eine Hilfe.

Domi [14.05.2015, 02:34 Uhr]: Das fällt dir jetzt ein?

Domi [14.05.2015, 02:34 Uhr]: Wir müssen da unbedingt was drehen, damit Lisa den Wettbewerb gewinnt.

Domi [14.05.2015, 02:36 Uhr]: Hast du dir überlegt, was wir machen könnten, wenn du mich schon aufweckst

PicAsso [14.05.2015, 02:37 Uhr]: Das Stadtschild „STRAUBING" klauen. Glorious' Idee ist gar nicht so schlecht. Bist du dabei?

PicAsso [14.05.2015, 02:37 Uhr]: Wenn das in der Zeitung kommt, könnte die Geschichte besonders genug sein, um zu gewinnen

Domi [14.05.2015, 02:39 Uhr]: Warst du nicht derjenige, der meinte, dass eine Geschichte blutig sein muss?

PicAsso [14.05.2015, 02:43 Uhr]: Vielleicht brichst du dir ja den Fingernagel während der Tat ab.

Domi [14.05.2015, 02:45 Uhr]: …

PicAsso [14.05.2015, 02:47 Uhr]: Also, was sagst du?

Domi [14.05.2015, 02:48 Uhr]: Bin dabei. Wann und wo?

PicAsso [14.05.2015, 02:50 Uhr]: Kannst du am Samstag zu mir kommen? Gegen abends?

Domi [14.05.2015, 02:51 Uhr]: Klar, ich organisier das Auto meines Papas.

PicAsso [14.05.2015, 02:53 Uhr]: Gut. Die Adresse schicke ich dir per SMS.

Domi [14.05.2015, 02:55 Uhr]: also abgemacht. Ein Ausflug also nach Straubing.;)

PicAsso [14.05.2015, 02:58 Uhr]: Vergiss aber nicht, Lisa nichts zu sagen. Am besten sagst du niemandem was, damit wir nicht auffallen. Sonst verliert die Geschichte nachher noch ihre Besonderheit.

Domi [14.05.2015, 03:00 Uhr]: Klar, ist gebongt. Gute Nacht.

Domi ist offline

Domi ist inaktiv

glorious73 ist online

PicAsso ist inaktiv

Blossom ist inaktiv

Lisa ist online

Lisa [17.05.2015, 13:18 Uhr]: Weiß jemand, wo Domi ist?

glorious73 [17.05.2015, 13:19 Uhr]: endlich mal wieder jemand der mit mir spricht. die letzten tage war hier tote hose.

Lisa [17.05.2015, 13:22 Uhr]: Echt? Domi war auch hier nicht online?

glorious73 [17.05.2015, 13:27 Uhr]: wo ist er denn hin

Lisa [17.05.2015, 13:30 Uhr]: Das ist ja das Problem, er hat es keinem gesagt. Hat sich in das Auto seines Papas gesetzt und ist einfach weggefahren. Sein Vater ist stinksauer!! Aber keiner kann ihn erreichen.

glorious73 [17.05.2015, 13:32 Uhr]: das klingt nicht nach ihm. er ist bestimmt jemand der gerne feiert aber er ist nicht unzuverlässig

Lisa [17.05.2015, 13:37 Uhr]: Ja, eben. Er verschwindet manchmal für einen Abend, aber er ist immer telefonisch erreichbar. Keine Ahnung. Wir denken, er liegt irgendwo im Krankenhaus oder so.

glorious73 [17.05.2015, 13:41 Uhr]: der hats bestimmt am samstag so krachen lassen, dass er irgendwo in hamburg aufgewachsen ist … der traut sich nur nicht heim

Lisa [17.05.2015, 13:43 Uhr]: Dein Wort in Gottes Ohren :/

glorious73 [17.05.2015, 13:43 Uhr]: kopf hoch, domi wird bestimmt bald wieder kommen

glorious73 [17.05.2015, 13:45 Uhr]: wie geht es mit deiner kurzgeschichte?

Lisa [17.05.2015, 13:46 Uhr]: Kann mich grad nicht so richtig darauf konzentrieren :/

glorious73 [17.05.2015, 13:49 Uhr]: ach lisa :/

Domi ist inaktiv

glorious73 ist online

PicAsso ist online

Blossom ist inaktiv

Lisa ist online

glorious73 [20.05.2015, 21:46 Uhr]: ist domi wieder aufgetaucht

Lisa [20.05.2015, 21:47 Uhr]: Nein. Seine Eltern haben sein Verschwinden bei der Polizei gemeldet, aber weil er volljährig ist, wird nicht richtig was gemacht.

PicAsso [20.05.2015, 21:50 Uhr]: Hat er denn niemandem Bescheid gesagt, wo er hinfahren wollte? Oder mit wem er sich trifft?

Lisa [20.05.2015, 21:51 Uhr]: Nein, sonst hätten wir ja längst einen Anhaltspunkt, wo wir suchen können. Er ist einfach weggefahren und nicht mehr wieder gekommen.

PicAsso [20.05.2015, 21:53 Uhr]: Glaubst du denn, dass ihm etwas passiert ist?

Lisa [20.05.2015, 21:55 Uhr]: Ganz ehrlich? Keine Ahnung. Ich hoffe das Beste, mehr geht ja auch nicht.

glorious73 [20.05.2015, 21:57 Uhr]: :/

glorious73 [20.05.2015, 21:57 Uhr]: mensch das ist echt mist. ich drück die daumen, dass er bald wieder auftaucht. da ist bestimmt nichts passiert…

glorious73 ist offline

Lisa [20.05.2015, 21:58 Uhr]: Ich werd dann auch mal … Vielleicht kann ich ja heute schlafen.

PicAsso [20.05.2015, 22:01 Uhr]: Domi hat bei unserem letzten Gespräch erwähnt, dass er wegen deiner Kurzgeschichte nach Bayern fahren wollte, um dich zu überraschen

Lisa [20.05.2015, 22:02 Uhr]: WAS?! UND DAS SAGST DU ERST JETZT?!

PicAsso [20.05.2015, 22:03 Uhr]: Weil du doch wegen deiner Kurzgeschichte irgendwie was brauchst, wo Straubing draufsteht…

Lisa [20.05.2015, 22:03 Uhr]: Um Gottes Willen. O.O

PicAsso [20.05.2015, 22:06 Uhr]: Er könnte einen Unfall gehabt haben oder so…

Lisa [20.05.2015, 22:06 Uhr]: Ich muss sofort seine Eltern anrufen. Weißt du, ob er direkt nach Straubing wollte?

PicAsso [20.05.2015, 22:08 Uhr]: Ich denk, es wär nicht die beste Idee, seine Eltern anzurufen. Könnte ja sein, dass er wirklich nur breit ist wie ein Rathaus und deswegen nicht nach Hause kommen konnte. Dann bekommt er womöglich noch Ärger.

Lisa [20.05.2015, 22:09 Uhr]: Da könntest du Recht haben. Seine Mutter ist ein ziemlicher Drachen. Wenn ich mit ihm sprechen könnte, könnten wir uns vielleicht eine Ausrede überlegen.

PicAsso [20.05.2015, 22:11 Uhr]: Siehst du. Du würdest ihm nur schaden.

PicAsso [20.05.2015, 22:12 Uhr]: Wenn du hierher kommen könntest, um ihn zu suchen, könnte ich dir helfen.

Lisa [20.05.2015, 22:13 Uhr]: Ah, ja, du wohnst ja in der Nähe von Straubing. Das ist ja ein Zufall. Und langsam hab ich echt Panik.

PicAsso [20.05.2015, 22:14 Uhr]: Gern geschehen ☺

PicAsso [20.05.2015, 22:17 Uhr]: Wann kommst du?

Lisa [20.05.2015, 22:17 Uhr]: Gute Frage.

Lisa [20.05.2015, 22:18 Uhr]: Ich kann am Freitag Urlaub nehmen und dann mit dem Zug fahren.

PicAsso [20.05.2015, 22:18 Uhr]: Perfekt. Ich schicke dir meine Adresse per SMS.

Domi ist inaktiv

Blossom ist inaktiv

Lisa ist inaktiv

glorious73 ist online

PicAsso ist online

glorious73 [02.06.2015, 19:13 Uhr]: hast du eigentlich zwischenzeitlich was von domi oder lisa gehört??

PicAsso [02.06.2015, 19:14 Uhr]: Nein, überhaupt nicht. Da wird doch hoffentlich nichts passiert sein.

glorious73 [02.06.2015, 19:20 Uhr]: :/

glorious73 [02.06.2015, 19:20 Uhr]: Sag mal, du wohnst doch irgendwo in Bayern. Da stand heute irgendwas in der Zeitung …

PicAsso [02.06.2015, 19:22 Uhr]: Ja?

glorious73 [02.06.2015, 19:23 Uhr]: die haben zwei leichen im diesem naturschutzgebiet bei straubing gefunden. eine Frau und einen Mann, ziemlich übel hergerichtet.

glorious73 [02.06.2015, 19:23 Uhr]: In was für einer schrecklichen welt wir leben

MARKUS MUCKENSCHNABL

Gewinner des Ralf-Bender-Krimipreises 2013
Hauptpreis

aus Passau
* 1966 in Regen
Designer, Illustrator, Ausstellungs- und Museumsgestalter

Markus Muckenschnabl ist aufgewachsen in Schweinhütt im Bayerischen Wald. Nach einem Design-Studium in Nürnberg landete er über Umwege 1996 in Passau. Dort lebt und arbeitet er in einem von Wiesen und Feldern umsäumten Bauernhaus am Rande der Stadt. Er hat eine erwachsene Tochter, die einem Auslandsstudium in Chile nachgeht. In freien, dem Schreiben gewidmeten Stunden ersinnt sein unruhiger Geist manch spannende Geschichte. Mit seinem Erstlingswerk *Rachesee* gewann er 2013 den Ralf-Bender Krimipreis.

DIE WETTE

Kichernd zog Jakob seine Unterhose aus und warf sie in die Richtung, in der er seinen Klamottenhaufen vermutete. Er tat ein paar Schritte, bis er Nässe und Kälte zwischen den Zehen spürte, und spähte in die Finsternis: „He Ruul, magst ned doch a Rund´n mit plansch´n? Darfst di an meinem Zipfe einhalt´n, damit´st ned verlor´n gehst."

„Des würde dir so passen, du alte Schwuchtel. Da schwimmst du schön allein durch."

Jakob feixte. Ohne auch nur die Umrisse von Rudi exakt ausmachen zu können, geschweige denn sein Gesicht, wusste er, dass sein Kumpel über beide Ohren grinste. Endlich wieder mal eine ausgemachte Schnapsidee. Buchstäblich, gottseidank. Denn der hochprozentige Alkohol verlieh ihm das Gefühl von Wärme. Und das war nötig. Das Wasser hatte beileibe keine Lagunentemperaturen. Es legte sich wie eisige Klammern um seine Waden. Knöchelabwärts spürte er keine Kälte, denn seine Füße steckten bereits zwischen den Steinen in dem schlammigen Ufersumpf, der wie erwartet sein Vorankommen erschwerte. Als die Oberschenkel von Wasser umspült wurden, blickte er sich mit hochgezogenen Ellenbogen um. Kein Ufer war zu sehen, auch nicht das hinter ihm, das ja nur wenige Schritte entfernt sein dürfte. Selbst der Umriss des Berges, der sich vor ihm am gegenüberliegenden Ufer auftürmte, war schon lang mit dem völlig bedeckten nachtschwarzen Himmel verschmolzen. Aber Jakob kannte aus vielen Tagesausflügen das Bild: der südliche Berghang, der sich wie ein alles umfangender dunkler Mantel vom Seeufer bis zum Gipfel hoch zieht und im Abendlicht gigantische Schatten auf den ohnehin schon so finsteren, unheimlichen See wirft.

„He, Jake, du Prinzessin, ich hör nix mehr. Bist eh schon abgesoffen?" Rudi schien die Worte flüstern zu wollen. Aber die

Stille trug sie mehr als deutlich zu Jakob. Jetzt bloß nicht mehr lang fackeln, rumstehen und auskühlen. Die Sache musste flott erledigt werden. Er brüllte „Rock´n Roll!!" und stürzte sich kopfüber in die Schwärze.

Es war tatsächlich bescheuert, in einer Septembernacht durch den Rachelsee zu schwimmen, weit entfernt von jeglicher Zivilisation. Dreifach bescheuert. Erstens würde er mit totaler Finsternis und entsprechenden Orientierungsschwierigkeiten zu kämpfen haben. Zweitens liegen die Wassertemperaturen hier zum Herbstbeginn bereits unter 8 Grad. Und drittens belastet das ohnehin verbotene Gestapfe durch den Moorboden am Ufer den See. Jakob war ein Draufgänger, aber kein Trottel. Er wägte den Schaden ab und befand ihn für akzeptabel, angesichts des Spaßes, der Imagepunkte und natürlich der Wettprämie.

Rudi und Jakob hatten vor, in einem halben Jahr gemeinsam ihren Dreißiger zu feiern. Ihre Geburtstage lagen nur vier Tage auseinander. „Schallmauerdurchbruch der Gebrüder Fürchterlich" würde auf den Einladungen zu lesen sein. Eine richtig große Sause sollte das werden, mit Livemusik, Spanferkel, Cocktailbar und Feuerwerk, dazu knapp zweihundert Gäste, praktisch alles, was Rang und Namen hat. Die Vorbereitungen allein würden extrem aufwändig werden und die Kosten einiges an bisher Dagewesenem sprengen – allerdings nur für einen von den beiden. Würde Jakob heute in dieser mondlosen Nacht den etwa dreihundert Meter langen Rachelsee durchschwimmen, müsste der alte Kumpel die komplette Partyzeche übernehmen. Er musste Rudi nicht lange zu der Wette überreden.

Der war ja im Grunde selber schuld mit seinen angestaubten Gruselgeschichten, die er im Geplauder des Abends auspackte. Sagen, die sich in Hülle und Fülle um den unergründlich anmutenden Karsee rankten. Als Zugabe legte er die Geschichte von der Touristin auf, die genau vor einem Vierteljahr bei der Rachelkapelle zu Tode gestürzt war und deren arme Seele angeblich noch nicht heim gefunden hatte.

„Ehrlich, Jake, der Geist von der sitzt nachts am Seeufer. Und wenn dann so spät noch ein Wanderer vorbeikommt, dann stößt sie den mit einem dicken Vogelbeerast ins Wasser..."

Die beiden Freunde blickten sich lang und ernsthaft an. Und brachen gleichzeitig in schallendes Gelächter aus.

„Wenn i dei Touristin seh, nimm i ihr den Vogelbeerast und steck ihn ihr..."

Andrea wurde ärgerlich. „Echt, ihr Deppen, manchmal redet's ihr so dermaßen saublöd daher! Die Frau is da oben g'storben."

Sie nahm ihre Beine vom Stuhl, stand auf und ging in Richtung Toilette. Nun sahen sich die beiden Deppen höchst betroffen in die Augen. Verzogen die Mundwinkel. Und prusteten wieder los.

Der Abend verlief bisher klassisch. Jakob und Andrea kamen zum gemeinsamen Abendessen zu Rudi rüber – Rudi tischte einen Schweinebraten auf, schwer im Magen liegend, aber extrem lecker. Er servierte ihn auf der Dachterrasse seiner kleinen Wohnung und entfachte den Feuerkorb, weil er wusste, dass Andrea in Kürze frieren würde. Nach dem ausgiebigen Mahl schoben sie ihre Stühle zum Geländer und ließen den Blick über das vor ihnen liegende Panorama schweifen. Bis Eintritt der Dunkelheit hob sich der östliche Bayerwaldkamm mit Lusen, Rachel und Falkenstein vom wolkenschweren Himmel ab. Rudi begann, wie so häufig, über die hiesige Bergwelt zu philosophieren, die ihn schon anzog, als er noch nicht in dieser Gegend wohnte. Er vermischte Naturgegebenes mit alten Sagen und ihren eigenen Erlebnissen bei Wanderungen zu dritt durch die Wälder. Seine Erzählkunst war phänomenal, die Pointen perfekt gesetzt. Andrea hing lachend an seinen Lippen. Jakob sah die beiden lächelnd von der Seite an. Was für ein Wahnsinnsglück, mit so einer fantastischen Frau an der einen und so einem geistreichen Freund an der anderen Seite durchs Leben schreiten zu dürfen.

Jakob kam prustend hoch, holte Luft und machte eine erste noch unkoordinierte Schwimmbewegung mit Armen und Beinen. Die Kälte ernüchterte ihn schneller als erhofft. Vereinbart war, dass er am gegenüberliegenden Ufer, etwa dort, wo der Seebach in den See mündete, an Land gehen dürfe. Er musste als Beweis ein erkennbares Zeichen hinterlassen. Zwei Totholzstämme, die zur Genüge herumlagen, sollte er gekreuzt aufstellen und sich dann zu Fuß am Ufer entlang durch das Gestrüpp zurückarbeiten.

Rudi würde derweil auf einer der Bänke am Südende brav mit dem mitgebrachten Wodka auf ihn warten. Jakob hob beim nächsten Schwimmzug den Kopf etwas höher aus dem Wasser:„He Ruul, wart´st mit der rechten oder mit der linken Hand?"

„Deine Mutter wartet mit der linken Hand!"

Jakob grinste trotz der Kälte, die immer mehr Besitz von ihm ergriff. Und trotz der überraschenden Richtung, aus der er Rudis Stimme vernahm. Sie hätte direkt hinter ihm erklingen müssen, nicht irgendwo von rechts. Einen Augenblick dachte er über einen Streich seines schlauen Kumpels nach. Aber bis auf die Einstiegsseite war das komplette Ufer auf beiden Seiten derart verwuchert und verwachsen, dass Rudi in dieser totalen Dunkelheit ewig gebraucht und mords Lärm verursacht hätte. Oder beim blinden Dahintappern sogar ins Wasser gefallen wäre. Er korrigierte seine Schwimmrichtung um knapp 90 Grad nach links. Jetzt bloß nicht an den Weißen Hai und das ganze Horrorzeugs denken. Und schon gar nicht an Ruuls blöde Gruselgeschichten von den Seegeistern und der toten Touristin mit dem Ast.

Sein Freund Rudi Kainz, alias Ruul, war ein Mann der ausgefuchsten Ideen. Er kam Anfang der Neunziger aus dem Niemandsland zwischen München und Augsburg hierher in den Bayerischen Wald. Ausgerechnet bei der Bundeswehr hatten die beiden sich kennengelernt. Für Jakob Haberl, den Grafenauer, war die Einberufung in die Freyunger Kaserne praktisch ein Heimspiel. Rudi schien sich bewusst ein paar hundert Kilometer weit weg in die Provinz stationiert haben zu lassen. Er verzichtete von Anfang an auf jede Heimfahrt. Beiden wurde bereits nach den ersten Tagen klar, dass sie in diesem System Schwierigkeiten bekommen würden. Sie hielten den der absoluten Hierarchie geschuldeten Umstand, dass sie von offenbar minderbemittelten, aber höherrangigen Gleichaltrigen gemaßregelt und gedemütigt werden konnten, für völlig inakzeptabel.

Ihre kleinen Revolten begannen in Alleingängen, aber bald bemerkten sie einander und erkannten, dass sie Brüder im Geiste waren. Die von nun an gemeinsam koordinierten Aktionen waren dreister, was auf Jakobs Konto ging, und gleichzeitig perfekt abgesichert, wofür Rudi verantwortlich zeichnete. Jakob klaute, was nicht niet- und nagelfest war – Batterien, Schmierfett, Motoröl. Rudi vercheckte die Sachen gewinnbringend. Nach außen spielten sie sich mit dem Image der übereifrigen Soldaten, ließen dabei aber keine Chance aus, ungeliebte Vorgesetzte mit den eigenen Waffen zu schlagen. Wurden sie zu gemeinsamen Wachgängen eingeteilt, verstanden sie es, diese zu Raubzügen zu nutzen und gleichzeitig vermittels eines gut funktionierenden Warnsystems aus bestochenen Kameraden die kontrollierenden Offiziere zu Tode zu erschrecken. An den laut Wachplan vorgeschriebenen Orten lauerten sie ihnen in der Finsternis pünktlich auf, rammten ihnen den Gewehrlauf in den Rücken und brüllten sie an: „Halt! Stehen bleiben!" Es kam vor, dass sie dann für ihren vorbildlichen Wachdienst noch gelobt wurden.

Nach einem Nachtmarsch wurde über die gesamte Kompanie eine Ausgangssperre verhängt, weil ein Nachtsichtgerät vermisst wurde. Mehr Aufregung hätte nur mehr das Verschwinden einer Waffe verursachen können. Alle Soldaten mussten in ihren Stuben auf den Inspektionstrupp warten. Als die Unteroffiziere sich bereits laut rumpelnd in der Nachbarstube durch Betten, Spinde und Ausrüstung wühlten, flüsterte Jakob Rudi ins Ohr: „Houston, wir haben ein Problem..."

Rudi glotzte ihn ungläubig an.

„Nein, das ist jetzt nicht wahr! Warum hast du nix gesagt?"

„Mei, des is so schnell ganga, des war eher so a Glücksfall. De ham grod ned higschaut in da Waffenkammer..."

„Glücksfall?? So ein Schwachsinn! WO?"

„Im Spind, beim Getriebeöl."

Rudi stürzte zu Jakobs Spind, vorbei an den beiden Neulingen, die die Stube mit ihnen teilen mussten: „Ein Wort von euch und ihr habt die schrecklichsten zwölf Monate eures Lebens!" Er stopfte das Gerät, das etwa die Größe eines überdimensionierten Fernglases einnahm, zwischen Rücken und Unterhemd, zog eine Feldjacke drüber, packte mit beiden Händen das Getriebeöl und stürzte aus der Stube auf den Gang, dem Suchtrupp direkt in die Arme.

„Herr Oberfeld, ich geb´s lieber gleich zu, bevor sie´s finden, ich hab ein bisschen Getriebeöl mitgehen lassen."

Man hörte die ganze Gruppe schallend lachen und den Zugführer antworten:„Mei, Kainz, du Himmesakra! Schleich de mit dei´m Öl, bring´s runter in die INST."

Im nächsten Moment traten sie ein. Jakob salutierte verdattert.

Das Nachtsichtgerät wurde nie mehr gefunden, auch nicht von den beiden Hasardeuren selber. Rudi hatte es kurzerhand draußen über den Kasernenzaun geschleudert. Und nach Aufhebung der Ausgangssperre suchten die beiden vergebens die andere Zaunseite ab. Scheiß drauf, Hauptsache davongekommen – dieses Abenteuer schweißte die beiden endgültig zusammen.

Nach Ableistung des Wehrdienstes brauchte er dem Ex-Gefreiten Rudi Kainz das Sesshaftwerden in der Gegend gar nicht lange schmackhaft zu machen. Rudi wollte sowieso bleiben. Jakob fand für ihn eine günstige Dachwohnung ganz in der Nähe seines Elternhauses. In jenes zog er erst einmal selber wieder ein und unterstützte von dort aus seinen Kumpel gelegentlich finanziell.

Seltsam war das schon, wie Rudi das Geld durch die Finger zu gleiten schien. Er wurde das Gefühl nie los, dass dieser gewiefte Bursche mal finanziell daneben gegriffen haben musste und nun dafür monatlich enorm abzudrücken hatte. Jedenfalls schwieg sich Rudi darüber aus, wechselte die Jobs, versuchte dies und das und kam auf keinen wirklich grünen Zweig. Bei ihm hingegen lief alles wie am Schnürchen. Papa ließ sich nicht lumpen und mit dem zinslosen Kredit von seinem alten Herrn baute er in Rekordzeit ein florierendes Unternehmen auf, das Zeitarbeiter vermittelte.

Sie zettelten weiterhin die irrsten Aktionen an, schlugen bei jeder Gelegenheit über die Stränge und hielten sich nie lange bei einer Eroberung auf. Beide gefielen sie den Frauen und das nutzten sie nach Lust und Laune.

Auf einer ziemlich wilden Mountainbike-Tour durch das Gebiet zwischen Klingenbrunn und dem Gfäll-Parkplatz gerieten sie ein einziges Mal fast in Streit. Jakob plante, im nahe gelegenen Bodenmais eine Zweigstelle seiner Firma zu eröffnen und dachte an Rudi als zukünftigen Geschäftsführer der Niederlassung. Er bremste sein Rad und wartete, bis Rudi neben ihm zum Stehen kam.

„Ruul, wie schauts´n eigentlich aus, mogst ned in meiner Firma o´fanga?" Rudi fixierte ihn mit seinen eisblauen Augen, lange, ohne ein Wort zu sagen. Dann brach es aus ihm heraus. „Brauchst du einen weiteren Arbeitsknecht zum Verschachern?!" Wie konnte sein Freund ihn nur so missverstehen? Sie blieben beide stehen und starrten sich aus nächster Nähe eine Weile an, als plötzlich eine rotbraune Löwenmähne zwischen ihnen durchschoß.

Ein Dufthauch von Harz und Lavendel umfing sie. Das Mädchen trug nicht die Kasperlmontur, die ansonsten das Pflichtkostüm für alle Pseudo-Profi-Radler darzustellen scheint, sondern Jeans, die an den Knien abgeschnitten waren, und ein ärmelloses hellblaues Shirt, das lässig an ihr flatterte und das wundervolle hüllenlose Darunter erahnen ließ.

„Obacht!! Wer hat denn eich zwoa Gartenzwergerl da mitten auf den Weg her´pflanzt?!" Ihr linkes Pedal streifte einen Feldstein, so dass ein paar Funken stoben.

Sie glotzten ihr verblüfft nach, dann sahen sie sich wieder an, ihre Mienen entspannten sich. Sie grinsten. Und traten in ihre Pedale. Einem Wettkampf gleich fetzten sie nebeneinander hinter dieser wunderbaren Erscheinung her.

So lernten sie Andrea kennen.

Er versuchte, seine Schwimmzüge gleichmäßig zu gestalten, aber die in ihn eindringende Kälte machte unkoordinierte Zuckungen daraus. Wenn sich nur nicht wieder diese verfluchten Rachelgeister in seine Gedankengänge einschleichen würden! Das jenseitige Ufer müsste doch jeden Augenblick zu spüren sein. Bloß nicht erschrecken, wenn jetzt plötzlich Äste, Steine oder Schlimmeres an seinen Beinen streifen!

Rudis Stimme brach die Stille.

„He, Jake, alles ok? Ich hör dich ja gar nicht mehr!" Die Stimme hatte einen leicht besorgten Unterton. Und sie erklang nicht hinter ihm sondern linker Hand. Hatte er vorhin die Richtung zu sehr geändert? Wieder korrigierte er entsprechend. Und antwortete nach Luft schnappend: „Naa... passt... oiss..."

Von wegen. Sein Ortungsgefühl, auf das er so stolz war, hatte sich offenbar verabschiedet. Er schwamm nur mehr auf Ver-

Am
Rachelsee

dacht. Und dazu diese blöden Gedanken – die Vorstellung von der Toten im See. Wie sie ihm die Orientierung raubt, ihn mit einem Ast hinunterstößt in die eisige Tiefe. Ob Rudi seine Angst aus den wenigen Worten herausgehört hatte? Jedenfalls durchschnitt nach kurzer Zeit der nächste Ruf die lähmende Stille.

„Komm schon, Jakob, lass uns abbrechen. Es passt eh, du hast gewonnen, schwimm ans nächste Ufer und komm raus!"

Der Schrecken, der ihn durchfuhr, übertraf das eisige Wasser an Kälte. Rudis Stimme drang wieder nicht von hinten zu ihm. Sie kam nun schräg von vorne, aus dem schwarzen Nichts. Angstvoll drehte er sich um die eigene Achse, versuchte verzweifelt, vielleicht doch irgendeine Kleinigkeit zu erkennen. Wenigstens einen Umriss, einen Fels, ein Stück treibendes Holz. Nichts. Schwärze. Vor ihm. Über ihm. Und vor allem unter ihm.

Verrückt, wie sie in den ersten Monaten gemeinsam um Andreas Gunst buhlten. Entgegen seinen Gepflogenheiten besorgte Jakob plötzlich Geschenke, aber auch sein Kumpel ließ sich nicht lumpen und lud das wilde Radlermädel bei jeder Gelegenheit ein. Indes, Jakobs Desperado-Charme schlug Rudis Feingeist aus dem Rennen. Und wie üblich fackelte er nicht lange, wenn er einen Hauptgewinn ahnte. Rudi gab den wohlwollenden Zweiten und wurde sein Trauzeuge. Klar, dass sie zukünftig zu dritt unterwegs waren – sie kochten und aßen wann immer möglich gemeinsam. Sie liebten die selben Filme, besonders diesen genialen Western aus den 70ern, „Bad Company", in dem sich zwei junge Kumpel gemeinsam durchschlugen: Drew, der nachdenkliche Geheimniskrämer, und Jake, der naiv voranstürmende Abenteurer. Drew und Rudi verschmolz zu „Ruul". Und „Jake" für Jakob war sowieso naheliegend. Und blieb haften.

Gelegentlich brachte Rudi neue Flammen mit. Aber egal wie

einnehmend diese von Typ und Aussehen zunächst schienen – stets zerfielen sie vor der unlösbaren Aufgabe, einen achtbaren Platz in dem Triumvirat zu ergattern. Keine der unglücklichen Damen konnte die Vertrautheit, die diese tolle Frau nicht nur mit ihm, ihrem Ehemann, sondern auch mit Rudi, dem Freund, teilte, lange ertragen.

Atme gleichmäßig, verdammt, nicht so schnappend, bleib ruhig, keine zuckenden Bewegungen, Scheiße, gleichmäßig! Er stieß die Worte heraus, versuchte, möglichst wenig Wasser zu schlucken: „Fuck... Ruul... sag... d´Richtung..."

Rudis Stimme kam von irgendwo aus der Schwärze, schrill, sich fast überschlagend, ohne Rücksicht auf die Stille der Nacht:„Jake, hierher! Hier! Was is´n los? Was machst´n so lang?... Mach jetzt keinen Scheiß, hörst du?! Die Wette is doch saublöd! Schwimm jetzt zurück! Bitte... Jake... Was ist denn da?" Eine Pause trat ein. „Jake, bist du das?... oh Gott... Wer is---" Rudis Stimme brach abrupt ab. Ein seltsamer Platscher folgte. Kurz und fast dumpf, wie ein Tritt in eine Pfütze. Dann trat Stille ein. Kälter als der frostige See.

„Ruul?" Jakob warf den Kopf herum, jede Bewegung schmerzte mittlerweile fürchterlich in den völlig unterkühlten Gelenken. „Ruul?" – nichts. „RUUUUL!"

Leicht schwankend urinierte Jakob in den Graben, vor den er seinen neuen Audi gestellt hatte. Das Fahrzeug, in dem Rudi auf der Rückbank herumwurschtelte, um ihre umfangreiche Ausrüstung – Alkohol, Handtuch und noch mehr Alkohol – in seinem ausgebeulten Rucksack zu verstauen, war nur schemenhaft erkennbar. Sämtliche lichtspendenden Himmelskörper waren längst von dicken Wolkenmassen verschluckt. Eine Wanderung durch die rabenschwarze Nacht erwartete sie. Denn nachdem Andrea auf der Toilette verschwunden war, hatte Rudi ihm ins Ohr geraunt, auch wenn diese Schauermärchen alle ein rechter Gruselkrampf seien – durch den Rachelsee würde sich danach doch keiner mehr schwimmen trauen, und schon gar nicht nachts. Na, wenn das mal keine Steilvorlage war für einen nächtlichen Spaß ganz nach seinem Geschmack! Die Zeit bis zu Andreas Rückkehr hatte ausgereicht, um die Wette zu besiegeln. Man würde am Gfällparkplatz parken, zum Rachelsee wandern, die Sache durchziehen, danach am Ufer ein wenig pennen und frühmorgens auf ein Weißwurstfrühstück heimtrotten. Andrea hatte die beiden mit verschränkten Armen und einer Mischung aus Missbilligung und Liebe abwechselnd angesehen: „Ihr seid´s wirklich de allerletzt´n Kindsköpf. Macht´s, was ihr wollt´s. I geh jed´nfalls heim und leg mi ins Bett. Ihr spinnts ja komplett."

Und nun spazierten die beiden Kindsköpf kichernd und rülpsend die gut vier Kilometer zum See, einer Strecke, die sie vom Mountainbiken so gut kannten, dass sie trotz fehlenden Sternenlichts annehmbar vorankamen. So Anfänger-Zeugs wie Taschenlampen und Smartphones hatten sie natürlich nicht nötig. Nur erlesenen Wodka, der fleißig zwischen ihnen hin und her wanderte.

Jakob versuchte, zu horchen. Er konnte sich kaum mehr über Wasser halten. Ein feines Echo seiner Schreie schien vom Rachelhang zurückgeworfen zu werden. Was jedoch ausblieb, war die vertraute Stimme seines Freundes. Wasser trat in seine Augen, das nicht vom See stammte. Die Todesangst nahm ihn fester und fester in ihre kalten Arme. Und beflügelte nochmal die fast tauben Gliedmaßen. Weinend versuchte er, eine Richtung zu halten. Immer mehr Seewasser geriet dabei in Mund, Magen, Lunge. Sein Kopf sank bei jeder Bewegung ein bisschen tiefer. Seine letzten Kraftreserven versiegten. Für einen kurzen Augenblick spürte er etwas Weiches an den Zehen. War da das Ufer unter ihm? Oder etwas ganz anderes? In diesem Moment traf ihn etwas frontal an der Schläfe. Wild fuchtelte er mit den Armen und schnappte verzweifelt nach Luft. Doch er erwischte nur einen weiteren Schwall Wasser. Da traf ihn ein zweiter Stoß. Direkt auf den Mund. Fetzenartig jagten die Gedanken durch sein panisches Hirn. Das kannte er, was er da spürte, ja schmeckte. Das war Holz! Ein dicker Ast! Er wurde mit einem Ast zurückgestoßen! Die Erkenntnis raubte ihm schier die Sinne. Als er unterging, war ihm, als ob er aus der Tiefe des Sees ein grässliches Kichern vernehmen würde.

Die Umrisse der Fichten und des Berges wurden klarer. Sie kündigten das einbrechende Ende der mondlosen Nacht an. Eine Amsel wagte ein kurzes Loblied auf den anbrechenden ersten Herbsttag. Der See lag ruhig und scheinbar unberührt da. Nur Rücken und Hinterkopf eines Körpers, der bäuchlings knapp unter der Oberfläche trieb, zeichneten sich als unscheinbare Erhebung auf dem spiegelglatten Gewässer ab. Völlig friedlich schien er da zu schweben, dem Westufer ganz nahe.

An diesem Westufer inmitten des Dickichts saß eine weitere unbewegliche Gestalt. Rudi Kainz kauerte auf dem Boden, die Unterarme halb verschränkt auf seinen Knien ruhend, und blickte auf den Leichnam seines Freundes Jakob Haberl. Seine Augenmuskeln zuckten.

Tränen begannen, über seine Wangen zu fließen. Der Weinkrampf rüttelte an ihm wie ein heftiger Windstoß. Heftig, ja, und sehr kurz. Er fasste sich, zog tief die kalte Morgenluft ein und wischte sich mit dem Ärmel über die nassen Augen. Dann wartete er weiter. Wartete, bis die Nacht endgültig vom Tageslicht besiegt war.

Er nahm mehrere tiefe Züge aus der zweiten Wodkaflasche. Sie war von der nächtlichen Sauferei verschont geblieben. Schließlich hatte ja nur einer von ihnen tatsächlich getrunken. Der andere hatte die Flasche immer nur angesetzt und das Trinken vorgetäuscht, um nüchtern zu bleiben und die lang geplante Aktion präzise durchführen zu können. Nun war es wichtig, etwas intus zu haben, das als Restalkohol gewertet werden konnte.

Rudi ergriff die Totholzstange neben sich und stand auf. Mit dem langen Stück Holz zog er den Leichnam zu sich ans Ufer, packte ihn, hievte ihn auf trockenen Boden und drehte ihn um. Nachdenklich betrachtete er das blutleere Gesicht und die Spitze des Holzes. Nichts Auffälliges daran, keine Hautfetzen, kein Blut, und auch keine Hämatome im Gesicht. Er warf das Holz mit einer ausholenden Geste weit in das Dickicht des Waldes, wo es inmitten anderer Totholzstämme krachend zum Liegen kam. Danach steckte er das Nachtsichtgerät, das noch um seinen Hals hing, zurück in den Rucksack und machte sich auf den Weg.

Es gab noch jede Menge zu erledigen. Unterwegs musste das Gerät final entsorgt werden. Anschließend würde er die Polizei alarmieren und ihr völlig aufgelöst von der dämlichen Aktion und dem schrecklichen Unfall berichten, der offenbar geschah, während er wohl sturzbesoffen am Ufer schlief. Doch mehr war zu tun. Eine Firma brauchte einen neuen, klugen Geschäftsführer, den die Familie kannte und dem sie vertraute.

Und eine junge, untröstliche Witwe musste in die Arme genommen werden.

DIE JURY

Die Gewinnergeschichte des Ralf Bender Preises wird von einer Jury bestimmt, nicht vom Verlag selbst. Dieser hat zwar ebenfalls Mitglieder in der Jury, die jedoch in der Minderzahl sind. Der Modus ist einfach: Beim *BoandlKramer* wurden insgesamt 23 von rund 90 eingesendeten Geschichten für den Preis nominiert. Das sind jene Kurzgeschichten, die in diesem Buch veröffentlicht wurden. Diese Vorauswahl trifft der Verlag selbst.

Danach ist die Jury an der Reihe, die nach einem festgelegten System Punkte für jede einzelne Geschichte verteilt. Dabei werden den Juroren die Kurzkrimis anonym vorgelegt – das heißt, sie wissen nicht, von wem sie geschrieben wurden. Wer die meisten Punkte sammelt, ist der Gewinner.

In diesem Jahr danken wir folgenden Juroren für die Unterstützung und die Zeit, die sie für das Lesen und Bewerten der Geschichten geopfert haben:

Professor Christoph Irmscher: Literaturprofessor an der Indiana University in Bloomington, USA. Seinen Zweitwohnsitz hat er in Schönberg, Bayerischer Wald.

Dr. Claus Kappl: Gymnasiallehrer im Ruhestand aus Waldkirchen. Er ist Vorsitzender des Kulturkreises Freyung-Grafenau und Autor von Kriminalromanen, wie *Endlager* und *Glasfieber*.

Karl-Heinz Reimeier: Kreisheimatpfleger im Landkreis Freyung-Grafenau, Autor mehrerer Bücher, Musiker und einer der Köpfe im kulturellen Leben seines Heimatlandkreises. Vor seiner Pensionierung arbeitete er als Lehrer, zuletzt als Schulleiter in Spiegelau, Landkreis Freyung-Grafenau.

Stefan Prosser: Vorstand der Sparkasse Freyung-Grafenau, wohnt in Riedlhütte, Landkreis Freyung-Grafenau. Die Förderung der Kultur im Bayerischen Wald liegt ihm besonders am Herzen.

Christa Aiginger: Vielleserin und Krimifan mit besonderem Faible für österreichische Krimis.

...UND MEHR

Lesenswert, von der ersten bis zur letzten Seite. Die 15 besten Kriminalkurzgeschichten von über 90 Einsendungen für den Ralf-Bender-Krimipreis 2013. Ein garantiert kurzweiliger, erfrischender und manchmal auch düsterer Blick auf den Bayerischen Wald und dessen Bewohner, die im Ruf stehen, ab und an ein bisschen sonderbar zu sein.

ISBN: 978-3-9439260-5-7 • 12,95 Euro

Irgendwo in einem kleinen Dorf im Bayerischen Wald. Die Riedbäuerin findet unter rätselhaften Umständen eine ihr unbekannte Leiche. In Sarajewo sterben sechs Männer bei mysteriösen Unfällen und die Russenmafia überschwemmt Europas Hauptstädte mit Falsifikaten teuerster Markenuhren. Hauptkommissar Klaus Geißler steht lange Zeit vor einem schier unlösbaren Rätsel.

ISBN: 978-3-9439260-2-6 • 9,99 Euro